Dilemma Gothic——

英系カナダ文学研究

English Canadian Literature

——ジレンマとゴシックの時空

長尾知子

彩流社

まえがき

　カナダ文学は一九二〇年代まで存在を疑われた新興文学だ。カナダ文学が開花したのは、建国百周年（一九六七）を迎えた一九六〇年代とされる。その頃に作家活動を開始したマーガレット・アトウッドやアリス・マンロー、マイケル・オンダーチェは、今や同時代の世界文学を担うカナダ人作家として知られるようになった。さらに、先住民作家や、多様な民族・文化的ルーツをもつエスニック作家たちは、多文化主義を国是《こくぜ》とするカナダで「声」を獲得し、その多くは英系カナダ建国の歴史に埋もれた負の遺産を発掘するのを使命としているようだ。まさに、多種多様な現役作家たちが、カナダ文学を活性化している。

　日本でカナダ文学研究が緒《しょ》に就いたのは一九八〇年代である。カナダ本国では、すでにポストモダニストの旗手リンダ・ハッチオンらによって、「人種」「エスニシティ」「ジェンダー」「階級」「セクシュアリティ」といった論点をめぐって、現代カナダ小説の読み直しが始まっていたが、カナダ文学に開眼して間もない日本では、カナダ人作家・作品の列挙的な紹介が先決だったのは言うまでもない。二十世紀中葉までのカナダ文学の特質を論じる際に援用されたのが、ノースロップ・フライの『駐屯地心理」であり、アトウッドの「サバイバル」と「犠牲者たち」だった。

かつてウォルター・アレンは、『20世紀の英米小説』（一九六四）において、二十世紀中葉までの英米小説を「伝統」と「夢」との対比で言い表わした。長い歴史というバックボーンをもつイギリスの小説は、階級社会に生きる男女を描き、アメリカの小説は、アメリカ的であることに拘《こだわ》りつつ、アメリカン・ドリームとその挫折《ざせつ》を描いた。そんな英米小説に慣れ親しんだ日本人読者にとって、厳しい自然環境を前にしたカナダ人の「駐屯地心理」や、アメリカの「フロンティア・スピリット」に比するカナダ的標語「サバイバル」は、カナダ文学を言い表わす格好のキーワードになったのだった。

現地カナダでの批評状況と日本でのカナダ文学受容とのギャップは、二十世紀末にようやく、同時代の小説を論じた平林美都子の評論『「辺境」カナダの文学——創造する翻訳空間』（一九九九）や藤本陽子のポストコロニアル批評によって埋められるに至った。両者は、現代批評理論を駆使し、現役作家たちの知的刺激に満ちた作品世界を読み解いている。また、次世代のカナダ文学研究者が対象としているのも、多くは同時代の小説である。

本書は、同時代的な研究からは見落とされがちな過去の作家や作品、現役作家の初期小説を扱っている。時代的には、植民地時代から一九八〇年代まで、地域的には英系カナダ文学を担ってきたカナダ東部とカナダ西部地域に絞り、脱構築批評で再評価された作品、近年のゴシック批評の対象となった小説を中心に論じている。それらの作品は時に、文学評論家が現代批評理論を例証するためのテクストと化しており、評論の読者に示されるのは、記号が戯《たわむ》れる抽象的な作品世界である。

本書の目的は、作家研究という観点から、当時の作家たちがカナダ特有の事情の下で提示した、国民文学の時空を取り戻すことである。過去の作家に関しては、再評価された前衛的な作品だけでなく、作家が本領を発揮していると思われる、国民文学とも呼ぶべきカナダ色の強い作品群にも目を向けている。伝統的な読みに立ち戻るのではなく、先行研究を踏まえ、英系カナダの文学に通底するものと想定した「ジレンマ」と「ゴシック」という括《くく》りで、作家や作品を捉え直している。

「ジレンマ」は、文学や文化の批評理論で切り口となる専門用語ではない。狭義の「ジレンマ」は本来、哲学・論理学の用語で「ディレンマ」と表記され、前提を受け入れると二つの選択肢の導く結論がともに受け入れがたいものになることを示す推論形式を指す。本書では、現代のカタカナ用語で、板挟みに苦しむ状態や苦境、葛藤を意味する広義の「ジレンマ」を、新興国家カナダ、カナダ人作家、その作品世界が示す苦境の種々相を言い表わす言葉として使用している。私たちは日常レベルで、一方を思いどおりにすると、他の一方が必然的に不都合な結果になって苦しい立場に置かれることを「ジレンマに陥《おちい》る」と言う。人々は生活費確保のために、優先したい事柄、たとえば、育児、やりたい仕事、芸術性の追求などへの思いとの狭間で葛藤し、やむにやまれぬ選択を迫られる。また、人間関係の難しさをたとえて「ヤマアラシのジレンマ」を引き合いに出し、好きな相手に近づけば互いに傷つかずにはいられないアンビヴァレントな心情を表現する。個人の自由と社会の規範との間で葛藤する「社会的ジレンマ」、医療の分野でも、企業のイノベーションをめぐってもジレンマはつきものだ。さらに国家レベルの環境問題や軍縮問題には「安全保障のジレンマ」や「囚人のジレンマ」が伴う。経済・社会の分野では「ジレンマ解消」の理論が紹介され、「新世代が解く！　ニッポンのジレンマ」と題するテレビ番組が登場するほどジレンマは身近なカタカナ用語となっている。ジレンマはまさに、有史以来の人類に課された生きる条件であり、文明が進歩するにつれ、グローバル化が進むにつれ複雑化する人間社会にあまねく存在する。このように根源的な状況を指し示す「ジレンマ」は、草創期、開花期のカナダ文学において、いわば均質化した現代社会を描く同時代の文学以上に、カナダ事情を色濃く反映しているのは言うまでもない。本書第Ⅰ部「序論」第一章では、カナダ文学をめぐるジレンマの背景を探り、ジレンマを内包するカナダ文学のあり方を示唆している。

一方、「ゴシック」という用語は、定義づけを拒み、ジャンルを越境する表現モードとしてつとに知られる。本書第二章では、そんな「ゴシック」の変幻自在ぶりに言及し、古典ゴシック小説の系譜を踏まえたうえで、英系カナダ文学における「ゴシック」について概観している。かつてレズリー・フィードラーは、『アメリカ小説における愛と死――アメリカ文学の原型Ⅰ』（一九六〇）において、反リアリズムのゴシック小説がアメリカ小説の原型であり、かつ主流をなしていると指摘した。その系譜については、八木敏雄の『アメリカン・ゴシックの水脈』（一九九二）でも論じられており、アメリカン・ゴシックと呼ぶべき小説の多くは邦訳紹介されている。翻《ひるがえ》って、カナダ文学の場合は、ゴシック小説の原型的な作品すら邦訳紹介されてはおらず、本国カナダでも二十世紀末まで縮約版しか流布《るふ》していなかった。

近年のゴシック批評ブームのなかで、カナダでも自国のゴシック文学について本格的に論じられるようになった。先駆となったジャスティン・エドワーズの『ゴシック・カナダ――国民文学の亡霊を読む』（二〇〇五）は、本書第三章・第四章で扱うジョン・リチャードソン『ワクースタ』（一八三二）と、スザンナ・ムーディ『未開地で苦難に耐えて』（一八五二）をカナダのゴシック文学について論じる出発点としており、後続の評論でも同様である。彼らのゴシック批評の特徴は、同時代の文学に至るまで、時代背景や地域の差異にかかわらず、おしなべてカナダ人のアイデンティティに潜《ひそ》み出没し続ける「自己の亡霊」というメタファーに論点を集約していること、「批評のための批評」に適う側面が前景化されていることだ。本書の序論では、そのような評論の切り口にも触れているが、各章では、むしろ初版出版当時のカナダ文学のあり方に注目し、時代的なジレンマと、その解消法をめぐって考察している。

本書が「ゴシック小説」の括りで論じているのは、元祖としての『ワクースタ』（第二章）と、現役作家を扱う第Ⅳ部の、アトウッド『レディ・オラクル』（一九七六）（第八章）およびジェイン・アーカート『ワールプール』（一九八六）（第九章）である。第Ⅲ部で扱う先駆的な作品、ハワード・オヘイガン『テイ・ジョン』（一九三九）（第五章）、シンクレア・ロス『私と私の家に関しては』（一九四一）（第七章）についても、ゴシック評論では同様の路線で言及されることが多いが、本書では、オヘイガン研究、ロス研究の観点から、彼らの全作品から立ち現われるカナダの肖像を提示することに力点を置いている。登場人物はそれぞれ、時代的、風土的条件によるジレンマに見舞われ、人生の選択をするが、そこからカナダ的なゴシック性が表出することもあろう。一方、第Ⅳ部では「ゴシック」を主軸に論じながら、若き女性作家たちのジレンマを反映する作品世界から、舞台背景となった当時のカナダ文化や社会の諸相を探っている。

目次　英系カナダ文学研究——ジレンマとゴシックの時空

第Ⅳ部 カナダの中心オンタリオ——女性をめぐる「ゴシック」の時空

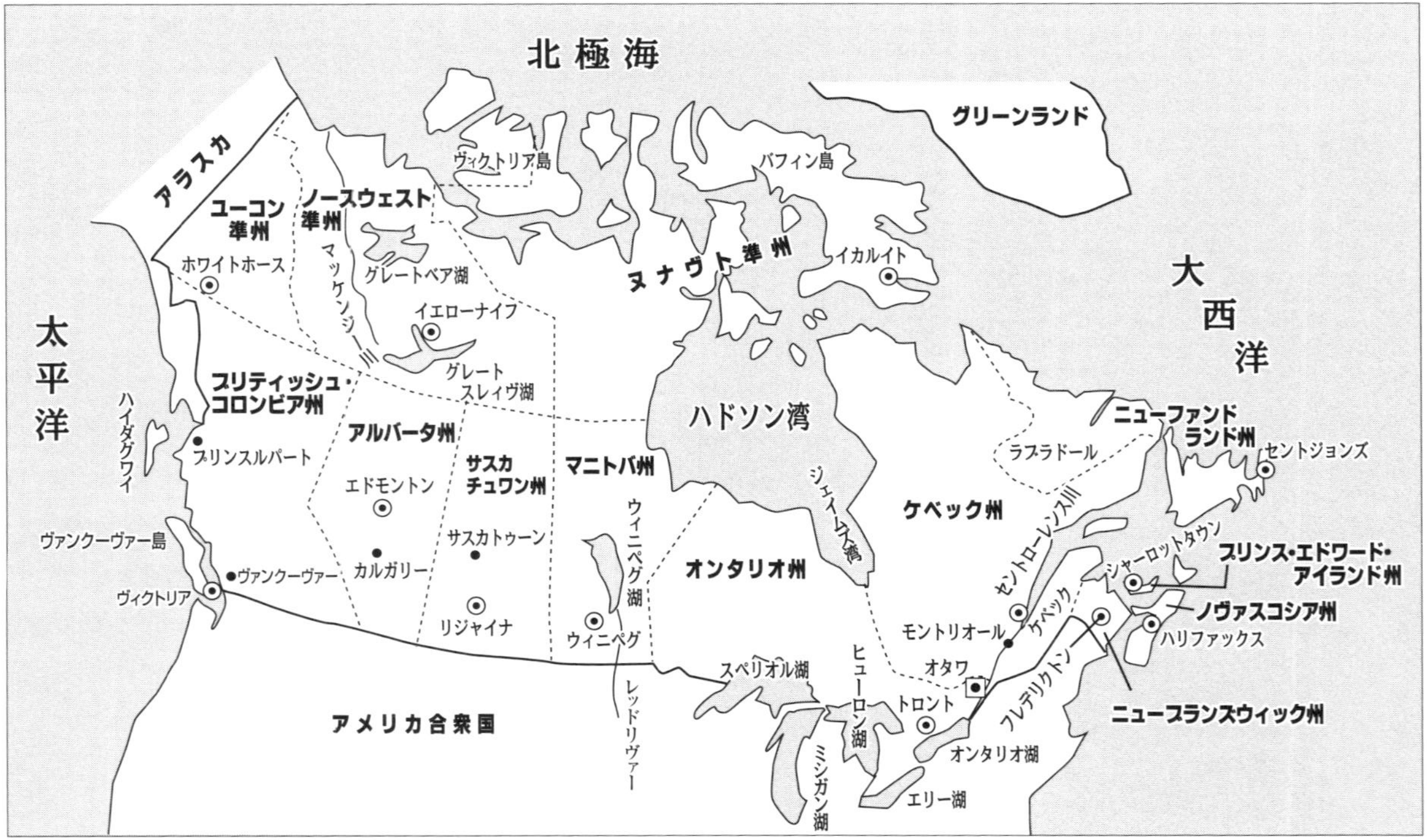

◉カナダ全図◉
浅井晃『カナダ先住民の世界』(彩流社、2004年)より一部修正のうえ転載

第Ⅰ部　序論　カナダ文学をめぐるカナダ事情

第一章では、まずカナダ文学の後進性を物語る日加両国の事情を確認する。日本でのカナダ文学受容のプロセスを翻訳事情と研究状況から概観し、カナダ本国での初期の研究状況と出版事情、その背景をなす歴史的・地理的事情を探る。さらに英系カナダ文学に影を落とすジレンマの傾向を、初期アメリカ文学の場合と比較考察する。

第二章では、まず「ゴシック」の現況を概観することで、その変幻自在ぶりを確認する。宗主国イギリス発祥の「ゴシック小説」のルーツから系譜をなす古典ゴシック小説を中心に概観し、ゴシック批評の動向、さらに英系カナダ文学におけるゴシックの受容と傾向を踏まえ、ゴシック批評につきまとうカナダ的ジレンマについて考察する。

第一章　カナダ的ジレンマの背景
――カナダ文学の受容と英系カナダ文学をめぐるジレンマ

1　日本でのカナダ文学の受容――翻訳事情と研究状況

　カナダ文学は、何らかの話題性によって知名度を増してきた外国文学だ。二〇一三年、短編小説家アリス・マンロー（一九三一―）が、カナダ人初となるノーベル文学賞を受賞したのは記憶に新しい。マイケル・オンダーチェ（一九四三―）の『イギリス人の患者』（一九九二：土屋訳、一九九六）は、映像化されたことで、ひと頃話題になった。邦訳紹介が続くマーガレット・アトウッド（一九三九―）は、文学研究の対象を超えて、一般読者の間でも知名度を高めている。アトウッドは、「知る人ぞ知る」カナダ文学を代表する女性作家・詩人・評論家であり、来日講演を期待できる親日家でもある。『失われた祖国』（一九八一：長岡訳、一九八三）の日系カナダ人作家ジョイ・コガワ（一九三五―）や、『コーラス・オブ・マッシュルーム』（一九九四：増谷訳、二〇一五）のヒロミ・ゴトー（一九六六―）も招聘《しょうへい》の対象であり、話題作りにひと役買っている。

L・M・モンゴメリ（一八七四―一九四二）の『赤毛のアン』は例外として、日本に邦訳紹介されている純文学作品は、現役で活躍中の作家に絞られている感がある。邦訳された彼らの代表作は、現代の批評理論に適《かな》うか、人権問題や環境問題を前景化しており、世界文学的な側面が注目されている。言い換えれば、風土としてのカナダ、カナダ的経験を描く国民文学としての伝統面は、付随的にしか立ち現われてはこない。グローバル化が進む以前、欧米の名作は、異国への憧れをかき立てずにはおかなかった。そして多くは、今なお世界中で読み継がれている。その意味では、カナダ国民文学の古典の大半は、認知されることなく埋もれた状況にある。カナダ文学史上で名作扱いされても、過去の作品は邦訳の対象にはなりにくい。カナダ文学研究者によって単発的に邦訳紹介されても、商業ベースに乗らない限り、いわゆる「読書人」の目に触れるだけに終わるのが常だ。

カナダ大使館の調査による「邦訳出版されたカナダ人作家による文学作品」（一九九五）リスト、日本カナダ文学会編の「カナダ文学関係文献目録」（二〇〇〇）によれば、『赤毛のアン』は、カナダ文学の邦訳第一号であった。原題は、『グリーン・ゲイブルズ（緑の切妻《きりづま》屋根の家）のアン』であったが、翻訳家の村岡花子は、異色のヒロイン像を示す邦題でアンの物語を世に送り込んだ。原作は、カナダ本国ではなくボストンの出版社からシリーズもので発信されたこともあり、世界的なベストセラーとして出版市場に躍り出た。日本では村岡花子が、苦節を経て邦訳にこぎつけるまで時間がかかった次第だ。少女の心を捉えたアンの物語は、シリーズとして五年にわたり刊行された。省略部分を含んだ村岡版を引き継ぎ、その後も作家、翻訳家、研究者などが、完訳、抄訳、注釈版を刊行し続け、原作出版百周年の二〇〇八年には、村岡訳の改訂・増補版が出版されている。本国カナダでも英米でも映画化されており、日本では劇団四季のミュージカルやアニメ作品としても馴染みが深い。『赤毛のアン』を中心としたモンゴメリの作品群は世界児童文学の古典としても読み継がれ、英系カナダの小説としても研究が盛んである。

日本のカナダ文学翻訳市場をモンゴメリと分かつ、現役作家アトウッド関連の邦訳は、一九八〇年代末から始まり、現在も進行中である。小説、詩、評論の邦訳ばかりでなく、文学研究者待望のガイドブック『マーガレット・アトウッド』(伊藤他、二〇〇八)や、初めてのアトウッド研究書『マーガレット・アトウッド論——サバイバルの重層性「個人・国家・地球環境」』(大塚、二〇一一)が出版されている。カナダ人作家の中でアトウッドほど研究対象として論じられている作家はいない。アトウッドの詩集『スザナ・ムーディーの日記』(一九七〇:平林・久野・カレン訳、一九九二)は、その邦訳により、ムーディが創成期のカナダ文学、ひいてはカナダ事情を伝える女性移民作家であることが知られるようになった。

上記二大作家以外の邦訳傾向にも触れておきたい。大衆文学として一世を風靡《ふうび》したアーサー・ヘイリー(一九二〇—二〇〇四)は、全作品が邦訳されている。また自伝的ユーモア小説やノンフィクションで人気を呼んだファアレイ・モワットが、七〇年代から八〇年代にかけて数多く邦訳されているのも目につく。他は単発的に登場する英系・仏系の文芸作品を除いて、大衆向けのミステリーやSF、青少年向け読み物が中心だ。近年のカナダ文学翻訳事情で注目すべきは、英系・仏系カナダ文学の名作を邦訳紹介するシリーズの刊行が開始されたことだ。初回配本のオンダーチェ『家族を駆け抜けて』

（一九八二：藤本訳、一九九八）や、アトウッド『寝盗る女』（一九九三：佐藤・中島訳、二〇〇一）に続き、カナダ文学史上で主要な作品が取り上げられている[1]。

次に、日本におけるカナダ文学研究状況を概観する。研究機関である「日本カナダ文学会」は、一九八二年に「日本カナダ学会」から独立する形で創設された。研究紀要『カナダ文学研究』の創刊は一九八六年である。外国文学研究機関の老舗《しにせ》学会と比べると、研究史、規模の違いは歴然としている。「財団法人日本英文学会」の前身、「東京帝大英文学会」は一九一七年に発足と同時に会誌を発行している。「日本アメリカ文学会」は、結成の胎動が第二次世界大戦終結の翌年に始まり、「アメリカ学会」から独立して正式に発足したのは一九五六年である。七支部会、数多くの関連研究団体を擁する点では、一九六二年創設の「日本フランス語フランス文学会」も同様である。日本カナダ文学会では、英系・仏系の文学研究者が集うが、仏系カナダ、仏系カナダ文学の研究機関として別途「日本ケベック学会」が二〇〇八年に発足、「日本フランス語フランス文学会」の旗下《きか》にも入っている。カナダ文学研究者の大半は、英米仏のいずれかの文学会に属しており、宗主国の文学研究から転向したか、あるいは副次的な研究対象にしているかのいずれかだ。

先の「カナダ文学関係文献目録」によれば、七〇年代から学会創設当時の八〇年代にかけては、個々の作家論や作品論より、カナダ文学全般について紹介する記事や小冊子、論文が中心だ。たとえば、「カナダの文学――アイデンティティをめぐって」（平野、一九七七）や『カナダ文学案内――小説を中心に』（浅井、一九八二）、「カナダの女流作家たち――アメリカとの比較において」（堤、一九八二）、「カナダ文学の背景」（平野、一九八三）、「カナダ文学開眼」（佐伯、一九八三）、『カナダの風土と民話』（浅井、一九八五）など。一九九〇年代初頭から、カナダ文学を網羅的に紹介するハンドブック、翻訳や論文集、評論が次々と登場する――『現代カナダ文学――概観・作家と作品・資料』（浅井、一九八五：一九九一改訂）、『カナダ英語文学史』（トマス：渡辺訳、一九八一）、『カナダ文学の諸相』（渡辺、一九九一）、『カナダの文学と社会――その風土と文化の探究』（堤、一九九五）、『辺境カナダの文学――創造する翻訳空間』（平林、一九九九）、さらにカナダ研究の一環としての『カナダ大いなる孤高の地――カナダ的想像力の展開』（竹中、二〇〇〇）。一九九〇年代はまたカナダ文学のジャンルとしての、ケベック文学、日系カナダ人文学、エスニック文学、先住民文学、カナダ詩、カナダ演劇、少年少女・児童文学、自然・開拓、神話・伝説・民話といった項目に入る概論的論考が目立つようになる。九〇年代以降は、作家、作品研究が本格化し、「作家別目録」には、六十名の作家がリストアップされ、その後は増加傾向が続いているが、やはり現役で活躍中の作家・作品研究が中心である。

後発の日本カナダ文学会も、二〇一二年に創設三十周年を迎え、英系・仏系カナダ文学に関する記念シンポジウムが、大会の中心に据えられた。仏系は「移動と記憶――展望フランス語圏カナダ文学」、英系は「マーガレット・アトウッドを読み解く」との演題であった。アトウッドは、英系カナダ文学研究の最大のターゲットであるばかりか、「日本英文学会」が研究対象としている英語圏文学を代表する作家であり、当シンポジウムは、日本でもアトウッド市場なるものが形成されていることを裏書きしたのだった。また、大会の基調講演者に『ケンブリッジ版 カナダ文学史』(Howells & Kröller, eds., 2009：日本カナダ文学会訳、二〇一六）の編著者エヴァ＝マリー・クローラーが招かれたのは、学会員による共訳プロジェクト立ち上げを期してのことである（邦訳は二〇一六年に出版の運びとなった）。

2 カナダ文学開花の背景

カナダ本国で本格的に自国の文学研究が始まったのは、二十世紀も後半、一九六〇年代とされる。一九六七年の建国百周年をめざして高まったカナダ・ナショナリズムが文芸開花を促した年代である。それまでの道筋をたどれば、「カナダ作家協会」[2]が結成された一九二一年は、第一次世界大戦後の経済的繁栄を背景に、カナダ文学が自明のものと見なされ始めた時期と重なる。一九三七年には、作家の登竜門たる「カナダ総督文学賞」の設立、一九五七年には、「カナダ文化振興会」[3]がカナダ文化の興隆を目的として設置され、学者や芸術家に助成する仕組みが整った。同年、「新カナダ文庫」[4]がペーパーバック・シリーズで出版を開始し、それまで絶版になっていたカナダ文学の名作が一般読者の手に入るようになっていた。

カナダ文学専門の最初の研究機関誌『カナダ文学』は、一九五九年にブリティッシュ・コロンビア大学で創刊された。一九三一年創刊のトロント大学人文系季刊誌『トロント大学クオータリー』には、三六年にカナダの文芸時評欄が登場している。遅咲きながらもカナダ文学が二十世紀後半に開花した背景には、堤の指摘（一九九五：一二）にあるように、国民文学の隆盛を願う政府主導の保護主義がひと役買っていることは否めない。それが温室的開花であることは、カナダ文学の育成者たるノースロップ・フライ[5]（一九一二―九一）ですら、カール・F・クリンク編纂《へんさん》『カナダ文学史』(Klink, gen. ed., 1965) の「結語」で保護政策を風刺していることからもわかる。反ナショナリストの作家・評論家ジョン・メトカーフに至っては、『カナダ文学とは何か』(Metcalf, 1988)において、その弊害《へいがい》を列挙している。カナダ文学の古典を紹介する「新カナダ文庫」シリーズは、「教師と学生向けの再版ものであり、それを自称的なカナダ文学の伝統と結びつけて評判の後押しをしているのは、自分の専門がらみのナショナリストの学者たちだ」と断言している(43)。メトカーフに言わせると、「文学とは本と読者の関係であり、伝統とは読者を意味する」(42)。その定義付けから逆に、カナダ文学の後進性の一因を、カナダの出版事情と読者の関係から探ることができよう。一九六〇年代初期にはカナダの若手小説家が当てにできるカナダ文学の伝統はなく、そもそも皆目手に入らなかったという、六〇年代以前の出版状況を探ることは、新興国初期の歴史的・地理的背景についての再確認でもある。

3　カナダ文学の歴史・地理的背景とカナダの読者

カナダはヨーロッパからの北米入植地としては古いが、国家としては新しい。英仏の植民地抗争の紆余《うよ》曲折[6]や一八一二年戦争[7]を経て、一八六七年の連邦結成から数えても、百五十年ほどだ。カナダの標語「海から海へ[8]」が版図《はんと》として完成し、カナダ自治領(Dominion of Canada)が完全な主権を獲得してカナダとなったのは、一九四九年である。現在のメープルリーフの国旗が制定されたのは六四年、連邦結成百周年を経て、八二年にカナダ新憲法が公布され、独立を祝う七月一日は「ドミニオン・デイ」(連邦結成記念日)から「カナダ・デイ」になった。「それまでイギリス議会のもとにおかれていた旧憲法(英領北アメリカ法)をカナダ議会に取り戻すことで、植民地としてのカナダの歴史に名実ともに終止符を打った」（木村　一七）のである。ちなみに作曲から百年後の一九八〇年に「オー・カナダ」が国歌に採用されている。このようにカナダが全《まった》き国家として再出発したのは、奇《く》しくも日本カナダ文学会が結成された一九八二年のことである。

「カナダ文学の展開は、その歴史同様、用心深く、ゆったりしたものだった」(Staines 6) と総括されるが、劇的なまでにさまざまな地域[9]から成り立つという地理的条件にも支配され、否応なく地域別に展開[10]せざるを得なかった。フライは、死後出版となった対談集 (Cayley, 1992) の「カナダの文化」の章で、そのようなカナダ事情を次のようにイメージ化している。「カナダ人作家はいないが、南オンタリオの作家、ブリティッシュ・コロンビアの作家、沿海諸州の作家、ケベックの作家はいる。全部ひっくるめると、はっきりそうと感じられるカナダ文化ができあがる」(132)。かつて合衆国の西部開拓は東から西へと開拓前線「フロンティア」の移動によって遂行されたが、カナダの場合は、「駐屯地と大陸横断鉄道」という、点と線による地域ごとの開拓と発展であった。本書第六章「ハワード・オヘイガンのカナダ的時空」では、オヘイガン（一九〇二―八二）の作品世界から、北西部開拓にまつわるカナダ事情を読み取っている。

カナダ人の定義の一つに、「革命を拒否したアメリカ人」(Keith, 1990: 15) というのがある。同じく英領北アメリカを母体にしながら、革命により一七七六年に一気に独立を果たした合衆国と、段階的に自治・主権を確立していったカナダとでは文化の育成に大きな違いが生じた。カナダが、カナダ・イースト（現ケベック）、カナダ・ウェスト（現オンタリオ）、ニューブランズウィック、ノヴァスコシアの四州からなる自治領になった頃、合衆国では南北戦争（一八六一―六五）が終結、フロンティアが消滅するとともに産業資本の発展期に入っている。

対比としてアメリカ文学史の展開ぶりに触れておこう。独立から南北戦争までに「アメリカン・ルネサンス」と称されるアメリカ・ロマン主義文学が花を咲かせ、アメリカ文学のもっとも充実した時期が早くも訪れた。ホイットマン（一八一九―九二）の『草の葉』（一八五五―九二）、ホーソーン（一八〇四―六四）『緋文字』（一八五〇）、メルヴィル（一八一九―九一）『白鯨』（一八五一）といえば、世界名作全集の定番的古典だ。南北戦争以後は、アメリカ的な経験、価値、生き方を提示したマーク・トウェイン（一八三五―一九一〇）、心理主義リアリズムの道を切り開いたヘンリー・ジェイムズ（一八四三―一九一六）が、それぞれアメリカ文学の二つの異なった伝統の基礎となった。その後のアメリカ文学の発展ぶりについては繰り返すまでもない。

カナダは合衆国に遅れること百年、カナダ自治領として出発した当初もまだ、地理的、政治的、経済的要因がことごとく文化の育成を阻《はば》んだ。開拓移民は広大な領土に散らばり、情報通信も乏しく、人々は厳しい自然環境の中を生き抜くのに精一杯で、文化活動に勤《いそ》しむ余暇もままならなかった。推定では十九世紀初頭、オンタリオ南部の人口の八〇％が合衆国出身者だったことや、ナポレオン戦争（一八〇三―一五）終結後、イギリスからの移民が激増したことから、人々の大半が隣国か母国との強い結びつきを保持していた。したがって当時のカナダ人は、英米の書物を当てにすることに抵抗がなかったのである。

カナダの人々は長い間、自国の文学には興味がなかったという不満の声も聞かれる。たとえばカナダの小説家フレデリック・グロウヴ（一八七九―一九四八）は「カナダ人は心の底では自分の国には興味がない。彼らは王侯・貴族の話とか、南北戦争の話を読むほうが好きなのだ」(Staines 4) と述べている。二十世紀終盤になっても、大学のカナダ文学講座担当者は悩みを打ち明けている。「学生たちは必ずしも、ナショナリストでない限り、カナダ文学がアメリカ文学と同じぐらい面白いとは思っていない」(Blodgett 145) とのことだ。

4　カナダ文学の出版事情とカナダ人作家のジレンマ

人口の絶対数が少ないカナダでは、独立した出版事業は経済的に成り立ちにくかった。自国での出版デビューを期待できないカナダの作家たちは、欧米の出版業界に頼らざるを得なかった。彼らが想定した読者もまた欧米の読者だった。カナダ自治領成立以前、作家たちの目はもっぱらイギリスに向けられていた。植民地文学を代表するトレイル夫人（一八〇二—九九）とムーディ夫人（一八〇三—八五）の作家姉妹は、故郷イギリスの読者に向けて移民体験を語った。カナダ初のゴシック小説『ワクースタ』（一八三二）も、本書第二章「ゴシックの系譜」、第三章「辺境カナダのゴシック」で考察するように、英軍少佐リチャードソン（一七九六—一八五二）は、滞在先のロンドンで兼業作家としての活躍を期した。

二十世紀に入ると、国力を増したアメリカの出版社がカナダ発の作品を世に送り出す役目を果たしたが、カナダの作家たちは商業ベースに乗らざるをえないジレンマを抱えていたようだ。W・J・キースは「第三世界アメリカ」(Keith, 1990: 11-12) と題する論文で、作家たちのほろ苦いエピソードを紹介している。モーリー・キャラハン（一九〇三―九〇）は、一九二〇年代後半に作家活動を始めた頃、トロントやモントリオールを舞台にした作品を書いたが、カナダの地名ではアメリカの売り上げに差し障りがあるとのことで、意図的に都市の名を伏せておく必要に迫られた。ヒュー・マクレナン（一九〇七―九〇）の『気圧計上昇』（一九四一）に映画化の話が持ち上がった時のこと、アメリカの映画会社は舞台をカナダのハリファックスから、アメリカに移そうとしたが、一九一七年のハリファックス港大爆発という歴史的時事実を無視できないことから、映画化の話はボツになった。マクレナンはその時の苦々しい想いを「少年少女がウィニペグで出会う、それがどうしたって？」（一九六〇）の表題でエッセイにまとめた。アメリカで読者を獲得したければ、カナダが舞台ではお話にならないという風刺的教訓を述べているのだ。カナダ人作家としての誇りか、自作の売り上げかといった典型的なジレンマが表現されているようだ。ルーディ・ウィーブ（一九三四―）は七〇年代初めに似たような経験をしている。アメリカの出版社は、彼が出自としているカナディアン・メノナイト（ロシアからの宗教移民）について書くくらいなら、アメリカのユダヤ人について書くよう勧めたらしい。キースの見たところ、二十世紀終盤になってやっと、メイヴィス・ギャラント（一九二二―）やアリス・マンローといった女性作家たちは、『ニューヨーカー』などの雑誌に、ジレンマを味わうことなくカナダが舞台の作品を発表しているとのことである。

一方で、一九六〇年代から作家の意識にも変化が見られることは、現代カナダ文学を代表するマーガレット・ローレンス（一九二六―八七）が七二年に述べた一文からうかがい知ることができる。「ひと頃、カナダの作家になることはきわめて困難だった。カナダ人は長年の間、一種の植民地気質を持ち続けていて、どうもカナダ人の書いた作品が優れているはずはないと多くの人々が感じていた。良いものは断然ニューヨークか大西洋を越えて来るものを思い込んでいた。こんな文化風土も、とりわけここ十年の間に著《いちじる》しく改善された」(Staines 4)とある。建国百周年を前後して活況を呈するようになったカナダ文学の特徴を、ローレンス研究第一人者の論述から拾い上げることができる。

> 六〇年代後半から七〇年代を通じ、ローレンスがカナダの「国民的作家」と歓迎されたのは彼女の作品が大平原の地域に根ざし、その地域独特の習慣やイディオムを忠実に再現しながら、しかも同時にカナダ的であり、かつ普遍的にも訴える真摯な、力強い声をもっていたからである。(堤、一九九五：二一〇)

ローレンスが国民的作家と讃えられるきっかけとなった代表作『石の天使』(一九六四：浅井訳、一九九八)は、ニューヨークで出版されることで、国際的にも知られるようになった。カナダ総督文学賞作品『神の戯れ』(一九六六)は、トロント、ロンドン、ニューヨークの三都市で同時出版され、『レイチェル、レイチェル』のタイトルで、アメリカ映画の原作[11]となっている。

カナダ文学の普及、世界レベルでの認知度に関して逃れられない現実は今も変わりない。モンゴメリのアン・シリーズであれ、アーサー・ヘイリーの大衆文学であれ、さらにはカナダ文学の文芸作品であれ、世界で認知されるには、大国アメリカの出版業界、付随的にはアメリカ映画産業も含め、アメリカ資本の力を借りる必要があるということだ。

5 「ないない尽くしのジレンマ」とカナダ文学をめぐる精神風土

アメリカ文学には、誇るべき文学の伝統があるが、開花期には新興国のジレンマを抱えていたことは文学史的常識である。カナダ文学との対比で、アメリカ事情についても認識しておきたい。イギリスの文芸評論家ウォルター・アレンは『20世紀の英米小説』(一九六四：渥美訳、一九八〇)の序文で、伝統を築き始めたアメリカの作家たちが抱えたジレンマをめぐる彼らの声を紹介している。『モヒカン族の最後』(一八二六)で知られるジェイムズ・フェニモア・クーパー(一七八九―一八五一)は「ヨーロッパだったら豊かな鉱脈となって見出されるような、作家を富ませるべき鉱石が、ここアメリカにおいてはほとんど見あたらない。(中略)劇作家のためには風俗習慣が、ロマンスの作者のためにはおぼろげな伝説がない」(アレン 三)とアメリカの精神風土を嘆いている。ホーソーンはそれから三十年後に、『七破風の家』(一八五一)の序文で、自分の作品は小説ではなくロマンスだと主張し、小説を書かないのは、必要な付帯状況がアメリカには存在しないからと嘆いた。さらにその三十年後にヘンリー・ジェイムズは、ホーソーンの評伝において、小説家の立場から、アメリカ社会の欠陥をさらに拡大して告発し「ないない尽くしのジレンマ」と呼んだ。ジェイムズの嘆きは、四巻本の大著『講義アメリカ文学史』(渡辺、二〇〇七、二〇一〇)でも取り上げられている。文化的堆積物が欠落するアメリカの現実が直面するホーソーンのジレンマを、ヨーロッパの伝統文化に惹かれるジェイムズが代弁したことになるが、渡辺は、その欠落こそアメリカ文学が発展していく原点であると指摘し、アメリカ文学の独自性をいくつかの要点にまとめている。以下に考察するカナダ文学の場合とは対照的な渡辺の一節を紹介しておきたい。

この対ヨーロッパ意識は、植民地時代以来、長い間、文化的な劣等感、後進・隷属の意識であったが、やがて政治的に独立を達成したあとは、文化的にも独立を訴える声が高まり、ヨーロッパの伝統文化を腐敗した世界として批判し、拒否するとともに、アメリカ社会を、たとえ荒削りであろうと、本質的には無垢で健全な社会として、その独自性を強調する自己主張となった。ヨーロッパに対するこの揺れ動く微妙な自己意識は、これまた、アメリカ文学に、ヨーロッパには見られない独特の性格を与えることになった。（第一巻、三二）

このように初期アメリカ文学の作家には、独立を契機に、英文学とは一線を画す、独自の文学の伝統を育もうとする動機付けがあったが、革命を選ばなかったカナダの場合は、母国との政治的結びつきが強く、英文学の伝統を断ち切り、新興国の礎《いしずえ》やシンボルとなる国民文学を生み出す気風は育ちにくかったと言えよう。カナダは現在でも立憲君主制国家として英連邦に属し、国家元首はエリザベス二世、カナダ国内に名代《みょうだい》としてカナダ総督を戴《いただ》いている。母国の伝統は「捨て去るべき帝国主義的な重荷ではなく、実例であって、無論おとなしく模倣すべきものではなく、慈《いつく》しむばかりか、強化すべきもの」(Keith, 2005: 21) との見方がある。まさに英系カナダ文学は、英文学の支流であることに甘んじることから出発したのだった。

植民地時代のカナダにおいて、新世界に付き物の「ないない尽くしのジレンマ」は、異なった様相を呈している。第Ⅱ部で取り上げる植民地時代の作家リチャードソンとムーディにとっての「ないない尽くしのジレンマ」は、コロニアル作家の選択という形で昇華されている。アメリカ的な反骨精神からではなく、母国イギリスへの思いと作家個人が置かれた状況から生じたジレンマの解消法が、結果としての『ワクースタ』（一八三二）であり『未開地で苦難に耐えて』（一八五二）だった。第二章では、カナダ的な条件の下で、リチャードソンが「ないない尽くしのジレンマ」を、いかに解消しているかという側面から論じている。片やムーディの方は、女性移民作家であるがゆえに味わわなければならなかった、ジレンマの数々と苦渋の選択が、『未開地』を誕生させている。第四章では、経済的なジレンマからカナダ移民になることを選択したムーディ夫人が、カナダ自治領成立（一八六七）を経て、いかにして新生カナダの作家へと変容していったかを跡づけている。

二十世紀中葉のカナダ西部文学を代表するハワード・オヘイガン（一九〇二―八二）とシンクレア・ロス（一九〇八―九〇）の場合、カナダの出版事情による作家的ジレンマがまず先立った。しかしながら彼らは、英米の出版市場や読者を想定したジレンマ解消法を選びはしなかった。言い換えれば、英文学の支流であることに甘んじていた英系カナダ文学に、独自路線があることを示した現代カナダ文学のパイオニアでもあった。出版当時主流だった写実主義の視点から眺めた彼らの作品世界は、カナダ性が強すぎ、市場には馴染《なじ》まなかったことになる。彼らは一九八〇年代以降に再評価されて、カナダ文学史上で主要作家の地位を得たが、オヘイガンの代表作『テイ・ジョン』（一九三九）とロスの代表作『私と私の家に関しては』（一九四一）は、世界文学の仲間入りを果たしてはいない。両作品は、その前衛性ゆえに、現代カナダ小説の先駆けとなったが、彼らの全作品を見渡せば、出世作も含めて、そこから立ち現われるのは、英米文学とは一線を画す、英系カナダ文学独自のカナダ的時空だ。オヘイガン研究となる第五章では、表題の主人公テイ・ジョン自身がジレンマを体現しプロットの要をなしていることを跡づけ、第六章では、オヘイガン特有の作品世界から、西部開拓にまつわるカナダ事情を探りつつ、そこに立ち会った山男たちのジレンマ、女たちのジレンマを読み取る。ロス研究の第七章では、一九三〇年代の平原州に拘ったシンクレア・ロスの時空を、登場人物が見舞われた時代的かつ風土的なジレンマと、その解消法に焦点を絞って検証している。

第Ⅳ部で扱う、現役作家アトウッドとアーカートの初期作品には、開花期のアメリカ文学につきまとった「ないない尽くしのジレンマ」が、対ヨーロッパ意識、とりわけイギリスの伝統文化や文学に対する憧憬《しょうけい》に姿を変えて出現する。植民地時代の作家リチャードソンとムーディは、「ないない尽くしのジレンマ」を、現実問題として解消しなければならなかったが、アトウッドとアーカートは、そのジレンマを『レディ・オラクル』『ワールプール』の中で、退屈な新世界カナダと、逃避先としての旧世界との対比を通して描いている。二十世紀の女性作家として暗示しているのは、その拠り所が、カナダ人にとっては無効であるということだ。

このように旧世界に対する「ないない尽くしのジレンマ」は、カナダ文学の展開のプロセスで、アメリカ文学の場合とは異なる路線につながったことを示したが、本書で扱った作品群からは垣間《かいま》見える程度の、カナダ特有のジレンマにも触れておきたい。カナダの出版事情をめぐるカナダ人作家のジレンマにおいても兆しはあったが、進化を遂げ均質化したカナダの現代社会において一段と顕著になったジレンマがある。それは対アメリカ意識から生じる内的なジレンマである。アメリカ的な生活様式、物質・消費文化を享受しながら、カナダ人作家として創作するには複雑な想いが付随し、現代の英系カナダ文学の作品には、打ち消すことのできない対米意識が見え隠れする。南の隣国アメリカへの屈折した心情を、カナダ文学が引き受けなければならないジレンマ、生きる条件として明文化しているのは、フライやアトウッド、教育現場から批評活動をしたキースやその他のカナダの評論家たちだ。

ここでは二十世紀カナダの文学批評を代表するフライ、アトウッド、キースの声を拾い上げ、カナダの作家たちが置かれている精神風土を垣間見ることにしよう。一つ目は、カナダ研究概論として編纂された『アイデンティティに焦がれて』(Taras et. al., 1993) に再掲されたフライの論文「大陸を分ちて」(Frye, 1982) より、二つ目は、アトウッドの評論集『第二の言葉』収録の評論「加米関係――八〇年代を生き延びる」(Atwood, 1982: 371-92) より、三つ目はキースの評論「第三世界アメリカ」(Keith, 1990) よりの一節である。

> 政治的、経済的、そして科学技術的にも世界はひとつになりつつある。カナダはアメリカの軌道に収まっており、未来を予見しても変わりなさそうだ。カナダ人はそんな状況に抵抗したくてもできないし、多くのカナダ人が望んでいるわけでもない。(Frye 258)

アメリカ人は大抵、加米関係、いや彼らなら米加関係と言うだろうが、思い煩《わずら》う必要はない。皆目影響のない物事について考える理由があろうか。ところが私たちカナダ人は、好むと好まざるとにかかわらず、あなた方のことを思い煩わなくてはならないというのに。(Atwood 372-73)

カナダ人は合衆国について、少なくとも基礎的な知識を身につける必要がある。しかるに、ほとんどのアメリカ人は、カナダのことを能天気にも、何も知らないで一生を過ごすことができる。この気まずい真実は、カナダ人が受け入れなければならない人生のもう一つの事実なのだ。(Keith 6)

引用箇所に関して三者に共通しているのは、加米関係は対等ではありえず、カナダが一方的にアメリカの影響下にあって、そこから逃れたくても逃れることができないという、マイノリティとしての現状認識である。同じ北米という文化圏にありながら、アメリカとは異なった世界観を持つ点が、海外、隣国の興味を引くという「曖昧《あいまい》な状況のもつ予期せぬ利点」(Keith 6) こそ、英系カナダの活路であると認識している。

アトウッドは、一九七〇年代の文化ナショナリズムの時期に、カナダ関係専門の出版社の発足に尽力《じんりょく》し、現代カナダ文学入門書『サバイバル——現代カナダ文学入門』(一九七二:加藤訳、一九九五)出版で、カナダ文学の存在をアピールした。創作においても長きにわたってアメリカ的価値観を風刺してきた。とはいえ、近年のグローバリズムを反映して、アトウッドはカナダの作家というより英語圏の女性作家として位置づけられている。カナダの文化ヒロインたるアトウッドは別格として、本書では守備範囲外の英系カナダ人作家の作品では、攻撃的な風刺もさることながら、対アメリカ意識からくるジレンマを底流に宿していると指摘するに留めたい。次章では、カナダ人作家の精神風土を「ゴシック」という括りで、考察する。

◉注

（1）《カナダの文学》シリーズは、彩流社の企画によるもので、初回配本に続き、英系では、マーガレット・ローレンス『石の天使』、ティモシー・フィンドリー『戦争』、仏系では、イヴ・テリオー『アガグック物語――極北に生きる』、ガブリエル・ロワ『わが心の子らよ』などの他、別巻として『カナダ戯曲選集』三巻を刊行している。彩流社では、カナダ文学の名作シリーズとは別途、現代のカナダ文学を代表する現役小説家や劇作家の翻訳を手がけており、さらに新興カナダ文学を日本に翻訳紹介する一環として、日本カナダ文学会との共同企画による『ケンブリッジ版 カナダ文学史』（二〇一六）を刊行している。

（2）「カナダ作家協会」(Canadian Authors' Association) は、一九二一年に当時の人気作家スティーヴン・リーコックらによって設立された。自国文学に関する著作権法制定、作品の出版・販売促進、夏期文学講座開講、大学における講座開設・研究体制確立などの運動を展開し、「カナダ総督文学賞」（一九三七）をはじめ、各種文学賞を制定している（日本カナダ学会カナダ豆事典編集委員会編『カナダ豆事典』渡辺 三二―参照）。

（3）「カナダ文化振興会」(Canada Council) は、一九五七年にカナダ議会により、芸術活動をサポートする独立性を持った組織として設立された。オタワを拠点とする政府全額出資の公共企業体である。音楽や出版、ダンス、演劇、アートなどの分野で活躍する芸術団や芸術家などを対象に助成・授賞を行なっている（『カナダ豆事典』下村 三〇参照）。

（4）「新カナダ文庫」（New Canadian Library）の再版シリーズでは、著名作家や評論家が「まえがき」ないし「あとがき」を担当し、作品の歴史的背景や意義について解説している。ちなみに、縮約版のリチャードソン『ワクースタ』とムーディ『未開地で苦難に耐えて』は共に、カール・クリンクが「まえがき」を引き受けている。

（5）カナダ文学研究関係者は、フライを二十世紀中葉の文芸思想界を席巻した文芸評論家というより、カナダ文学の育成に尽力したトロント大学教授として仰いできたようなところがある。フライは『トロント大学クオータリー』の文芸時評欄でカナダ詩の書評を担当。当時のカナダ文学史の決定版、クリンク編纂の『カナダ文学史』初版（一九六五）に寄せたフライの「結語」は、カナダ文学・文化の総括として脚光を浴び、古典的エッセイとなった。しかるにW・H・ニュー編纂の『カナダ文学史』第二版（一九九〇）では、キャメロン担当の項目「理論と批評――カナダ文学の動向」にあるように、一九七〇年代後半から、時代思潮は新たな局面を迎えていた。ポストモダニズム・ポストコロニアリズム・脱構築批評が主流となった文芸批評の世界では、「原型批評」「神話批評」を体系化したフライは、批評史を彩った過去の偉人とみなされる傾向がある。しかしフライの精神は、アトウッドに受け継がれ、時代の潮流とともに変容を続けており、再評価の動きも見逃せない。日本のアトウッド研究者は、フライが「文学全体を、歴史的事実より、ファンタジーによって共時的に体系づけようとした」、フライの批評活動は「『想像力』によって人間社会の変革の可能性を探る場」であったと指摘し、アトウッドの作家活動の原動力には、フライの「未来への希望をつなぐ『想像力』」がルーツにあるとしている（伊藤、二〇〇八：二九）。また、アメリカ文学の評論『ノースロップ・フライとアメリカ小説』(Le Fustec, 2015) においては、フフイが『聖書』と「西洋文学」の関係を体系化した『大いなる体系――聖書と文学』（一九八三）で示した文学理論を切り口にしている。

(6) ヨーロッパでの第二次百年戦争の一環として、新大陸で行なわれた植民地抗争は、フレンチ・アンド・インディアン戦争（一七五三―六三）と呼ばれている。当初は「インディアン」と巧みに協同したフランス側が優勢だった。一七五六年に至りヨーロッパで起こった七年戦争と合体した。強力な海軍力を利して植民地に傾注したイギリスは、フランス側の拠点を次々攻略した。一七六三年パリ条約で、フランスの北米植民地ヌーヴェル・フランスとミシシッピ河以東の仏領ルイジアナ植民地は消滅し、英領北アメリカ植民地の一部となった（『カナダ豆事典』江川 二二一参照）。

パリ条約後、国王宣言により「ヌーヴェル・フランス」は、「ケベック植民地」と改称された。さらに、一七九一年に、ケベック植民地はアッパー・カナダ（現オンタリオ州）とロワー・カナダ（現ケベック州）に分割された。一八一二戦争後の一八四一年には、アッパー・ロワー両カナダ連合植民地が成立した。

(7) イギリスと英領北アメリカ（カナダ）、さらに同盟を結んだインディアン部族とアメリカ合衆国との間で行なわれた北米植民地戦争（一八一二―一四）で、アメリカ独立戦争に次いで、第二次英米戦争とも呼ばれる。一八一二年にアメリカが宣戦布告した。国境地帯を防衛するという困難にもかかわらず、ブロック将軍はクイーンストン・ハイツの戦いで米軍を撃退した。ブロック将軍は戦死したが、アッパー・カナダの住民は反米に固まり、フランス系カナダ人もイギリス支配下で保障された諸権利を守るため積極的に戦った（『カナダ豆事典』木野 八〇参照）。

（8）「海から海へ」（英語で 'From sea to sea,' ラテン語では 'A mari usque ad mare'）は、『旧約聖書』の「詩篇」七二番八節に由来する。「王が海から海まで、大河から地の果てまで、支配しますように」の一文がルーツになっている。カナダのメープルリーフ国旗の両側の赤い部分は、大西洋と太平洋を、中央のメープルリーフはカナダの国土を表わしている。二つの海にまたがる大陸国家を目指したカナダにとって、東西を「鉄の鎖」で繋ぐ大陸横断鉄道（CPR）は、カナダ建国のシンボルとなった。カナダは、現在十州と三準州から成るが、一八六七年の自治領成立当初は四州（東部のケベックとオンタリオ、沿海諸州のニューブランズウィックとノヴァスコシア）から出発した。以後の連邦加盟の年次は、一八七〇年マニトバ州、七一年ブリティッシュ・コロンビア州、七三年プリンス・エドワード・アイランド州、九八年ユーコン準州、一九〇五年サスカチュワン州とアルバータ州、四九年ニューファンドランド州、九九年ノースウエスト準州とヌナヴト準州。日本カナダ学会編『新版 史料が語るカナダ 1535-2007――16世紀の探険時代から21世紀の多元国家まで』（二〇〇八）の付録「カナダ歴史地図」には、現在の十州と三準州の一般的な地図の他、「言語別に見た先住民の分布図（16～18世紀）」に始まり、時代ごとの北米の勢力地図、カナダの領土的変化を示す時代ごとの「版図」が掲載されている。

（9）カナダの国土は、カナダ楯状地《たてじょうち》、低地・平野、山脈の三ブロックから成る。カナダの気候は、国土が北半球の高緯度に位置すること、多様な地形に覆われていること、西、北、東に海があるという、三つの条件に規定されている。カナダの長く寒い冬は高緯度性という位置的条件による（飯野正子・竹中豊編著『現代カナダを知るための57章』林 一六―一九参照）。

（10）カナダは、外からの移住は時期と場所によって異なり、その目的も多様だった。このため、オンタリオ州、ケベック州をはじめ、沿海諸州、平原諸州、ブリティッシュ・コロンビア州等は、それぞれ異なる移住と地域発展の歴史をもち、地域主義が発達した。その背後には、中央と周辺、工業化諸州と一次産業諸州、英語系文化とフランス語系文化等、複雑な地域的利害の対立と人々の意識構造におけるアイデンティティの持ち方の違いがある。アメリカ人は容易に合衆国の公民としての帰属意識をもてるが、カナダでは各州への帰属意識が強く、中央諸州に対する地方諸州の不信感が根強く存在する（『カナダ豆事典』小浪 八六参照）。

（11）ローレンスの『神の戯れ』を原作にしたアメリカ映画『レイチェル、レイチェル』(*Rachel Rahel*) は、俳優のポール・ニューマンが、一九六八年に初めて制作・監督した作品である。『理由なき反抗』（一九五五）のスチュワート・スターンによる脚色で、一九六八年度のニューヨーク批評家賞を獲得している。（http://www.kinenote.com/main/public/cinema/detail.aspx?cinema_id=9715 参照）

第二章　ゴシックの系譜

——古典ゴシック小説から英系カナダのゴシックへ

1　「ゴシック」の現況とルーツ

ゴシック小説を元祖とする「ゴシック」には、二百五十年の歴史がある。新しい小説ジャンルとして十八世紀中葉に出現したゴシックは、小説ジャンルを超えて変容、増殖を続け、「茫漠としたゴシックに秩序と体系を見い出そうとしても、そのような挑戦はあえなく拒まれ、転覆されるものなのだ」（マルヴィーロバーツ xi）という共通認識をもたらしている。近刊のガイドブック『ザ・ゴシック——成功の二百五十年——ゴシック文学と文化案内』(Blakemont, 2014) は、「ゴシックとは何か」との複雑な問いかけに対して、端的な捉え方を提案している。「ゴシックとは、芸術創造、美的価値の流派への特定のアプローチ」、「ゴシックを定義付けるのは、プロットや設定ではなく、ムード」であり、ゴシックは「それが創る雰囲気や喚起する感情」「奇妙なもの、逆説的、反慣習的、超現実的なもの」

に関わっており、ゴシックとは「転覆の芸術」だとしている (Blakemont 3)。

二十世紀末から出版が相次ぐゴシックのガイドブックは、多かれ少なかれ学術的な色合いが濃いが、『ザ・ゴシック』は一般読者向け、とりわけサブカルチャーとしてのゴシックに興味があるオタク層を対象としているように見受けられる。昨今の多岐にわたるゴシック文化を氷山に喩《たと》え、水面下、アンダーグラウンドを居場所としながらも、最新テクノロジーを武器に、グローバリゼーションと多様化の波に乗って、進化を続けているという。日本人読者にとって興味深いのは、エピローグで「日本は、ゴシックに新たな血統をもたらしている、とりわけ漫画、アニメーション映画、ビデオゲームやファションにおいて」(Blakemont 83) と述べ、具体例を挙げていることだ。ちなみに、日本のゴシックへの言及は、『ゴシック文学事典』(Snodgrass, 2005: 199) の「日本のゴシック」の項目で、古典芸能や今昔物語、怪談が紹介されており、『増補改訂版　ゴシック入門』(マルヴィ–ロバーツ、二〇一二) では、日本古来の怪談と西洋ゴシックから継承した異種混淆《こんこう》のジャンルとして解説し、村上春樹や川上弘美のような現代作家の作品にもゴシック的想像力を見いだしている (オザワ　三七九)。

本書では古典ゴシック小説の系譜から派生した英系カナダのゴシックについて論じているが、ゴシックの派生具合に触れておきたい。先の『増補改訂版　ゴシック入門』や、『ゴシック文学事典』にエントリーを果たしている項目は枚挙にいとまがない。恐怖装置を内蔵する表現モードとしてのゴシックは、お伽《とぎ》話やSF、ゴシック劇、ホラーやサイコ・スリラー映画、サイバーパンク、絵画、音楽、写真、グラフィック・ノヴェルやコミックに及ぶ。サブカルチャーのファッションジャンル「ゴシック&ロリータ (ゴスロリ)」などは一人歩きして、恐怖というより不気味さを醸《かも》し出している。また、ゴシック小説の空間的な繁殖ぶりは、アメリカン・ゴシックを筆頭に、オーストラリア、英系カナダやカリブ、独仏、ロシア、日本のゴシック、さらにアメリカン・ゴシックから枝分かれしたアフリカ系や南部のゴシックなど、多岐にわたっている。今世紀ゴシックの百花繚乱ぶりは、とりもなおさず、グローバル化した現代社会が、ありとあらゆる恐怖と背中合わせであることを逆照射している。

ゴシックの由来とゴシック文学誕生までの経緯について、『古典ゴシック小説を読む』(杉山他、二〇〇〇)を参考に紹介しよう。ゴシックの語源となっているゴート族は、もともとゲルマン系の一民族を指す言葉であった。三世紀から五世紀にかけて、東ゴートと西ゴートはローマ帝国を侵略して滅ぼし、イタリア、フランス南部、スペインの王国を築いた。そのような歴史的背景から、ゴシックは「野蛮な」と同義語になった。七世紀頃までに、急速にローマ化したゴート人の言語は消滅したが、印欧語の中でゴート語は実在の証拠がある唯一の言語とみなされている。十八世紀になるとゴシックは、尖塔を特徴とする中世の建築様式を指し、ロマネスク様式の秩序、調和に対して「無秩序」「不規則」を意味するようになった。

文学ジャンルとしてゴシックに命を吹き込んだのは、イギリスの政治家兼文筆家のホレス・ウォルポール(一七一七―九七)である。宰相《さいしょう》ロバート・ウォルポールの三男という名門の出で、エリート教育を受けたホレスが後世に名を留めているのは、言うまでもなく元祖ゴシック小説『オトラント城』(一七六四)と、それに先立って築かれたゴシック風の館ゆえんだ。ホレスは一七四一年から二十六年間代議士を務めるかたわら、ロンドン郊外にコテージを購入、設計家を住み込ませ、次第にゴシック風邸宅に作り変えていった。回廊、小塔、銃眼付き胸壁を建て増し、館内には蒐集した古美術品を陳列した。彼の居城は「ストロベリー・ヒル」の名称で知られ、国内のゴシック建築の復興にひと役買ったと言われている。古城にいる夢から目覚めて霊感に導かれるように書き進んだという『オトラント城』は、彼の好古趣味が嵩《こう》じて生まれた申し子だった。

ウォルポールは初版の序文で、作品の由来を中世イタリアの古い物語におき、その翻訳者を装っている。原著者の時代、ロマンスには超自然がつきものであり、奇怪奇異を信じる中世の人々の習俗を忠実に描くのが原著者の本分だろうと代弁者になりすまし、理性の時代の読者への言い訳にしている。ところが、初版が大衆の嗜好《しこう》を捉えたことを知るや、翌年出版の第二版の序文では、自らが作者であるとの真相を明かした。「これは旧と新、二種類のロマンスを融合《ゆうごう》させようとする試みであった」と創作意図を公表し、「ゴシック・ストーリー」という副題をつけている。彼の言う新旧ロマンスについては、本書第三章「辺境カナダのゴシック」で作者リチャードソンの小説作法とからめて引き合いに出す。

2　古典ゴシック小説の系譜

ゴシック小説が登場した十八世紀は、本家イギリスで散文が進化を遂げた時代であり、各種近代小説（ノヴェル）がお目見えした。『イギリス小説入門』（川口、一九八九）を参考に列挙すると、最初の「まことしやかな」近代小説、ダニエル・デフォー（一六六〇—一七三一）の『ロビンソン・クルーソー』（一七一九）、風刺あるいはユートピア小説ではジョナサン・スウィフト（一六六七—一七四五）の『ガリヴァー旅行記』（一七二六）、サミュエル・リチャードソン（一六八九―一七六一）の書簡体小説『パメラ』（一七四一）、ヘンリー・フィールディング（一七〇七―五四）のピカレスク小説『トム・ジョーンズ』（一七四九）、さらにはロレンス・スターン（一七一三―六八）の「完成したばかりの小説形式を破壊する小説」（川口　四二）『トリストラム・シャンディ』（一七五九）が近代小説を代表している。

一般市民の日常生活を描くのが近代小説の証だったとすれば、超自然と恐怖を旗印にし、中世の迷信深い南欧カトリック圏を舞台にした『オトラント城』は、あくまでも傍流をなすロマンス風の小説であった。言い換えれば、理性を重んじる啓蒙《けいもう》主義の時代に、市井《しせい》の人々の嗜好《しこう》を見越した人衆小説の走りだったことになる。ロマンスとも小説とも呼ばれる(1)『オトラント城』は実際のところ、十九世紀初めにかけて大流行した女性向けのゴシック・ロマンスのお手本になったばかりでなく、その後の古典ゴシック小説の展開のなかで、原型としての多様性を示している。

小説ジャンルとしてのゴシック小説が隆盛を極めるのは一七九〇年代になってからである。影響力の大きかったのは、女性のゴシックを代表するアン・ラドクリフ（一七六四―一八二三）と、男性のゴシックではマシュー・ルイス（一七七五―一八一八）。ラドクリフは、畏怖《いふ》の念を引き起こすゴシック的な崇高美を旅の背景に、父権的支配に晒《さら》されるヒロインが恐怖におののくプロセスを描いた。説明のつく超自然や上品な作風ゆえに過小評価された時期もあるが、先駆的なフェミニズム批評により読み直された。「一見超自然に見える出来事によって生じた憶測や暗示こそ声なき女性の本当の表現があり、ラドクリフをプロセスとして読むことが女性ゴシックの本質をあきらかにすることなのだ」（マイルズ　九九）。ルイスはラドクリフの代表作『ユードルフォの謎』（一七九四）に触発されて『修道士』（一七九六）を書いたが、その残忍な煽情性《せんじょう》は世間を騒がせた。悪魔という超自然を悪の動因にすることで禁断の感情を抉《えぐ》り出しており、女性たちは、官能性と無垢《むく》の危険性が強調されている（長尾 二〇三五）。『修道士』の世界は、ラドクリフの精神的な恐怖「テラー」に対して、血みどろの身体的恐怖「ホラー」の宝庫だといえよう。

古典ゴシック小説のプロットは、複雑な「家系型」か通過儀礼的な「旅型」のいずれか、あるいは『ユードルフォの謎』のように両方を軸にしている。「家系型」は、『オトラント城』を皮切りに、クレアラ・リーヴ（一七二九―一八〇三）『イギリスの老男爵』（一七七八）、『修道士』、ラドクリフ『イタリア人』（一七九七）、チャールズ・ブロックデン・ブラウン（一七七一―一八一〇）の『ウィーランド』（一七九八）が続く。そしてゴシック小説隆盛期の最後を飾るジェイムズ・ホッグ（一七七〇―一八三五）の『義とされし罪人の回想と告白』（一八二四）には、家系図に不可解な分身が登場し、不確定性に満ちた輻輳《ふくそう》する語りは、脱構築批評の格好のテクストとなった。

一方「旅型」では、ウィリアム・ベックフォード（一七六〇―一八四四）『ヴァセック』（一七八六）が野望の旅、ウィリアム・ゴドウィン（一七五六―一八三六）『ケイレブ・ウィリアムズ』（一七九四）が逃亡の旅、ブラウン『エドガー・ハントリー』（一七九九）が荒野の彷徨《ほうこう》に、ジョン・ポリドーリ（一七九五―一八二一）『ヴァンパイア』（一八一九）では、吸血鬼が旅の道連れになっている。さらにメアリ・シェリー（一七九七―一八五一）『フランケンシュタイン』（一八一八）には、語り手の北極探検という枠内に博士と怪物の旅がはめ込まれている。この作品はエレン・モアズが「女性ゴシック」と称し、出産を巡る神話として評価したことでも有名だ。「旅型」の集大成となるのは、チャールズ・ロバート・

マチューリン（一七八二―一八二四）『放浪者メルモス』（一八二〇）である。幾重もの入れ子構造は、時空を放浪するメルモスが連接する働きをしている。この作品は悪魔的な探求のロマンスとして典型的なゴシック小説でありながら、その写実的な描写は近代のリアリズム小説の先駆ともみなされている。

古典ゴシック小説の系譜において注目すべきは、ブラウンの『ウィーランド』と『エドガー・ハントリー』が、ゴシック小説全盛期の一角を担っていることだ。ブラウンは同時代のイギリスの思想や文学から多くを学んだが、暴力や流血のホラーに終始したわけではなかった。新世界を舞台に、人間の心の闇、無意識から噴出する恐怖を描き、ゴシック小説に新たな水脈を生んだ。ブラウンが手がけた恐怖の内在化は、ポー、ホーソーン、メルヴィル、ジェイムズ、フォークナーを経て現在まで続くアメリカ文学の系譜に受け継がれている。ブラウンが「アメリカ小説の父」と呼ばれるゆえんだ。

よりアメリカ的とされる『エドガー・ハントリー』の自然は、イギリスのピクチャレスク・トラヴェラーが鑑賞目的にした崇高な自然ではない。命を危険にさらす現実的な脅威、嵐や猛獣、残忍なインディアンが遍在する荒野だ。自然は古城や修道院や地下牢に代わるゴシック空間そのものと化しており、さらには語り手ハントリーの心理の客観的相関物の働きをしている。「荒野の恐怖、インディアンの暴虐は、実は、住みなれた母国をあとにして新大陸に乗りこんできた文明人の野蛮の投影であった」（杉山　一二）。アメリカン・ゴシックは、楽天的な新国家建設に潜む闇を表現する格好のモードだったわけだ。その「暗い色調は、ひとつには奴隷制の遺産と人種差別にかかわるもので、あとに続く多くの南部のゴシックの特徴となり、トニ・モリソンの『ビラヴド』のように、いまもこの様式のおもな活力となっている」（スミス　三二三）。

3　英系カナダの元祖ゴシック小説——ジョン・リチャードソン『ワクースタ』

ブラウンは『エドガー・ハントリー』の序文で、新しいアメリカ文学のあり方を主張した(Brown 3)。その序文からは独自の文学世界を切り開くというパイオニア的意気込みが伝わってくる。同じ北米大陸を分かつカナダで、元祖となるゴシック小説を書いたのは、カナダ生まれの最初の小説家ジョン・リチャードソンである。英軍に任官されて、生まれ育ったカナダを離れたのは一八一六年、兼業作家として執筆を開始した時期は、ロマン派詩人たちが活躍する一方で、ウォルター・スコット（一七七一—一八三二）の本格的歴史小説や、ゴシック・ロマンス、ゴシック小説が流行のモデルとして身近にあったと考えられる。

カナダ人作家が、英文壇の傾向を視野に入れて、歴史ロマンスにしろゴシック小説にしろ英国植民地を舞台にした作品を書くにはジレンマが伴ったろう。初期アメリカ文学の作家たちが見舞われた「ないない尽くしのジレンマ」は、アメリカ以上に深刻だったからだ。しかしながら、アメリカの国民文学のように、その欠落を逆転して、独自路線を目指すという発想をリチャードソンに期待するのはお門違いかもしれない。母国に帰属意識のある兼業作家には、独立後のアメリカ作家たちのように、反骨精神を作品の中で昇華する動機づけが乏しい。彼は「ないない尽くしのジレンマ」を、歴史小説の体裁や、ゴシック小説のモチーフ、コンセプト、道具立ての代替物を逐一再創造することで解消したと考えられる形跡が随所に表出している。文学史を後知恵的に眺めると、大衆文学として始まったゴシック小説は進化と深化を遂げ、ホッグの『義とされし罪人の回想と告白』をもって古典ゴシック小説の系譜にひと区切りつけられている。リチャードソンの『ワクースタ』は現代批評で再評価されるまで、言わば遅れてきたゴシック小説、英文学の亜流的な位置づけに甘んじるしかなかった。

『増補改訂版　ゴシック入門』「英系カナダのゴシック」の項には、リチャードソンの『ワクースタ』に先立ち、カナダ生まれの女性作家ジュリア・キャサリン・ベックウィズ（一七九六―一八六七）の『聖アースラ尼僧院、またはカナダの尼僧の実生活』（一八二四）の書名が挙がっているが、こちらは典型的な煽情的ロマンスであり、正しく英文学の亜流と呼ぶにふさわしい。『ワクースタ』の方は、本家のゴシック小説の構成要素を取り入れながらも、カナダのゴシック小説の元祖として二十一世紀になっても研究対象となっている。本書第三章「辺境カナダのゴシック」では、英軍少佐がカナダの素材を使っていかにゴシック小説を書き上げたかに焦点を当てている。次項では、ゴシック批評の流れを踏まえて、現代的な『ワクースタ』の位置づけ、コロニアル・ゴシックとしての読みにも触れておきたい。

4　ゴシック批評の動向

文学史上でマイナーな存在であったゴシック小説は、二十世紀になってからまとめて扱われるようになり、本格的な研究対象になったのは一九七〇年代以降である（神崎　一九）。ゴシック小説に対する興味は、フロイトの精神分析やシュルレアリスムの夢や無意識の領域への関心ともリンクしている。フェミニズムをはじめ、六〇年代のマイノリティの権利拡大の影響を受けて始まった「正典の見直しと拡大」の趨勢《すうせい》によることは確かだ。とりわけ二十世紀も四半世紀後半以降のゴシック批評の隆盛ぶりには目を見張る。今世紀初頭の特徴としては、一九九八年に出版された初版『ゴシック入門――123の視点』(Mulvey-Roberts, 1998：ゴシックを読む会訳、二〇〇六)に触発されたかのガイドブック、事典の出版が相次いでいる[(3)]。

後発のカナダ文学においても、一九七〇年代にゴシックの研究書が単発的に出版されている。七〇年代といえば、開花してまもないカナダ文学の特質を論じることに意を尽くしていた年代である。たとえば、『岩の上の蝶――カナダ文学における主題とイメージの研究』(D. G. Jones, 1970)、『カナダ的経験――英系カナダ散文概論』(A. J. A. Smith, ed., 1974)、『カナダ的想像力』(Staines, ed., 1977)に代表的される。マーゴー・ノージーの『ホーンティッド・ウィルダネス(幽霊の出る未開地)――カナダ小説におけるゴシックとグロテスク』(Northey, 1976)は、カナダ文学の特質を探る批評の流れの中で、登場したとも言える。ノージーは、仏系も含めカナダ小説の非現実的側面を「暗いゴシシズムの流れ」(Northey 3)と称し、写実的側面に傾注する批評動向に一石を投じた。ノージーは『ワクースタ』を「カナディアン・プロトタイプ」と位置づけ、個々の作品分析に際し、「ゴシック」「グロテスク」をタイプ別に論じ、たとえば「社会学的ゴシック」としてマーサ・オステンソウ(一九〇〇―六三)『ワイルド・ギース』(一九二五)とアトウッドの『浮かびあがる』(一九七二)を、「シンボリック・グロテスク」としてシーラ・ワトソン(一九〇九―九八)『二重の鉤針《かぎばり》』(一九五九)を取り上げている。ゲール・マクレガーの『ワクースタ・シンドローム』(McGregor, 1985)も同じ路線上にあり、彼は、カナダ的想像力における構造的なメタファーについて考察するにあたり、『ワクースタ』をカナダ人の心理傾向を表象するルーツにしている。

今世紀のゴシック批評に先鞭《せんべん》をつけたのはジャスティン・エドワーズの『ゴシック・カナダ——国民文学の亡霊を読む』(Edwards, 2005)である。彼は『ワクースタ』をカナダ初のゴシック小説と位置づけたうえで、ゴシック的「牢獄」たる辺境の駐屯地を、「ホーム的かつ非ホーム的」「見覚えがあって見知らぬ」(4)「内であり外」(Edwards 4)という、境界線や二項対立を崩壊させる表象とした。言い換えれば、明確なアイデンティティを形成できない「不安と恐怖を抱かせる」(5)効果にゴシック性を見出している。エドワーズ路線は、その後のゴシック批評にも受け継がれている。ゲリー・ターコットは『周縁的恐怖——カナダとオーストラリア小説におけるゴシックの変容』(Turcotte, 2009)において「ブリティッシュかつフレンチかつインディアン」であるワクースタは、「植民地の成り立ちを体現」(Turcotte 107)しており、作者リチャードソンは「ワクースタは、いわばフランケンシュタインだ」(108)と述べている。旧世界の悪の化身を創造した」「ワクースタとアーディマー大佐の人物創造に託して、『ゴシック・トポグラフィ——言語、建国、および〝人種〟』(Mathonen & Savolainen, 2013)収録の論文「〝新世界〟のゴシック・モンスター——ジョン・リチャードソン『ワクースタ』における時空的曖昧さ、男の絆、およびカナダ性」(Savolainen & Angelis 222)は、ワクースタを「新世界の怪物」と称し、「国家的アイデンティティ形成のプロセスの擬人化」としている。文学技術論的にみれば、「ワクースタは何者か」という問いかけが、ゴシック的謎として『ワクースタ』のプロットを展開させているが、カナダ文学のゴシック性を追求する評論家の感性に訴えるのは、建前として多文化主義[5]を掲げる国家の、公然の秘密たる「アイデンティティ・クライシス」の顕現なのかもしれない。

その意味で本書第五章で取り上げるハワード・オヘイガンの『テイ・ジョン』の主人公は、カナダ的なゴシック・モンスターである。シンシア・シュガーズが近著『カナディアン・ゴシック――文学・歴史・自家発明の亡霊』(Sugars, 2014)において指摘しているように、表題のテイ・ジョンは「生者かつ死者」「先住民かつ白人」「見覚えがあって見知らぬ」存在、「ゴシック的アンビヴァレンス」を体現しており(Sugars 138)、そのアイデンティティを特定することはできない。『テイ・ジョン』がポストモダン批評に耐えうるのは、そんな「カナダにおけるゴシック的語りの不確実性において、革新的な小説作法」(139)を示しているからだ。

5　英系カナダの「ゴシック」受容と傾向

カナダ文学の場合、アメリカン・ゴシックのように、世界文学的なレベルで系譜化されているわけではない。カナダ文学にゴシック性が染み付いているのは定説となっているが、たとえば、『ケンブリッジ版　ゴシック小説』(Hogle, ed., 2002)が掲載している「ゴシック年譜」にカナダのゴシック作家や作品の記載はなく、本文にアトウッドの『侍女の物語』(一九八五)への言及があるのみである。定評あるフレッド・ボッティングの入門書で『第二版　ゴシック』(Botting, 2014)には皆無である。網羅的な『ゴシック文学事典』(Snodgrass, 2005)では、アトウッドがカナダ人作家の中で唯一主要ゴシック作家の項目入りを果たしている。アトウッドは「現代的な筋書きの中で、女性たちの迫害や抑圧に注視することで、ゴシック小説に新たな地平を切り開いた」(Snodgrass 16-17)と評され、『レディ・オラクル』(一九七六)、『侍女の物語』(一九八五：斎藤訳、一九九〇)、『キャッツ・アイ』(一九八八)、『寝盗る女』(一九九三)、『またの名をグレイス』(一九九六：佐藤訳、二〇〇七)、『昏《くら》き目の暗殺者』(二〇〇〇：鴻巣訳、二〇〇二)が取り上げられている。アトウッド以外では、カナダの歴史的ゴシックとして『ワクースタ』がエントリーしているだけである。

数多《あまた》のガイドブックの中で、英系カナダのゴシックについて項目として章立てされているのは、先述の『ゴシック入門――123の視点』と『ラウトレッジ版　ゴシックの手引き』(Spooner & McEvoy, eds., 2007)ぐらいだ。後者で「カナディアン・ゴシック」の章を担当しているのは、英国カナダ学会の権威で、『ケンブリッジ版　カナダ文学史』の編者の一人、コーラル・アン・ハウェルズである。アトウッド研究や、マンローなど女性のコンテンポラリー小説の研究で知られる。アリス・マンローを「コンテンポラリー・カナディアン・ゴシック」の筆頭に挙げ、「アトウッディアン・ゴシック」「ネオ・ゴシック」という括りで論じている。

ハウェルズは、カナディアン・ゴシックのルーツとして、やはり『ワクースタ』に言及し、コロニアル作家スザンナ・ムーディの『未開地で苦難に耐えて』(一八五二)を、同じく「ウィルダネス・ゴシック(辺境のゴシック)」の系列に入れている。移民体験記というノンフィクション的言説でありながら、原作者のムーディ夫人がカナダのゴシックがらみで随所に登場するのは、恐怖の源として未開地を描いているのもさることながら、彼女の移民体験が入植者の新世界に対する不安や疎外感、未知なるものへの恐怖においてゴシック的感性を表出させているからだ。ハウェルズは、リチャードソンとムーディが代表する「ウィルダネス・ゴシック」が、百年間影を潜めた後、アトウッドの作品に引き継がれていると指摘している。

日本カナダ文学会共同訳なる大著『ケンブリッジ版　カナダ文学史』には、「カナディアン・ゴシック」を体系的に論じている項目や章は見当たらない。索引の「ゴシック」というキーワードを頼りに、具体例となる作品や作家を探すべく、全該当ページを当たってみた。実のところ、いずれにおいても「ゴシック作家」というレッテルは使われておらず、マンローが短編小説の作法とする多種多様なサブジャンルの用語の一つとしての「ゴシック小説」が唯一の記載例だ。ノージーの『ホーンティッド・ウィルダネス』で十九世紀のゴシックとして論じられている『ワクースタ』とウィリアム・カービー（一八一七―一九〇六）『黄金の犬』（一八七七）は、歴史ロマンスのジャンルで紹介され、『ゴシック入門』で「秘境ロマンス」のゴシック作品としてエントリーしているジェイムズ・デ・ミル（一八三三―一八〇）『銅筒から見つかった奇妙な原稿』（一八八〇）は、一八六七年の連邦結成以後のベストセラー作家の作品として挙がっている。

『ケンブリッジ版 カナダ文学史』は、英系・仏系の詩・散文・戯曲という文学ジャンルの作家・作品を網羅しているが、「ゴシック」という用語は、散発的にカナダの地域と結びつけて使われるか、作風を説明する際に言及されているにすぎない。たとえば、本書第七章で取り上げるシンクレア・ロスの『私と私の家に関しては』を、「プレーリー・ゴシック（平原州のゴシック）」、アトウッドの短編を「家庭的なゴシック」と呼び、農村の芝居には、「プレーリー・ゴシック」のセンシビリティがあるとしている。「亡霊の物語――歴史と神話のフィクション」の章では、「ゴシック的要素」のあるバーバラ・ガウディ（一九五〇―）の小説を「サザンオンタリオ・ゴシック（オンタリオ州南部のゴシック）」、アン・マリ・マクドナルド（一九五八―）の作品を「マリタイム・ゴシック（沿海州のゴシック）」と呼んでいる。本書第九章で取り上げるジェイン・アーカート（一九四九―）の『ワールプール』（一九八六）も同章で紹介しており、その舞台は「一八八九年の夏の取り憑かれた《ホーンティッド》ような空間」（Gibert 495：ギバート、五四五）と表現されている。

「サザンオンタリオ・ゴシック」については、一九九七年出版の『オックスフォード版　カナダ文学事典第二版』(Benson & Toye, eds., 1997) で一項目を占めている。後発『ケンブリッジ版　カナダ文学史』の散発的な記述状況からすれば、貴重な情報源である。カナディアン・ゴシックの系譜で、「サザンオンタリオ・ゴシック」という用語は、グレイム・ギブソンによるインタヴュー集『十一名のカナダ人小説家』に初登場した (Gibson, 1973)。ティモシー・フィンリー（一九三〇―二〇〇二）は、自らも含めアトウッド、マット・コーエン（一九四二―九九）、マリアン・エンゲル（一九三三―八五）、マンロー、スコット・シモンズ（一九三三―二〇〇九）には、オンタリオ南部地域がカナダ特有の神話的な場所、ホラー、殺人、暴行が珍しくもない場所との共通認識があるとして、その作品傾向を「サザンオンタリオ・ゴシック」と称したのだった。そのルーツには、リチャードソンの『ワクースタ』、ムーディの『未開地』に記されたサバイバルの物語がある。

当時の「サザンオンタリオ・ゴシック」の伝統は、たとえばキャロル・シールズ（一九三五―二〇〇三）のミステリー『スワン』（一九八七）や、マンローの『短編選集』（一九九六）、アトウッド

『またの名をグレイス』に受け継がれている。ゴシックが絶望的な家庭環境において狂気と犯罪行為を生む事例には、ジョーン・バーフット（一九四六―）の『暗闇のダンス』（一九八二）、トム・マーシャル（一九三八―九三）の『チェンジリング――二重の遁走』（一九九一）、ティモシー・フィンリーの『ヘッドハンター』（一九九三）があり、彼らの作品は家庭や街路にある狂気が、「普通」の南オンタリオ的経験の背後にある奇怪さの一面にすぎないことを例証しているという。「我が家」がゴシック的な不気味な場所、恐怖の現場に変貌するのは、洋の東西を問わず、現代ゴシックの特徴でもあろう。

今世紀初頭のグローバル市場において、ゴシック関連の出版ブームが起こったが、その中頃からカナダ文学ならではのゴシック性を探る研究書の出版(6)が相次いだ。新世代のゴシック批評の先陣を切ったエドワーズの『ゴシック・カナダ』は、二言語多文化主義国家の欺瞞《ぎまん》から生じるアイデンティティ・クライシスを軸にゴシック性を論じているが、シュガーズの『カナディアン・ゴシック』は、その表題が含意するように、カナダ文学に遍在するゴシック性について論じるというより、カナダにも系譜化されるようなゴシックの伝統があることを示唆《しさ》している。シュガーズはゴシックの先行研究を踏まえ、ウィルダネス・ゴシックから先住民やディアスポラ作家のゴシックに至るまで、カナダにおけるゴシック文学の歴史的展開ぶりを総括的に論じている。先の「サザンオンタリオ・ゴシック」についても、「入植者のポストコロニアル・ゴシック」の章で、カナダの文化ナショナリズムの一九六〇年代、七〇年代に隆盛したゴシックとして系譜的に紹介している。シュガーズはターコットとの共編著『住所不定の遺物――カナダ文学とポストコロニアル・ゴシック』(Sugars & Turcotte, eds., 2009) の序論で、「サザンオンタリオ・ゴシック」を「先駆けとなった〝国産〟ジャンル」(xvii) と称している。

6　英系カナダ文学をめぐる「ジレンマ」と「ゴシック」——「幽霊不足」のジレンマから「自家発明の亡霊」へ

カナダのゴシック批評を代表する上記の研究書も含め、英系カナダ文学の特質を論じる評論に頻出するフレーズがある。それはカナダの詩人アール・バーニー（一九〇四—九五）による一九六二年の詩集『アイス・コッド・ベルまたはストーン』収録「キャン・リット」からの一文で、「俺たちは、幽霊不足に取り憑かれているだけさ」(Birney 116) である。「カナダ文学」(Canadian Literature) を略語化したタイトル ("Can. Lit.") の自嘲性もさることながら、詩人は「幽霊」のメタファーに事寄せて、血塗られた歴史や伝統文化がない新興国の、詩的インスピレーションやイマジネーションに欠ける精神風土を嘆いている。いわばカナダ版の「ないない尽くしのジレンマ」、言うなれば、「幽霊不足」のジレンマである。六〇年代初頭といえば、オヘイガンのマジックリアリズムや、ロスのモダニズムが再評価される以前、カナダ文学は社会派リアリズムの散文が主流だった。

カナダ文化と文学をめぐる論文集『カナダ的想像力』には、興味深い表題の、フライとアトウッドの論文が収録されている。フライは、バーニーの代弁者的スタンスで「幽霊不足に取り憑かれて」(Frye, 1977: 22-45) と題する評論において、カナダ人につきまとう植民地気質の背景を紹介し、アトウッドは「カナダの怪物たち」(Atwood, 1977: 97-122) において、バーニーの詩の一節を引用し、当時の退屈なカナダのイメージを認めたうえで、カナダ文学は怪物という超自然に事欠かないという事例を列挙している。英系カナダ文学にとって問題となるのは、カナダ固有の亡霊は英系入植の歴史からではなく、土着文化の深層から立ち現われる存在だということである。

「幽霊不足」のジレンマとなると、パイオニア姉妹、キャサリン・パー・トレイルとスザンナ・ムーディへの言及は欠かせないだろう。姉妹が娘時代を過ごしたイギリスは、煽情的ロマンス、ゴシック小説が隆盛を極めた時期だった。入植後に祖国の家族に書き送った書簡集、トレイル夫人の『カナダの奥地』（一九三六）には、幽霊不足にこだわる英系カナダ人作家・評論家のトラウマとなっている一節がある。「幽霊や妖精はどうかって、カナダからすっかり姿を消しているみたい。ここは超自然の客が訪れるには、あまりにも即物的な所だから」(128)と述べ、友人の漏らした「この土地がどこよりも詩的でないことは確かね、ここはすべてが新しくて、イマジネーションを働かせる余地なんてない」(Trail 128)との台詞《せりふ》を紹介している。姉キャサリンは、ゴシック的想像力とは無縁と判断した未開地で、無垢の自然を満喫しようとした。自生する植物をひたすら観察記録するという方向へ進んだからだ。

妹スザンナの『未開地』にも、幽霊の有無についてヤンキー馭者《ぎょしゃ》と議論する場面がある。作品後半で、さらなる奥地へ引っ越す道中のこと。昼間はラドクリフ流にカナダの景観を崇高と讃えているが、真夜中になると、夫人の心は野生動物のヴィジョンに取り憑かれ、傍らの夫に「何て陰鬱《いんうつ》な場所かしら」「祖国だったら、迷信でここを幽霊の住処《すみか》にするだろうに」と告げる。それを立ち聞きした馭者の台詞はこうだ。「幽霊だって！　カナダには幽霊なんているものか！」「ここは幽霊が住むには新しすぎる。そもそもカナダ人は幽霊を恐がったりしない。あんたたちみたいな古い国々の話だろ、罪や邪悪まみれで、人々がくだらないことを信じているのは」(Moodie 178)とせせら笑う。ヤンキー馭者に言わせると、幽霊というのは、悪い奴が懲《こ》らしめで罪を犯した場所に取り憑く代物だから、この森で亡くなった人がいなければ、ここには幽霊は存在しないというのだ。語り手の夫人は、カナダ生まれの白人が超自然の出現を信じないのも一理あるとみなし、「旧世界では当たり前の幽霊信仰は、もともと罪の意識が土台にあったに違いない」(179)と幽霊談義を締めくくっている。妹の方は、姉とは対照的にゴシック的感性を示しているのは明らかだ(本書第四章では、そんな姉妹の人格形成の背景を探っている)。

フライの先の論文には、カナダという土地が孕《はら》む問題点を例示した有名な一文がある。フライは、「私は誰?」という本質的な自己証明の問いかけではなく、「ここはどこ?」という付随的な問いこそカナディアン・アイデンティティを形成していると考えた。それに対して、友人はこんなエピソードを披露したという。都市部出身の医師が「エスキモー」のガイドを伴って北極圏を移動中、猛吹雪《ふぶき》に見舞われた。野営する医者は寒さと暴風と孤独からパニックに陥り、「私たちは道に迷った」と叫んだ。するとエスキモーのガイドは「私たちは道に迷ってはいない。私たちはここにいる」(Frye 27)と応じた。先住民にとって土地は、探検・開拓、さらには観察されるべき新世界ではなく、先祖代々受け継いできた大地なのだ。ヤンキーや実用一点張りの入植者には見えない幽霊を共存させていたに違いない。

フライによる形而上《けいじじょう》的な問い「ここはどこ?」もまた、カナダ文学批評とりわけゴシック批評に頻出する一文である。『ゴシック・カナダ』のエドワーズは、それをカナダの文学批評に付きまとうアイデンティティ・クライシスの心臓部を射抜いていると評し、『ゴシック・トポグラフィ』収録の「〝殺人的快楽〟――(女性)ゴシックとマーガレット・アトウッド、イザベル・ハガン、アリス・マンローの短編における死の衝動」(Sikora 207)において、シコラはカナダ文学の根幹にある問いとして引用している。

マーリーン・ゴールドマンは「二度と家には帰れない」と題する雑誌論文で「ノースロップ・フライの亡霊は、カナダの作家や読者に取り憑いている。彼らは未解決で心乱す問い——家はどこ？に釘付け状態なのだ」(Goldman. 2008: 179) と述べている。またゴールドマンは自身の研究書『ディスポゼション——カナダ小説におけるホーンティング』の序論において、バーニーの「幽霊不足」の嘆きを引き合いに出し、それにもかかわらず、あるいはそれゆえにこそ、英系カナダの作家は幽霊とホーンティングに固執《こしつ》していると述べ、幽霊のモチーフ、ホーンティング、ポゼッション（取り憑くこと）が、いかに国家と個人のアイデンティティへの「不気味」な脅威を告げているかを分析している(Goldman, 2012: 3)。

初期アメリカ文学の場合、伝統文化や歴史のない新世界を、「心の闇」を追求することで「ないない尽くしのジレンマ」を解消し、独自の時空を紡《つむ》ぎ出した。ブラウンに始まったアメリカン・ゴシックの伝統は、偉大なゴシック作家を輩出させ、南部ゴシックで「他者化」された人種の歴史を探究し、女性ゴシックや都市のゴシックという新たな流れを生み、同時代のサイバーゴシックまで連綿と続いている。百年遅れで開花したカナダ文学の場合、そのジレンマは、カナダが先進国家として独自路線を発揮している現在も、近年のゴシック研究書を参照する限り、解消されることなく、むしろゴシック的効果の源となっているように見受けられる。シュガーズの『カナディアン・ゴシック』は、カナダ文学においてゴシックとは何かを総括的に反芻《はんすう》し、モザイク的に系譜化を試みているが、そのパラドクスに根ざした「カナディアン・ゴシック」をめぐる言説のルーツには、「諺《ことわざ》と化したカナダの〝幽霊不足〟」(Sugars 253) がある。

シュガーズによれば、バーニーが問題提起した「幽霊不足」をめぐるジレンマは、「知覚の問題」で、心の目が曇《くも》っていて、魑魅魍魎《ちみもうりょう》で満たされた周囲が見えない実用一点張りのカナダ人に向けられており、詩人はそれを「カナダ人の病」と診断したとの解釈である。そんな「鈍い不信心者は、すべてのカナディアン・ゴシックの基底に潜む怪物なのか」(253)、「幽霊を呼び出すというカナダ人の強迫的な不屈の歴史があるとして、それは何世代にもわたって続いているのだが、カナディアン・ゴシック文学の伝統を告げる、ゴシックの自家発明と非発明が揺れ動くさまに想いを馳せる」(253-54)とのことだ。「自家発明の亡霊」というコンセプトは、まさにカナダ文学につきまとう「幽霊不足」のジレンマを、逆説的に解消するアプローチであり、カナダのゴシック批評の心髄となっているようだ。

◉注

(1)「ロマンス」は、「ゴシック」同様、とらえどころのない用語とみなされている。今日、ふつうロマンスと言えば、ラドクリフ的なテラー・ゴシック、穏健なゴシック、女性ゴシックを指すが、マシュー・ルイスは自作の『修道士』をロマンス呼ばわりしている。ゴシック・ロマンスはヒロインの艱難辛苦《かんなんしんく》が報われる物語と総括できよう。恋の成り行きを描いて、都合よく大団円で終わる煽情的な通俗ロマンスは、ゴシック小説と同時期に、女性向け娯楽として流行した。

(2)「ピクチャレスク」(picturesque) は、十八世紀半ばに「絵画表現」に関わる新たな用語として使われ出した。

審美概念としてのルーツはウィリアム・ギルピン『主としてピクチャレスク美に関してワイ川および南ウェールズの幾つかの地形その他の一七七〇年夏になされた観察』（一七八二）にある。「ピクチャレスク」は、イギリスの政治思想家、哲学者エドマンド・バーク（一七二九—九七）が『崇高と美の観念の起源に関する哲学的考察』（一七五七）で体系化した「美」と「崇高」との関連で論じられた。貴族の子弟による大陸周遊旅行「グランドツアー」をはじめとする「観光」が一八八〇年代から九〇年代に大流行し、「ピクチャレスク」はアルプス山脈に代表される具体的な景観との結びつきを強めた。イギリスの庭園美学においては「絵のような」風景を意味する（Glickman 8-10 参照）。

（3）ゴシック関連の先駆的ハンドブックから、最近刊までを年代順にリストアップする。詳細は巻末の「引用文献」を参照されたい。

＊ *The Handbook to Gothic Literature* (Mulvey-Roberts, 1998)『ゴシック入門——123の視点』（ゴシックを読む会訳、二〇〇六）

＊ *A Companion to the Gothic* (Punter, ed., 2000)

＊ *Gothic Writers: A Critical and Bibliographical Guide* (Thomson, Voller & Frank, eds., 2002)

＊ *The Cambridge Companion to Gothic Fiction* (Hogle, 2002)

＊ *Encyclopedia of Gothic Literature* (Snodgrass, 2005)

＊ *The Gothic Literature: A Gale Critical Companion* (Bomarito, 2006)

＊ *The Routledge Companion to Gothic* (Spooner & McEvoy, eds., 2008)

＊ *The Handbook of the Gothic* (Mulvey-Roberts, 2009)『増補改訂版　ゴシック入門』（金﨑茂樹・神崎ゆかり・

菅田浩一・杉山洋子・長尾知子・比名和子訳、二〇一二）

＊ *Gothic Second Edition* (Botting, 2014)

＊ *The Gothic: 250 Years of Success: Your Guide to Gothic Literature and Culture* (Blakemont, 2014)

（4）フロイトの有名な論文「不気味なもの」に由来し、ゴシック批評にはつきものである。フロイトは「馴染みのある」「家庭的なもの」を意味するドイツ語の'heimlich'と「家庭的でない」「不気味」であって、知らない馴染みがないゆえに恐ろしいものすべてを指す'unheimlich'を区別した。ただし、'heimlich'には家庭的なものや私的なものと結びつく限り、隠されているとか、目につかないところにあるものを意味する。そのような語彙《ごい》の二面性もあり、正反対の両者が符号するとしている（ホーナー 三一三参照）。

（5）カナダは世界に先駆け、一九七一年に「カナダ多文化主義法」を政策として掲げた。在日カナダ大使館ＨＰの紹介によれば、「カナダ多文化主義法は、異なる出身の個人や集団間の交流を図るだけでなく、出身の相違にかかわりなくすべての人がカナダ社会へ全面的に、また平等に参加するよう推進しています。多文化主義を通してカナダは、すべてのカナダ人の潜在能力を認め、社会へ参加し、社会、文化、経済、政治において積極的な役割を果たすよう促しています」(http://www.canadainternational.gc.ca/japan-japon/about-a_propos/multiculturalism-multiculturalisme.aspx?lang=jpn) とのことだ。実際のところ、この政策に対する評価は、肯定的なものから、効果に疑問を示すもの、政府がエスニック集団の活動に介入することになるとしてむしろ否定的なものまで、さまざまである。また、この政策はヨーロッパ系カナダ人には歓迎されるものであるが、アジア系など「目に見えるマイノリティ」にはプラスになっていないとの批判もなされている（日本カナダ学会編『カナダ豆事典』飯野 八四—八五参照）。ちなみに、『白人支配のカナダ史——移民・先住民・優生学』（細川、二〇一二）は、カナダが多文化共生を進めるうえで、カナダ社会が向き合わねばならない歴史の暗部に光を当てている。

（6）英系カナダのゴシック関連書籍を以下にリストアップする。

＊ *The Haunted Wilderness: The Gothic and Grotesque in Canadian Fiction* (Northey, 1976)

＊ *The Wacousta Syndrome: Explorations in the Canadian Langscape* (McGregor, 1985)

＊ *Gothic Canada: Reading the Spectre of a National Literature* (Edwards, 2005)

＊ *Unsettled Remains: Canadian Literature and the Postcolonial Gothic* (Sugars & Turcotte, eds., 2009)

＊ *Peripheral Fear: Transformations of the Gothic in Canadian and Australian Fiction* (Turcotte, 2009)

＊ *DisPossession: Haunting in Canadian Fiction* (Goldman, 2012)

＊ *Gothic Topographies: Language, Nation Building and 'Race'* (Mathonen & Savolainen, eds., 2013)

＊ *Canadian Gothic: Literature, History and the Spectre of Self-Invention* (Sugars, 2014)

第Ⅱ部　コロニアル作家の選択——ゴシック小説か移民体験記か

第Ⅱ部では、第Ⅰ部で背景事情を探った植民地時代の作家を取り上げる。カナダ生まれのリチャードソンは、英文学の伝統を移植することに心血を注いだが、ムーディの方は移民体験を記すことで、出版市場への活路を見出そうとした。

第三章では、旧世界に対する「ないない尽くしのジレンマ」のなかで、いかにゴシック小説『ワクースタ』を書くことが可能だったのか、ゴシック小説の始祖ウォルポール、「男のゴシック」「女のゴシック」を代表するルイスとラドクリフ三者の影響の跡をたどりつつ、リチャードソン独自のゴシック性を読み取る。

第四章は、アトウッドが定着させた日本でのムーディ像をアップデートする試みである。近年の文献が提供する情報に基づき、アトウッドが「妄想性精神分裂」と称したムーディ夫人の、ジレンマに満ちた人生行路をたどりつつ、『未開地』受容の経緯を検証する。

第三章　辺境カナダのゴシック『ワクースタ』
――カナダ人作家、ジョン・リチャードソンの挑戦

1　ジョン・リチャードソンの時代

ジョン・リチャードソン（一七九六―一八五二）が作家活動を行なった時期、未だ「カナダ文学」なるものは存在しなかった。カナダの読者に失望しアメリカで貧困のうちに亡くなった作家が、カナダ生まれの最初の小説家として位置づけられるのは二十世紀になってからである。『ワクースタ、あるいは予言――両カナダの物語』[1]（一八三二）は、不遇な晩年を送ったリチャードソンが若かりし頃、当時英米で流行していた文学ジャンルを巧みに取り入れて読者を獲得し得た、唯一の代表作である。副題にある「両カナダ」というのは、カナダ生まれのリチャードソンが生きた時代を物語っている。英領北アメリカでは、アメリカ独立宣言（一七七六）後、合衆国との境界が決定し（一七八三）、ケベック植民地が、アッパー・カナダ（現オンタリオ州）とロワー・カナダ（現ケベック州）に分割して

間もない時代だった。アッパー・カナダで生まれ育ったリチャードソンは、十代後半に義勇兵として一八一二年戦争（英米戦争）に参戦して以来、二十年余りにわたって、イギリス軍に身を置いた。彼の描くゴシック小説が戦闘場面において迫真性を備えているのは、従軍による恐怖体験が根底にあるからだろう。

リチャードソンは、イギリス軍の下級将校として二、三十代を西インド諸島、パリ、ロンドンなど赴任先で暮らした。ロンドンの雑誌に匿名で記事や叙事詩を掲載した後、初めて手がけた小説『遠ざかって、あるいはパリのサロン』（一八二九）が多少の注目を浴びたために、作家的野心に駆られたとしても不思議ではない。満を持して執筆したと思われる『ワクースタ』は、英米の読者の気を引くような趣向や引喩に満ちている。デニス・デュフィが指摘しているように、十八世紀の復讐劇からの一節をエピグラフに用いること自体に、無学の辺境出身者ではなく、教養ある都会人を印象付けたがっている様子がうかがえる（Duffy, 1993: 20）。結局のところ、リチャードソンの目は、もっぱらロンドンの文壇に向けられていたようだ。同じくコロニアル作家の、トレイルとムーディ姉妹についても、出版当初は母国の読者を対象としていたのは変わりないが、移民作家にとっては、英領での体験談を語るのが自然な流れだった(2)。

当時イギリスの文壇で流行していたのは、ウォルター・スコットがその形式を確立した歴史小説であり、その一方でホレス・ウォルポールの『オトラント城』を始祖とするゴシック小説が、相変わらず大衆の嗜好をつかむ極めつけの小説ジャンルとして有効性を保っていた。『ワクースタ』の第一章は、フェニモア・クーパーの『モヒカン族の最後』さながら、辺境の歴史と地理を語るという歴史小説の枠組みを示している。そして真夜中の駐屯地に起こる不可思議な事件から始まる第二章以降の物語は、「奇襲、包囲攻撃、征服といった歴史小説ならではの題材」(Early 24)もさることながら、恐怖とサスペンスを旨とするゴシック小説の種々のモチーフから成り立っているといっても過言ではない。とりわけ元祖ゴシック小説『オトラント城』、古典ゴシック小説最盛期を代表するアン・ラドクリフの『ユードルフォの謎』およびマシュー・ルイスの『修道士』を意識したリチャードソンの創作態度が見え隠れしている。

植民地時代の作品『ワクースタ』は、英系カナダの元祖ゴシック小説として二十世紀以降、文学評論の対象として命脈を保っている[3]。近年の英系ゴシック研究の読みについては、前章で一端を示したが、本章では英米の読者を当て込んだカナダ人作家の妥協的挑戦として作品世界を読み解いていく。ヨーロッパ的な文化や伝統から切り離された辺境の地が、いかにゴシック空間に変容しているのか、どのような恐怖が立ち現われるのか探っていきたい。

2 「恐怖装置」としての自然とインディアン

イギリス発祥のゴシック小説は、時代を遡《さかのぼ》りスペインやイタリアといった異国の古城や地下牢のある修道院などを舞台にすることで、日常世界を超えた驚異と恐怖に満ちたゴシック空間を創り出した。それはとりもなおさず十八世紀的啓蒙主義や合理主義に対して、想像力の復権を唱え、抑圧下にあった非合理の感情の存在を知らしめようとするゴシック作家たちの意思表示でもあった。アッパー・カナダの辺境に生まれ育ったリチャードソンは、砦《とりで》を取り巻く不可知の領域としての自然、蛮人の潜む森林をその代替物にしている。一八五一年のアメリカ版『ワクースタ』の序文(4)には、物語は族長ポンティアックが英軍の五大湖地方の砦デトロイトとミチリマキナックを陥落させるべく仕組んだ陰謀《いんぼう》に基づいて展開するが、それ以外はすべて想像力のなせる技であるとの断り書き(5)が添えられている。幼い頃、祖母から繰り返し聞かされたというインディアンによる大虐殺《ぎゃくさつ》の話は、恐怖と興奮をかき立てる作家の内的原風景として後に『ワクースタ』のプロットを提供することになったと思われる。

カナダの自然が恐怖を呼び起こす否定的な存在であることは、フライがカナダ的想像力について論じるに際し、「駐屯地心理」(6)という用語を導入して以来、多くの批評家が問題にしてきた。初版では三巻から成る大作『ワクースタ』の世界は、文字どおり「獄舎の雰囲気を漂わせる」(Northey 24)駐屯地を舞台に、白人士官や家族の女性たちが果てしない恐怖に晒される物語である。謎の不法侵入者によってデトロイト砦の安全が脅かされ、辛うじて保たれていた内部の秩序が揺らぐところからゴシック的な世界が展開していく。『オトラント城』で、城内を恐怖と混乱に陥《おとしい》れる超自然の役割は、歴史小説の体裁をもつ『ワクースタ』にあって、敵意ある自然と同一視されるインディアンが担っている。彼らは「黒い恐ろしい野蛮人」(*W* 59)、「悪鬼の群れ同然」(60)、「獰猛《どうもう》な悪魔集団」(61)と称され、ミチリマキナック砦の殺戮《さつりく》シーンでは手斧を振りかざし「血に飢えた野蛮人」(309)として無差別に「おぞましい虐殺」(309)を繰り広げる。

インディアンの敵意、西部の荒野の脅威を、旧大陸の腐敗した城主や修道士、古城や地下牢の代わりとして活用したのは、アメリカン・ゴシックの始祖チャールズ・ブロックデン・ブラウンである。

彼は『エドガー・ハントリー、あるいは夢遊病者の回想』の中で、白人の頭を手斧で叩き割って惨殺《ざんさつ》する野蛮人としてインディアンを描いている(Brown, 1988: 166)。物語冒頭の謎の殺人犯も結局インディアンであったことが明かされる。ブラウンの残忍な荒野は、クーパーのフロンティアを先取りしながらも、そこには高貴なモヒカン族や騎士的な猟師は登場せず、「人間の心の奥に潜む悪の化身」「荒野の生きた象徴」(八木 八六)としてのインディアンがあるばかりだ。

『ワクースタ』の場合も、集団としてのインディアンは上記のように野蛮人の姿を見せてはいるが、ポンティアックの陰謀からデトロイト砦を救うきっかけを作るのは、個人としてのインディアンの娘オーカナスタである。リチャードソンのインディアンは、ちょうど英仏植民地抗争の過程で、どちら側につくかで敵とも味方ともなったインディアン部族のように、立場次第で良くも悪くも映る存在なのである。和平会談と称して砦を訪れるポンティアックは、「背の高い気品ある戦士」(183)で「人を寄せ付けない威厳」(204)に満ちた人物に描かれ、ミチリマキナック砦の一室にはインディアンの手工芸品がカナダの風物として飾られてもいる。

『ワクースタ』の作品世界が、ゴシック的な暗い閉ざされた空間をなしている一例としてしばしば引用される一節がある。

ひと言でいえば、森林は、いわば陰鬱で通り抜けられない獄舎の壁であり、その前に横たわる明るい湖は、唯一の入り口で、そこを通ってなら幸福と自由を取り戻せるかのようだった。(286-87)

ローズマリー・サリヴァンは、この一節を含む引用文から、小説の最も強力な動因は森林であり、それは救いようもなく恐ろしい心理的空間であると述べている。さらにフライの「駐屯地心理」に言及しつつ、リチャードソンの文面が、広大な未開の荒野と対峙《たいじ》させられた人間の卑小さを表現し、森林は人間の心の闇に巣食う恐怖を映す心理空間そのものだと指摘する (Sulivan, 1990: 41)。その点に関してはアメリカン・ゴシックと軌《き》を一《いつ》にするかもしれない。ところがリチャードソンは、明確にアメリカ性を打ち出したブラウンとは異なり、むしろ『ユードルフォの謎』から謎めいた小道具[(7)]だけでなく、ラドクリフ流の自然描写を取り入れ、大衆の嗜好に合う「ピクチャレスク」趣味を作品世界に盛り込んだようなところがある。たとえば次の一節はどうだろう。

ちょうどあの穏やかで霞がかった季節、カナダ特有の快い美しい秋の日だった。天空から、まるで紗《しゃ》のベールを通り抜けてくるかのように陽光が差し込み、庇護《ひご》の下で広がり実を結ぶ万物が、この上なく甘美で心地よい休息を堪能している。〔中略〕そんな時こそ大自然は、創世時から、途方もないアメリカ大陸に偉大さと崇高さをもたらしたかのようであり、快く満足げに、自らの作業を眺め、土地を干上がらせる太陽と荒廃させる霜《しも》に持ち堪え、広大多産な子の胸の中で、この時節を心ゆくまで満喫したがっている。(*W* 126)

この一節は、第一巻九章の初めにデトロイト砦から分遣《ぶんけん》隊が出発する様子を描く導入部に当たる。補足すると、「雄大な湖」「荘厳な川」「ありとあらゆる色とりどりの果物で溢れんばかりの、贅沢《ぜいたく》で実もたわわな果樹園」(127)という語彙使いにもあるように、冒頭部の叙述は、崇高味を帯びた絵画性を示し、畏《おそ》れ多いアルプスの景観に引けをとるにせよ、壮大なカナダの秋の風物で読者の目を楽しませようとする作者の努力の跡がうかがえる。

問題は、その絵画性にもかかわらず、『ワクースタ』全体の語りのモードが、『ユードルフォの謎』のヒロイン、エミリーに感情移入する読者に「ピクチャレスク・トラヴェラー」よろしく「景観のロマンティックな美」(Radcliff 58)を味わわせるような仕組みを備えていないことである。フドクリフは、自然の景観をその場の登場人物の感情と一致させるという心理学的な手法を用いている(紀田編著 八二)が、一方、上記のカナダの景観は、仲間兵士の処刑という憂鬱な任務に赴く士官たちの心情とは無関係に提示されている。アトウッドのキーワードを借りれば「無関心な自然」(Atwood, 1972: 54)ということにもなろう。

ゲール・マクレガーは、クーパーの「慈悲深い母なる自然」と対比させ、リチャードソンにあって「自然は恐ろしい顔しかもたない」(McGregor 7)と言うように、旧世界からの借り物の語彙で描かれた景観をカナダの本物の自然とはみなさず、「リチャードソンは実際には自然を〝見て〟いない」(4)と批判している。しかるにリチャードソンの自然に関して注意すべきなのは、「恐怖装置」としてのカナダの自然のもつ象徴性と、移ろいゆく時を内包し自然のサイクルの中から歴史の流れを伝えようとする上記のような自然描写を混同することではないだろうか。『ワクースタ』は、スコットの歴史小説にならって、歴史家的な視点から描かれ、古典ゴシック小説には見られない、介入し事態を講釈する語り手が存在する。ミチリマキナック砦をインディアンが襲撃、阿鼻叫喚《あびきょうかん》のシーンが繰り広げられるさなか、語りには次のような言説が加味されている。

それでもなお太陽は黄金色に輝き、自然は満面の笑みを浮かべて、まるで呪われた行為が、天から制裁を受けたといわんばかりに穏やかな顔を見せ、光の精霊は、進行中の恐ろしい残虐行為をとくと眺めた。(*W* 310)

このように描かれるときの自然は、無関心で敵意に満ちた自然ではなく、人間の営為に関わりなくめぐり来る四季、刻々と変化する気候としての自然であり、凄惨なシーンを歴史上の出来事として距離を置く役割をも担っているように思われる。

3 「暴君」と「脅迫される乙女」

最初のゴシック小説『オトラント城』は、その後のゴシック小説のゴシック度を計る基準を提供しているとみなされている。城主マンフレッドは暴君の原型的人物であり、イザベラとマチルダの二人は「あまたのゴシックスリラーに登場する、ヒステリーじみた脅迫される乙女の先駆け」(Frank 213)ということになる。超自然が漠とした恐怖感を醸し出す一方で、暴君のあくなき野望と近親相姦的欲望が、追われる美女のサスペンスに満ちた恐怖を生む。『ワクースタ』の場合、敵の頭皮を剥《は》いで戦利品にするインディアンの恐怖を背景にして、ポンティアック率いるオタワ族の有力メンバーに成りすました白人レジナルド・モートン、またの名「ワクースタ」による飽くことのない復讐心が、デトロイト砦の司令官ド・ホールディマーの家族に向けられる。彼の娘のクララは、異形《いぎょう》の暴君ワクースタに脅かされる美しき乙女の典型である。マンフレッドが野望ゆえに息子の嫁になるはずだったイザベラに結婚を迫るように、今やヘラクレスのような中年の大男となったワクースタは、二十四年前の恋の恨みを、クララに結婚を強要することで果たそうとする。

リチャードソンは物語のプロットを「ポンティアックの反乱」という歴史的事件を軸に、ワクースタが個人的な怨恨《えんこん》を晴らすべく英国軍と敵対するインディアン側につき、敵を倒す名目のもとで復讐を遂げていくプロセスとして仕立てている。司令官の長男キャプテン・フレデリックの働きでデトロイト砦は陥落を免れるが、陰謀の知らせが間に合わないミチリマキナック砦でクララが目にするのは、血みどろの地獄絵であり、死の恐怖に自らも晒されることになる。

クララが味方の将校に間一髪で救助され、湖上の船に乗り込むのは、騎士道ロマンスさながらである。この船には、行方不明だった兄フレデリックや、弟の親友でクララに憧れるヴァレトート中尉も乗り込んでいる。さらに幽霊船と見紛うカヌーには、従妹のマドリーンが、兄フレデリックに無私の愛を捧げるインディアンの娘オーカナスタによって助け出されていた。という具合に、登場人物たちが偶然に再会するのは、ゴシック小説の一つの特徴である（浅井、一九八六：六〇）。ただし安堵《あんど》の時間は束の間のことで、全員がワクースタの捕虜となり恐怖がエスカレートしていくのも、ゴシックの定石《じょうせき》だ。

クララの体験する原始的な恐怖は、城の地下通路や森の迷路を行くイザベラの追われる恐怖や、

『ユードルフォの謎』で、エミリーがカーテンの陰に血みどろの死体（実は蝋《ろう》人形）を発見して気絶する、こけおどしの恐怖とは比べるべくもない。むしろエドガー・ハントリーが新世界の荒野で味わう恐怖体験に近い。さらに望まぬ結婚を迫られている点で、クララは『オトラント城』のイザベラの系譜に入るが、ワクースタから父母の裏切りを聞かされて受けた心痛には、ロマンス型のヒロインには見られない小説的機微が伴っている。物語の終局で、自らの死を招くのは、ワクースタの情に訴えて不用意に近づくという乙女の純情が災いしている。無垢のアントーニアが、『修道士』の暴君アンブロジオに陵辱《りょうじょく》され、短刀で殺害されたように、クララは、深手を負い復讐の挫折を知ったワクースタによって、死出《しで》の逃亡の道連れにされ、胸に短刀を突き刺された挙げ句、谷川へと転落死させられる。

ゴシック小説のモードを分類するに際し、超自然と見せかけて後で種明かしする『ユードルフォの謎』タイプのものと、説明を必要とせず、あるがままに受容される超自然を扱う『オトラント城』やルイスの『修道士』のタイプとに分ける方法がある（Todorov 41-42）。さらに、『ユードルフォの謎』を上品でイギリス的な女性作家による「女のゴシック」、『修道士』をドイツ恐怖小説の影響を色濃く示す「男のゴシック」というように分類する方法もある（Winter 90-91）。ラドクリフが暴君の圧制に苦しむ女性の立場を犠牲者の視点から描くのに対して、ルイスは「ホラー・ファンタジー」という修辞を隠れ蓑《みの》にして禁断の感情を露わにしたと批判されており（Howells, 1979: 79）、『修道士』の世界では女性の官能性、無垢の危険性が強調されている。総じて『ワクースタ』は、暴君と乙女のモチーフではウォルポール、表現形式ではラドクリフ、イデオロギー的にはルイスの影響下にあるようだ。

さらに『ワクースタ』には、もう一人「男のゴシック」らしからぬ暴君が登場する。冷静沈着な司令官ド・ホールディマーは、欲望に駆られて行動する修道士アンブロジオとは正反対の、理性的な人物像を示している。ポンティアックの陰謀の裏をかく冷徹で有能な軍人である。ところがリチャードソンは、そんな彼の人物創造に際して、まさにアンブロジオをモデルにして犠牲者を生む暴君に仕立て上げたと思われる一面がある。それは、修道院と軍隊という隔離された場での、それぞれの人格形成を担った教育の問題として表現されている。

アンブロジオは生来の美徳を抑圧し「他人の過ちに対する同情を真っ黒な罪」(237)とみなすよう教育を施された。刻苦勉励《こっくべんれい》の末、孤児の身の上から修道院長にまで上りつめた彼は、苦境にある尼僧アグネスの過失を見逃すことはなく、自らは抑圧からいったん解き放たれるや、欲望の充足を最優先させる悪漢に転落していく。同様に、若くして軍隊に入れられたド・ホールディマーは、その「軍隊教育」によって「がんじがらめの理論と模範的偏見をことごとく」(417)叩き込まれ、厳格さの権化《ごんげ》としてデトロイト砦に君臨するようになったのである。彼は物語冒頭部での、後にワクースタの仕業《しわざ》とわかる謎の不法侵入の事件と、長男フレデリック失踪事件の原因を見張り番の兵士フランク・ハロウェイ（本名レジナルド・モートン、終盤でワクースタの甥であることが明かされる）に帰して譲らず、周囲から愛され信頼されていたハロウェイを、真相が判明する猶予《ゆうよ》も与えず、軍の服務規程侵犯のかどで銃殺の刑に処する。彼は軍法会議での恩赦《おんしゃ》の願い出や、夫の無実を信じて疑わない妻エレンの嘆願に対して聞く耳を持たない。歴史家の視点による語り、ひいては軍人であった作者の陰の声は、駐屯地の安全を最優先する司令官の、疑わしきを罰するやり方を弁護する調子を見せている。しかしながら、語りは詰まるところ、規律一辺倒の不寛容さから無実の若者を死に至らしめ、美しい新妻エレンの人生を狂わせる司令官を「冷酷で一意専心的な権威主義者の戯画」(Duffy 55)として提示している。

4 『ワクースタ』のゴシック性

非合理の情動に突き動かされるかのように行動する修道院長アンブロジオや城主マンフレッドは、十八世紀の合理主義が抑圧して見えなくしていた無意識と欲望の領域を例証する意味で、理性の脆弱《ぜいじゃく》さを問うゴシック性を示している。ド・ホールディマーの場合は逆に、その徹底した合理主義により、ワクースタの理性を超えた情熱、怨念《おんねん》の発露を対照的に浮かび上がらせる性格づけがなされている。さらに、彼が自らの合理主義的判断が生んだ犠牲者たちの心情を斟酌《しんしゃく》しそびれた点で、合理主義の限界が暴かれているとも読める。彼は気位の高い大酋長の性格を読み取り、ポンティアックに逃げ道を用意しながら陰謀を失敗に導く判断力を示す一方、怨念がいかに凄まじいエネルギーを発するかを予測できなかったのだ。

二十四年前、レジナルド・モートン卿（ワクースタ）は、スコットランドの山間の楽園に育った無垢の乙女クララ・ビバリーと激しい恋に陥り、駆け落ち結婚を目前にしていた。連隊の友人ド・ホールディマーは、出兵を余儀なくされたモートンから従妹として世話を託された女性が、実は友人が万難を排して連れ出した恋人だと気づきながら、ハンサムな容貌を利用して略奪結婚を果たす。さらに真相を知らされたモートンが激情にかられて殴った事件をはじめ、職務怠慢《たいまん》などの罪状を盾にとり、彼を英国軍から追放するのに成功する。モートンは貴族の嫡子《ちゃくし》の身分から社会のアウトローに転落し、クララ・ド・ホールディマーとなったかつての恋人が三人の子供を残して亡くなったあとも、復讐の鬼と化して新大陸まで渡ってきたのだった。

ワクースタの怨念は、友情を仇《あだ》で返した加害者本人のみならず、愛の証たる三人の子供にも向けられる。「アブラハム平原の戦闘」では、フランス軍の戦士としてド・ホールディマーの長男フレデリックを倒そうとするが、同名の甥レジナルド・モートン（ハロウェイ）の身を挺《てい》した働きで阻止される。作者リチャードソンはここで「運命の皮肉」を用意している。彼は身分違いのエレンとの駆け落ち結婚の末、兵士の身分に甘んじていたのだが、またしてもキャプテン・フレデリックへの義理立てが裏目に出て、見知らぬ叔父同様、冷血漢の犠牲者になる運命をたどるのである。

ハロウェイの処刑は、砦の安全管理に関する司令官の判断ミスとして片付けられる。愛し合う夫と永遠の別れを強いられた新妻エレンの恨みは、かつて十八歳の若き情熱を踏みにじられたワクースタの恨みに勝るとも劣らない。古典ゴシック小説に登場する虐げられた女たちは、男の暴虐の末に命を落とすか、ロマンス的に試練を経て貴公子とゴールインするか、どちらかの道をたどる。ワクースタの「脅迫される乙女」たるクララは、前者のケースである。ところがエレンの場合は、犠牲者の立場を超えて、ワクースタとは別の方法で恨みのエネルギーを爆発させる。マーガレット・ターナーは、エレンの描写方法を「繊細な女性が苦境に置かれる伝統的な扱いである一方、女の置かれた立場が古典的ではない」と指摘し、女の半狂乱を、「白人女性として経験した、たび重なる変位の結果」(35)だとしている。確かにエレンは祖国を離れ、駐屯地での愛の生活を奪われ、ワクースタに拾われてインディアンの暮らしを強いられるといった、男たちに翻弄され続ける犠牲者に他ならない。ここでは、エレンがその「負のエネルギー」によって『ワクースタ』の世界にゴシック性を付与している点に注目したい。次の引用は、エレンが夫の処刑を執行させた司令官に向かって呪いの言葉を吐く直前の様子を示している。

> 彼女は宿命の橋まで駆け寄って血みどろの夫の体に覆い被さるや、血塗られた夫の唇に熱烈な口づけを刻みつけた。その刹那《せつな》、彼女は理性を喪失した人間の姿そのものだった。彼女は突然立ち上がったが、顔も手も服も血まみれで、恐怖の感覚が見守る人々の血管を駆けめぐった。彼女は棺桶《かんおけ》の上、遺体に股《また》がるように立つと、懇願するように目と手を天に向けた。そうして、言葉そのものより狂気じみた口調で、悪霊が警告する予言のように響く呪いの言葉を吐き出した。(153)

ここにはゴシック小説の基調をなすべき「血みどろの恐怖」が充満し、理性による理解を超えた人間存在の不可思議感が漂っている。匂い立つように官能的で美しかった新妻は、男の世界の不条理を暴力的なまでに突きつけられたとき、駐屯地の常識と礼節を建前とする世界から、神憑《が》り的な非合理の次元へと移行し、悪鬼の様相を呈するに至るのである。

エレンはワクースタのように手ずから復讐を遂げようというのではない。人間の法では裁けないド・ホールディマーの罪を「正義と真実の神」という不可知の存在に訴え、いわば「神の摂理」なるものが「この悪魔的行為に報復を果たす」(154)と予言するのである。『ワクースタ』は、「両カナダの物語」('A Tale of the Canadas')という副題にあるように、東のロワー・カナダと西のアッパー・カナダから成る植民地時代の作家が、二つに分割される前のケベック植民地時代に時を移した歴史小説であるばかりではない。『オトラント城』においては、「古くからの予言」から始まり「聖ニコラス」の超自然の幻影の姿を借りて、「天の意志」が啓示された。『ワクースタ、あるいは予言』は、ウォルポールの路線を継承しながらも、人々が信じるか否かで存在の有無を分かつ「神の摂理」を、人間存在にまつわる神秘として描くゴシック小説なのだ。

ちなみに、ド・ホールディマーの一族を滅ぼさんというエレンの呪わしい予言は、『ワクースタ』から八年後にモントリオールで出版された続編『カナディアン・ブラザーズ、あるいは予言の成就《じょうじゅ》――英米戦争の物語』（一八四〇）の結末部で果たされる。(8) この続編は、一八一二年戦争時の作者自身の捕虜体験に基づいており、戦時下の権謀術数、歴史的細部へのこだわりが強く、本編にあるようなゴシック性が失われているのは否めない。

5 「新旧ロマンス」と「悲しい現実の物語」をめぐって

『オトラント城』第二版の序文には、ジャンルとしてのゴシック小説について論じる目安となる作者ウォルポールの創作意図が語られている。「これは旧と新、二種類のロマンスを融合させようとする試みであった」の一文に続き、旧ロマンスは「想像力」と「ありそうにないこと」がつきものであり、新ロマンスは「自然」を写し取るのに主眼を置くものとしている (Walpole 8)。中世的ないわゆるロマンスに対して、作家と同時代のサミュエル・リチャードソン（一六八七―一七六一）らのリアリズム小説のことを指して新ロマンスと呼んでいる。「まことしやかさ」を重んじ、日常生活にこだわることにより締め出されていた想像力の復権を唱えながら、同時に旧ロマンスにみる登場人物の不自然な言動を、「まことしやかさの物差し」に従って改善し、普通の男女が「異常事態」でなすと思われる言動を描こうというのである（長尾　四九）。

ウォルポールが序文で述べた類《たぐい》のことを、新世界のリチャードソンは、『ワクースタ』において介入する語り手に代弁させている。以下の引用部は、語り手が、ちょうどインディアンの陣地での人間模様を描いているところだ。

> 恋の冒険を好む者や、機知に富んだ会話のファンには、お引き取り願いたい場面が続くことになる。工夫を凝らす余地はあるものの、我らにあるのは悲しい現実の物語であり、我がヒーローとヒロインは、機知を風刺に、愛を心に浮かぶ考えに変えるような状況下に置かれている。したがって、ありそうなことが起こる範囲内に、話を限ろうというわけだ。（傍線筆者　440）

この引用箇所は、デュフィが「『ワクースタ』において呆然とさせられる一節」として取り上げ、「変装や敵を欺く策、偶然」から成る物語を「現実」や「ありそうなこと」という観点から、その特徴を云々できようかと批判 (Dufy, 1996: 49) しているが、まさしく作者のいう「悲しい現実」の意味付けを作品の特色を引き出す手がかりにするのは的外れでもない。たとえばノージーは、「歴史的真実は、ゴシック小説より奇なり」(Northey 18) とし、ポンティアックの時代の現実は否応なくメロドラマ的な性質を帯びていた点を指摘している。作品全体から歴史的リアリズムや心理的リアリズムを読み取ることに何ら問題はないが、少なくとも、この引用箇所を含む数節は、ことさらウォルポールを意識した作家のロマンス論になっていることに注目したい。

物語の場面は、ワクースタがクララを抱き寄せ、母クララ・ビバリーとの二十四年前のロマンスを語り聞かせているところだ。木に縛られたヴァレトート中尉、若き準男爵は、二人の様子を目撃し、話の立ち聞きを余儀なくされている状況にある。語り手はワクースタの話を中断し、クララとヴァレトートとの男女関係をめぐる言説を展開している。クララは弟チャールズから、すばらしい親友ヴァレトート中尉のことを手紙で知らされ、男の方も美しい姉のことを繰り返し聞かされるうち、おそらくは恋心を募らせていた。似合いの二人は、試練を経て結ばれるのがロマンスの定石であるが、上記の引用箇所の前に、語り手は読者の期待を裏切ることになると断りを入れている。

クララとヴァレトートとの出会いは、地獄絵を目の当たりにして茫然自失のクララが救助された船上でのことであり、ヴァレトートは今や憧れの女性が、中年男に唇を奪われ汚されるのを見せつけられたのだ。ワクースタの腕を振りほどいて足元に駆け寄ったクララから助けを求められても、ロマンスの騎士の役割を果たすことができない。要するに、二人の間には恋愛感情は生まれなかった、あるとすれば友情のようなものでしかなかったと語り手は告げる。言い換えれば、作者はウォルポールの言う「異常事態」にある男女が「まことしやかさの物差し」に照らし合わせて見せるであろう成り行きを「悲しい現実の物語」と呼んでいるのである。さらに二人は旧ロマンス的な男女関係に異議を唱えるような結びつきを示している。

オーカナスタの兄の導きで逃げおおせた二人は、殺されたクララの弟チャールズの遺体の前で、形ばかりの結婚の契《ちぎ》りを交わす。弟が望んでいたことを実現するというクララの願いを聞き入れてのことだが、男として興奮したヴァレトートの抱擁《ほうよう》と口づけに対して、クララからの血の通った反応は見られない。その背後に姉弟の「近親相姦的愛欲」というゴシック的モチーフを指摘することもできる(Moss, 1974: 42)。『オトラント城』では、貴公子セオドアのロマンスの結末は、恋するマチルダの犠牲的な死を経て、その親友イザベラとの現実的な妥協結婚で終わる。『ワクースタ』の「悲しい現実の物語」は、若い二人のロマンスと二十四年前のロマンスに関わった全員の死をもって提示されている。

6 辺境カナダのゴシックの結末

『ワクースタ』の物語は、キャプテン・フレデリックとマドリーンの結婚というハッピー・エンディングで幕を閉じる。ワクースタの死をもって「ポンティアックの反乱」も終焉《しゅうえん》を迎え、平和が蘇った駐屯地では、自害した司令官の後を継いだ長男フレデリックがマドリーンと幸せな家庭を築き、年月を経て、かつて急場を何度も救ったインディアンの兄妹は二人の子供たちとも親交を結ぶようになる。両者の友好関係の兆しを「野蛮なエネルギーと文明との和解のようなもの」(Early 30)と解釈できよう。また、ゴシック小説のモチーフで言えば「秩序回復のパターン」を踏襲していることになる。幾多の犠牲を経て二人の暴君が死をもって罪を償ったあと、正統の世継ぎたるフレデリックと、社会的地位の釣り合ったマドリーンが結びつくわけだ。リチャードソンはクララとヴァレトート中尉の組み合わせに、ロマンス的かつその枠組みを外れた、ある意味でリアルな男女関係を盛り込む一方で、「新ロマンス」に見られるような、社会的、日常レベルの男女の結びつきを長男のカップルにおいて提示している。フレデリックとマドリーンは、危機的状況が過ぎれば、結ばれて当然のカップルだからである。

忘れてならないのは、先述したエレンの予言を締めくくる文言だ。エレンは夫の遺骸を指差しながらド・ホールディマーに告げる。「汝《なんじ》のおぞましい一族の子孫が、仮にせよ天罰を免れたとしても、あとからやってくる、思うだに恐ろしい死が待ち受けんことを！」(154)と呪いの言葉を吐き出すと、エネルギーを使い果たしたかのように気絶する。予言の成就は、続編『カナディアン・ブラザーズ』まで待たねばならないが、ここでは、呪われた一族の長男一家の存続は仮そめに過ぎないという暗示が込められているように思われる。[9]

歴史小説たる『ワクースタ』の結末からは、さらに、歴史家が過去を検証するときに前提となる歴史の不可逆性、運命に操られるようにして死にゆく者がある一方、これまた運命の偶然で生き延びて子孫を残す者もあるという現実認識を読み取ることができる。いずれにせよリチャードソンは、愛読書『モヒカン族の最後』のように、辺境を舞台にした歴史冒険物語に終始することはなかった。むしろ、ゴシック小説という、より魅力的な小説ジャンルに学ぶことの方が多かったようである。読者の気を引くためにゴシック小説のモチーフや、大道具・小道具を取り入れているばかりではない。コロニアル作家リチャードソンは、そもそもゴシック小説が誕生した意義を踏まえて、『ワクースタ』の中でゴシック性を追求したと言えるのではないか。その作品世界から、境界も定まらない辺境の地を舞台にゴシック小説を書くという課題に挑戦した、カナダ人作家の健気なまでの意気込みが伝わってくる。

◉注

（1）本書では、研究者向けのカールトン大学版を使用テクストとしている。以後同書からの引用は*W*と略記する。カールトン大学の文学プロジェクトとして始まった、英系カナダ文学の初期作品を再版するシリーズに名を連ねる一冊である。同じく植民地時代の作家スザンナ・ムーディの『未開地で苦難に耐えて』も同様である。両者とも一般向けの縮約版は、マクレーランド&スチュワート社による新カナダ文庫シリーズに収められている。リチャードソンは当初『ワクースタ』を三巻本で出版しているが、カールトン版では、テクスト全文を掲載の上、関係資料を含め六〇〇頁近い大著にまとめている。

（2）ナポレオン戦争終結後のイギリスでは、農業不況に端を発する経済不況が一八二〇年代から四〇年代にかけて続いた。その時期、カナダに移住した中産階級の作家たちは少なくなかった。彼らが、移民先カナダで手がけたのは、新たな叙述形式「移住本」だった。もっぱら祖国の移住候補者に向けて、過酷な現実を伝えながら、実用的な知識を伝授することを目的としていた。移民体験を語るジャンルの作品で、彼らと一線を画し後世に名を残したのが、トレイルとムーディの作家姉妹である（Stouck, 1988 参照）。同時期（一八三四）にカナダへ移民した姉妹だったが、姉は『カナダの奥地』（一八三六）を早い時期に出版して以降、カナダでの見聞録に終始したが、妹ムーディの方は『未開地』（一八五二）をロンドンで出版するまで長い年月を要し、その後まもなくカナダ素材に見切りをつけている。ムーディの作家活動をめぐる紆余曲折については次章で足跡をたどる。

（3）『ワクースタ』を英系カナダのゴシックとして取り上げている研究書については第二章「ゴシックの系譜」で言及している。本章では触れていないが、参考文献とした近年の雑誌論文を挙げておく。

＊ "The New World Gaze: Disguising 'the Eye of Power' in John Richardson's *Wacousta*." (Matthews, 2000)

＊ "From Walpole to the New World: Legitimation and the Gothic in Richardson's *Wacousta*." (Currie, 2000)

＊ "John Richardson's Unlikely Narrative of Nationhood: History, the Gothic, and Sport as Prophecy in *Wacousta*." (Buma, 2011)

＊ "Creole Frontiers: Imperial Ambiguities in John Richardson's and James Fenimore Cooper's Fiction." (Godeanu-Kenworthy, 2014)

（4）使用テクストとしたカールトン版には補遺として "Introduction to the 1851 Edition" が収録されている。

（5）『ワクースタ』の歴史的背景となっているポンティアック戦争（一七六三―六五）について紹介する。一七六三年のパリ講話条約でのインディアンの領有権を無視した土地譲渡で、同年四月オタワ族長ポンティアックは西部諸部族戦争会議で、伝統文化の復活と再生、白人一掃のための一斉蜂起を呼びかけた。一時は三つを除く英軍の砦すべてを制圧したが、デトロイトを占領できず、秋には諸部族連合の戦いは終結した。散発的な抵抗は一七六五年まで続いたが、翌年七月二十四日、ポンティアックが最終的な講話を受け入れた（『カナダ豆事典』木野　一二六参照）。

（6）原語では 'garrison mentality' で「駐屯地気質」とも訳されている。フライが、『カナダ文学史』(Klink, ed., 1965) の「結語」において、カナダ文学の伝統的特性を表わす言葉として用いた。この国独自の孤立感が生み出す恐怖心、それを避けるための集団化が生み出す分裂と抗争にいたる心理をいう。フライは同時に、いわば負の現象を「他者との相克から修辞法が、自己との相克から詩が生まれる」として積極的に評価した（同上、渡辺 八七）。

（7）ラドクリフの『ユードルフォの謎』には、数々の謎めいた小道具が登場するが、中でも二枚の「肖像画」('portraint')をめぐる謎は、最終的な種明かしまでの道筋にサスペンス感を与えている。『ワクースタ』にも、同じく二枚の「肖像画」が登場する。リチャードソンは、秘められた過去の咎《とが》を暗示する小道具として、ミニチュアの「肖像画」を取り入れ、駐屯地の司令官一族が、復讐の的になる因縁を表象させている。

（8）初版は、一八四〇年にモントリオールで二巻本として出版された。リチャードソンは、一八三八年にカナダに帰還しており、出版当時はロンドンの『タイムズ』の通信員をしていた。本章で使用したテクストは、トロント大学の初期本再版シリーズによるものであり、カール・クリンクが序文を書いている。

（9）エレンが『ワクースタ』で発した予言は、八年後に出版された続編『カナディアン・ブラザーズ』で成就される。夫ハロウェイの処刑後、エレンはワクースタの女として子孫を残すが、悪漢となった子や孫が、ド・ホールディマーの長男で唯一生き残ったフレデリックとマドリーンの子孫を根絶やしにする役割を担っている。表題にあるカナダの兄弟というのは、エレンの長男と次男、エレンの長女が生んだ兄弟を指している。

第四章　女性移民作家スザンナ・ムーディの軌跡
――伝記的背景と『未開地で苦難に耐えて』受容

1　日本でのスザンナ・ムーディ受容

コロニアル作家の中で、スザンナ・ムーディ[1]（一八〇三―一八八五）ほど、二十一世紀の今なお出版市場を賑わしているカナダ人作家はいない。ムーディのカナダ作品の中でも、『未開地で苦難に耐えて』[2]（一八五二）は、ひときわ数々の版を生み、時代ごとに異なった様相を示している。

筆者が一九九〇年代初期に手にした『未開地』は、カナダ文学の古典作品として「新カナダ文庫」シリーズに名を連ねる縮約版だった。このマクレーランド＆スチュワート社版（初版一九六二、以後MS社版）では、カール・クリンクによる序文が、二十世紀中葉の一般読者に指針を与えたと考えられる。彼は、編集者、評論家、伝記作家としてカナダ文学の育成に貢献した権威であり、一九六五年初版の『カナダ文学史』の編纂で知られる。MS社版の『未開地』は、続編『開拓地での生活』（初版一八五三）と並置してムーディを初めて日本に紹介した『カナダ研究年報』の論文「カナダ人意識の成長――スザンナ・ムーディの作品を通じて」（田村、一九八二）や、『英語青年』のカナダ文学特集記事「スザンナ・ムーディとカナダ文学の成立」（田村、一九八七）においても種本となっている。「カナダの女流作家たち」（堤、一九八二）や『現代カナダ文学――概観・作家と作品・資料』（浅井、一九八五）においても同様である。そして開拓移民ムーディの名は、一九八〇年代に始まったマーガレット・アトウッド研究と邦訳紹介の流れの中で、詩集『スザナ・ムーディーの日記』（Atwood, 1970：平林他訳、一九九二）や論文「翻訳者の二重の声――『スザナ・ムーディーの日記』における翻訳のメタファー」（平林、一九九九）を通して馴染み深いものになった。また、アトウッドが『サバイバル――現代カナダ文学入門』（一九七二：加藤訳、一九九五）で示したムーディの自然観を含め、日本人読者にアトウッドの眼を通したムーディ像を定着させたようだ。

その後、日本ではムーディが研究対象になることはなかった。現在、英米出版市場を見渡せば、ムーディの関連書籍は、カナダ作品は言うまでもなく、感傷小説や詩集までさまざまなカバーデザインを纏《まと》って市場に出回っている。活況を呈する英米のムーディ受容状況からすれば、日本での受容は、紹介記事・論文にせよ、アトウッドがらみにせよ、MS社版に基づく二十世紀中葉らしい限定的な「読み」に留まっていることになる。本章では、一九九〇年代以降に登場した研究者版『未開地』、伝記、書簡集、研究書が提供する情報に基づき、新たなムーディ像を探っていく。そして、作家の開拓時代の生活を描く代表作『未開地』が、今なお注目されるに至る変容のプロセスを明らかにしたい。

2　作家姉妹として

クララ・トマスの文学史『カナダ英語文学史』（渡辺昇訳、一九八一）では、ムーディは姉のキャサリン・パー・トレイル（一八〇二―九九）とともに、「ストリックランド一族」の章で紹介されている。ストリックランド家の二男六女のうち、五人の娘たちがプロの作家となり、末の二人はカナダを代表する作家姉妹として記憶されるようになった。『カナダ英語文学史』は文学一族の中でも、イギリス王室の伝記『英国女王列伝』（一八四〇―四八）で名声を博した次女アグネス・ストリックランド（一八〇六―七四）に触れ、アッパー・カナダに移住した三人キャサリン、スザンナ、サミュエルについて解説している。年下の長男で後に回顧録を出版したサミュエル・ストリックランド（一八〇四―六七、以後は略称サム）については言及する程度で、中心はトレイルとムーディ姉妹の開拓生活と文学両面における、先駆者としての意義を伝えている。

結婚直後までイギリスで過ごした姉妹は、入植先のカナダで、いくつもの時代を経て、今や文化的なヒロインに祭り上げられている。カナダの文化遺産という観点からは、伝記『未開地の姉妹』（一九九九、以後 *SW*）[3]や『新旧世界の姉妹――スザンナ・ムーディとキャサリン・パー・トレイルのヴィジュアル伝記』（二〇〇七、以後 *STW*）[4]の表題や、記念切手、[5]映画でも明らかなように、[6]二人一組の移民作家姉妹としてイメージ登録されているようだ。姉妹は多くの共通点を持ちながら、対照的な性格と作風ゆえに、たとえば、堤の「カナダの女流作家たち」においても、トレイルとムーディは対比的に論じられており、かつ、より文学性の高い妹の作品が後世のカナダ文学に与えた影響が指摘されている。

同時代に生まれ育ち、同時期に移住した作家姉妹の伝記的背景（*SW* 3-24, *STW* 12-36）を踏まえておこう。一歳十一ヵ月違いの五女キャサリンと六女スザンナは、イングランド東南部沿岸、風光明媚《めいび》な土地柄のサフォーク州に広がる荘園の館レイドン・ホールで育った。学校に通わず、家庭で数学や歴史などアカデミックな科目のみならず、ガーデニングや酪農《らくのう》といった実学を学び、蔵書を読んだり、物語を作ったり、仲良し姉妹として成長した。容姿や性格は対照的だった。キャサリンは明るく大らかで、その青い瞳は幸福感と好奇心できらきら輝き、家族の愛情を一身に受け、とりわけ父親の一番のお気に入りだった。一方、末娘のスザンナは、頑固で感情の起伏《きふく》が激しく、赤毛で大きな灰色の瞳は反骨精神を宿していた。父親はロンドンでビジネスの拠点を保持したまま、一八〇三年に購入した田舎の地所に家族を住まわせ、紳士階級にふさわしい暮らしを実現していた。

父親が亡くなった一八一八年頃のイギリスは、ナポレオン戦争の余波で、厳しい不況の時代に入っていた。結局、ストリックランド家は没落の一途をたどる。紳士階級の子女として幼少期を過ごした姉妹も、十代の終わりにして経済問題に直面した。ロンドンに出ていた長姉二人エリザとアグネスは、すでに編集者、作家への道を歩み始めており、年下の男兄弟は、学校を出たあと、イギリス領のカナダ、インドへと新天地を目指した。姉妹は当時、紳士階級の子女にも体裁のよい収入源となる、青少年向け物語作家として家計を助けることになった。キャサリン十六歳、スザンナ十九歳で初出版しており、本国での出版物はそれぞれ十冊を超える。(7) キャサリンは、教訓的な物語の他に、植物観察的なスケッチ、スザンナはドラマティックな物語の他に大人向けの詩集を二冊出している。

このようにプロの作家として地歩を固めていた姉妹が、なぜ本国を離れなければならなかったのか。移住後の艱難辛苦に満ちた姉妹の人生行路は、共に紳士の教養はあっても、資産のない恩給頼みの退役軍人と結婚したことに端《たん》を発している。スザンナは一八三二年の結婚後一年足らずで、キャサリンは結婚した一八三二年の、その年のうちにカナダに向かった。結婚直後の移住という二組の夫妻の選択は、一八四〇年代まで続くイギリスの経済不況が、紳士階級出身者の移住を促した時代背景を反映している (Stouck, 1988: 16)。ムーディは『未開地』初版（一八五二）の序文 (*RI* 9-14) でも、新編カナダ版（一八七一）の序文 (*RI* 344-51) でも「移住というのは、必要に迫られた、選択の余地のない事態だった」と述べている。一方で、彼女は友人に宛てた結婚直後の手紙で「ずっと恋慕の情を抱いていた最愛の人と結ばれて、この世で一番の幸せ者」(*LL* 60) と告げている[8]。経済的なジレンマから祖国でのキャリア追求を諦め、移民暮らしを選んだ彼女の変わらぬ思いは、夫ジョン・ダンバー・ムーディ（一七九七―一八六九）が一八三七年に勃発したアッパー・カナダの反乱で従軍中、結婚記念日にしたためた愛情溢れる手紙[9]が物語っている。

3　移住後の作家活動をめぐって

姉妹の作家活動を通してまず目につくのは、姉のトレイルが移民後四年目にして、カナダ物の『カナダの奥地』（初版一八三六）をロンドンで出版しているのに対し、妹ムーディの方は、なぜかカナダ体験を一冊の本にするのに、二十年もかかっているということである。もうひとつ不思議なのは、トレイルは、移民体験談、移民の手引きや植物図鑑的な実用書の他、子供向け物語を書き続け、すべてカナダが舞台になっているのに対し、ムーディは、カナダ三部作とみなされる (Benson and Toye, eds. 764)、『未開地』と『開拓地』さらに自伝的小説『フローラ・リンゼイ』(初版一八五四)を一八五〇年代半ばに立て続けに出版した後は、娘時代に手がけたロマンティックな感傷小説に戻っており、一八七一年にカナダ版が出る前に創作活動を辞めている。どのような事情によるのか。

まず最初の疑問点だが、なぜムーディ最初のカナダ作品『未開地』は、トレイルの『奥地』に比べ、出版に至るまで時間的に大きなギャップがあるのか。「移民文学」として並び称せられる姉妹の代表作は、同じく開拓生活について語っているが、実は出版事情を含む伝記的背景は大きく異なっている。トレイルの『奥地』は、故郷に書き送った手紙を姉のアグネスらが清書して編集、出版にこぎつけた作品である。姉たちをその気にさせたのは、開拓地からの手紙が、彼女の人柄そのままに、快活で生き生きと、移民暮らしや奥地の動植物の様子をポジティヴな口調で書き綴っていたからに違いない。一方ムーディの方は娘時代から、実家のサポートを得られるような信頼関係を築いてはいなかった。かつてストリックランド家が通う英国国教会から、プロテスタントの一教派である会衆派教会に改宗したことはアグネスを激怒させ、さらに奴隷解放の思想に傾倒した (*STW* 31-35) ことも、一家の異端児として疎外《そがい》される要因となった。孤立・苦悩することも多く、人生の岐路に立たされたとき、キャリアより愛する伴侶との移民暮らしを選んだのだった。結婚直後に友人に宛てた手紙には「妻になってから、私のブルーストッキング(青鞜《せいとう》)は色褪《あ》せてきて、真っ白になるのも時間の問題」(*LL* 61)、「温かい家庭こそ、若き吟遊《ぎんゆう》詩人にもたらした名声にも匹敵する」(*LL* 65)と述べている。新しい家族の将来のために移住するしかないとの決然たる覚悟は、開拓地では子だくさんの母親、そして妻として家庭を守る良妻賢母であることを優先させた。十九世紀紳士階級の妻たる義務に忠実であろうとする建前を堅持し続けたことになる。本音の部分では執筆意欲、作家的野心を捨てたわけではなかったろう。結局のところ、実家を当てにできないムーディが自力でカナダ体験をまとめるまでには、次項で考察するように、長いプロセスを経なければならなかった。晩年までカナダ物を執筆し続けたトレイルに対して、ムーディがカナダ物に見切りをつけ、さらには断筆するに至る事情については後述する。

4　ムーディ家の事情と『未開地』執筆への軌跡

ここからは姉妹間の共時的な比較を後にし、通時的な観点からムーディ像を探る。彼女が作家活動を再開したのは、アッパー・カナダの反乱に夫が従軍していた時期だ。それまでは専業主婦の身で、雑誌や新聞に単発的に詩を寄稿する程度だった。本来の作家活動を封印していたのは、良妻賢母という建前もさることながら、『未開地』で描かれているように、移住後直後に購入した半開墾ファームではまだしも、二年後に移り住んだ未開地では、子育てがあまりに過酷だった。そもそも時間的ゆとりがなかったのだろう。移民生活全般を通しての過酷さにかけてはトレイル一家も負けてはいないが、『奥地』で報告されている移住後まもない数年は、両家にとってまだしも恵まれていた時期だった。とりわけ一八三四年は、ムーディ家がイギリス政府から下付された本来の未開地に引っ越し、トレイル一家、弟のサム一家とも合流、その年の春を「奥地での穏やかな日々」(*RI* 186) と綴っているように、例外的に幸せな一時期だった。裏を返せば、トレイルの移民物は、移民初期の表層的な報告に過ぎないという見方も成り立つ。土地活用で成功したのは、弟一家だけで、トレイル家もムーディ家も土地を売却、恩給の権利をも売り渡す事態に至った。不況で農業経営が頓挫《とんざ》し、ムーディ家では夫の投機の失敗もあって、一八三五年までに所持金が底をつき、負債が膨らむ一方だった。

そんな状況のなか、国家の一大事、反乱に寄せて愛国詩をトロントの新聞に発表し、注目を浴びた。逼迫《ひっぱく》した家計を助けるという大義名分が執筆意欲を掻《か》き立てたことは、「報償を約束する執筆依頼があった」(*RI* 280)、「モントリオールから届いた最初の二〇ドル紙幣に涙した」(*RI* 281) との文言からも明らかだ。反乱終結後、夫はヴィクトリア地区の主計官《シェリフ》に任命された。それはムーディ一家にとって「奥地暮らしにつきまとった悲哀と貧困から救ってくれる天から届いた贈り物」(*RI* 321) だった。一八三九年末、中心地ベルヴィルに居を定めてから、愛国詩の評判をきっかけに執筆依頼が本格化し、定期刊行の雑誌『リテラリー・ガーランド』に常連として寄稿するようになった。農耕作業から解放された今や詩より散文の割合が増した。連載作家として地歩を固め、一八四〇年代半ばには、『未開地』の元となるスケッチを書き始め、さらに四七年には夫婦で『ヴィクトリア・マガジン』を編集するに至った。二冊の雑誌への寄稿が、その後の『未開地』ロンドン初版の元になっていることは周知の事実だが、その経緯に注目したい。

移住から二十年を経てロンドンで出版された『未開地』は、家族宛ての個人の書簡集『奥地』のように一貫性があるわけではない。出版市場との関連から見ていこう。ムーディの拠り所となった『ガーランド』は、連邦結成以前の連合カナダ植民地で一番長く続いたと言われる主要な定期刊行物だった。

イギリスで紳士階級向けの定期刊行物に親しんでいた植民地のエリート層を対象に、英国文化を継承する趣旨で一八三八年にモントリオールで刊行が開始された。ムーディは、一八五一年に廃刊されるまで主要作家として寄稿を続け、詩や物語、スケッチ、連載小説を次々と発表した。注目すべきは、『ガーランド』に掲載された百編以上の作品の、半分近くが移住前に書かれた詩や物語をリプリントしていることだ。それは編集主幹となった『ヴィクトリア・マガジン』（一八四七―四八）でも同様のことが言える。こちらは貧しい移民向けに廉価《れんか》で英国風文芸に親しんでもらう趣旨の雑誌だった。これら二種類の雑誌が一八五〇年前後に廃刊になった背景には、移民たちが、北米流の文化に同化していくという時代の趨勢《すうせい》があった (Thurston 108)。

隣国アメリカでは、十九世紀初頭にはすでに職業作家が登場、一八三〇年代から始まった「アメリカン・ルネサンス」と称されるアメリカ・ロマン主義文学は、一八五〇年代には全盛期を迎えていた。ムーディ夫妻が、英詩やロマンスをリプリントすることで同化に抵抗しても、北米化する読者を引きとめることはできなかったのだろう。ともあれ、リプリントによるリサイクルの戦略は、手堅い収入源につながった。植民地ではイングランドで発表した娘時代の作品は入手できなかったことや、版権のシステムが確立していなかったこともひと役買っている。ちなみに、奥地生活から脱して町暮らしを享受し始めた一八四〇年代当初から、夫は保守系の弁護士や保守系新聞『ベルヴィル・インテリジェンサー』の編集長との確執《かくしつ》に悩まされ始めており、家が火事に見舞われたり、五歳の三男に先立たれる不幸もあった (*LAC*: 1840, 1844)。

一方、カナダの雑誌に発表した詩やスケッチは、逆に祖国の読者向けにリプリントされ、一八五二年二月にロンドンのベントレー社により『未開地』として二巻本にまとめられた。同年七月には、初版の印刷に間に合わなかった原稿を収めたロンドン第二版、いわば初版の改訂版が出版された。夫の四編のスケッチ、十一篇の詩が掲載され、妻の個人的なスケッチに対し、背景的な情報を補足する役目を果たした。さらに、奥地生活の長い弟サムは、独自のエピソードを提供した。MS社版の『未開地』を読んだ限りでは、ムーディの代表作はアトウッドの影響もあって、彼女個人の葛藤に満ちた自伝的スケッチという印象が強いが、ロンドン第二版の『未開地』は、実のところ、移民体験の全体像を伝えるべく、ムーディ夫妻がイギリスの読者向けに企画し、男性読者をも取り込もうとした、おそらくは渾身《こんしん》のコラボ集だった。

夫は入植三年後に結婚前の『南アフリカ体験記』(一八三五)をベントレー社から出版しており、ロンドンの出版市場では、移民物に関しての知名度が高く、妻によるカナダ体験記『未開地』が日の目を見たのも夫の人脈によるものだった。そもそも彼は、最初の移住先アフリカから一時帰国して体験談を執筆、伴侶を見つけ、南アの地所に戻るつもりだった。結局、新妻の野生動物恐怖ゆえの反対で、次善策としてカナダを新たな移住先に選び、南アでの体験談は移民後になったのだった。他方、『未開地』出版をきっかに始まったリチャード・ベントレー(一七九四―一八七一)とムーディ夫人との文通は終生続き、ベントレー社は彼女のカナダ作品、小説をすべて出版した(Howells & Kröller, ed., 2009: 100)。

5 『未開地』の変容①――出版事情

『未開地』は、以後も若干改訂された再版が出ているが、ロンドン第二版が、コラボ作品のオリジナルヴァージョンとして、近年の研究用テクストの種本となっている。初版出版の一八五二年、ロンドン第二版と同時期に、隣国のニューヨークでさっそく海賊版（以後NY版）が出版された。当時の英米の出版事情が垣間見える文言を紹介しよう。まずロンドン初版の宣伝文句からの一節を要約すると、「作者は今のところ最果ての植民地に出向いており、本人による校正もままならないので、こちらで任意に作業させてもらっています[10]」とある。愛国心あふれる英国人として植民地で活躍する作家と紹介されている。次にNY版の序文から出版の狙いをまとめると、ロンドンの知識階級向けの重厚な革張り二巻本に対し、NY版では編集者の独断で、アメリカの読者には反感を買う箇所や、興味を引かないと想定される箇所はすべて削除し、手軽に楽しめる読み物として出版するというもので、「賢明な作者は、きっと事後承諾してくださるであろう。任せてもらえるなら、売上は約束する[11]」とのことだった。一般大衆向け海賊版は実際、人気を博したようだ。ムーディはベントレーに宛てた手紙で、NY版の売り上げが、ストウ夫人（一八一一―一九六）の『アンクル・トムの小屋』（一八五二）と肩を並べたと自慢している(*LL* 136)。英米とは異なり出版事業が成り立ちにくかった現地でカナダ版が初登場したのは、連邦結成以後の一八七一年だった。このカナダ版の副題が初版の「カナダの生活」(Life in Canada)から「カナダの森林暮らし」(Forest Life in Canada)に変わっているのは、カナダの発展著《いちじる》しい時期を反映した但し書きのようなものだ。

十九世紀のみならず、二十世紀以降も代表作『未開地』の再版は数多く存在するが、ここでは代表的なヴァージョンを紹介する。まず前掲の一九六二年MS社版は、「新カナダ文庫」シリーズの一環として登場した、学校や一般読者向け縮約廉価版である。このシリーズが始まったのは一九五七年、それまで絶版になって読めなかったカナダ文学の名作が読めるようになった。一九五〇年代末から六〇年代と言えば、カナダ本国で本格的に自国の文学研究が始まった時期だ。一九六七年の連邦結成百周年に向けた、ナショナリスティックな時代の趨勢を感じさせる。八八年には、研究者向けテクストが初登場している。これは、カールトン大学の文学プロジェクトから始まった初期本再版シリーズによる[12]。詳細な注に加え、ムーディ夫妻が意図したと考えられる出版当初の文書がすべて収められている。二十一世紀に入り、大手の専門書出版社ノートン・クリティカル・エディションが、先行版を踏まえ、かつヴァージョンアップした形で編集している。ロンドン第二版では不明だった人物や地名を特定化したテクストに加え、主要参考文献・論文を掲載している。

かくして、ムーディは、ローカルな女性移民作家から、カナダの古典作家へ、さらに、世界の十九世紀文学を代表する作家へと変貌を遂げたことになる。『未開地』が二十一世紀まで生き続けることになった要因の一つとして、ポストモダニズムの批評用語を使うなら、このようなテクストとしての不安定さ (textual instability) から来る、書誌学的な研究の余地が残されている点にある。同時に、すぐれた作品が備えているものと想定される、作品内部の不決定さ (internal instability)、言いかえれば、多様な解釈の可能性を秘めていることにも要因があるはずだ。では『未開地』が、一八五二年初版出版当初の書評から始まって、その後どのような「読み」を誘発してきたか、伝記的背景を踏まえ、受容史を概観する。

6 『未開地』の変容②──カナダ作品受容と伝記的背景

『未開地』初版出版年に出た書評の類は二十編以上存在するが、ここではノートン版収録の代表的な書評を取り上げる。総じてポジティヴな評価がなされている祖国の書評の中で、『ブラックウッズ・エディンバラ・マガジン』の書評(13)がよく引き合いに出されるのは、カナダの『トロント・エグザミナー』の書評(14)が、この『ブラックウッズ』の論調に憤慨《ふんがい》し、酷評の代表格をなしているからだ。『ブラックウッズ』の書評は、優雅な暮らしぶりを誇るイギリスのご婦人方への呼びかけから始まっている。「趣味に打ち興じる手を一時休めて、未開の地で艱難辛苦に耐えた、同胞の夫人の話に耳を傾けてほしい」といった口調で語られる。高名なアグネス・ストリックランドの妹で、詩人でもあった作者は、イギリスを離れなければ、やがて姉と肩を並べる立派な作家になっていたかもしれないとの前置きをして、植民地の過酷な暮らしぶりを描く作品を高く評価・紹介している。そして、上品で洗練されたイギリスのイメージとは対照的に、移住先を「ごつごつして危険な、厳しい荒野」と表現しているが、そのような対比が、トロントの書評家の逆鱗《げきりん》に触れたようだ。一八五〇年代初期のカナダは、鉄道敷設《ふせつ》など、英米の資本の流入によって著しい発展を遂げた時期であり、今さら二十年近く前の開拓地での失敗例を見せつけられても、有害な小説のようなものだと憤《いきどお》り、「プライドが高すぎて、生活のために汗水たらして働くこともできないというわけだ」と嫌味を述べている。この書評以外でも現地での受容が全般的に敵対的であったのは、とりわけアイルランド系移民の描き方が、作者の階級意識を反映して偏見に満ちており、カナダへの入植、植民地の現状に対する不平不満だらけと受け取られたからだ。(15)

作者ムーディが、こういった現地での書評に傷ついたのは言うまでもないが、もう一つ『未開地』出版に際してトラウマとなった伝記的事実がある。彼女は初版出版に際し、姉アグネスへ献呈の辞(16)を捧げたのだった。ところが、有名人の姉の名前を許可なく利用したと当人が苛《いら》立ちを表明した(**SW 214**)ことで、彼女はベントレーに以後の再版では、件《くだん》の献呈の辞を削除するよう依頼している(**LL 136**)。王室関係者や、貴族階級のセレブとも親交のあったアグネス(**SW 211**)にしてみれば、初版の前口上(17)で妹が告げている、真実だとして描いた惨《みじ》めな暮らしぶりなど知りたくもなかったのだろう。

一方、アメリカでの好意的な受容ぶりはムーディを喜ばせた。NY版の狙いどおりベストセラーになり、当地の『リテラリー・ワールド』の書評(18)でも、カナダの開拓期を描き、読者の共感を呼ぶ語り手ヒロインの不屈の精神を称えている。耐え忍んだ一家が開拓地を出ていく結末を、ハッピーエンディングと呼んでいるのは、いかにもアメリカ的だ。一般大衆をターゲットに作者を売り出したアメリカの出版業界は、感傷小説一作をのぞいて、ベントレー社初版のすべての作品を再版しており、スザンナ・ムーディ市場をいち早く形成することになった。『未開地』に続く『開拓地』の売り上げも書評も良好(**LL 154**)なものだった。

それに引き換え、本家本元のロンドンで続編の受容がかんばしくないのはなぜかとベントレー宛の私信で愚痴《ぐち》っている(**LL 155**)。続編をめぐる当初の案は、『未開地』の付録として、その後の町での生活について語るという趣旨で、ベントレー社の雑録的な定期刊行物『雑録集』に、雑誌記事として掲載するというものだった。[19] 結局、作家の方からの働きかけで、続編のカナダ物として出版が実現した。『未開地』に未掲載のカナダのスケッチをかき集め、ある意味、工夫を凝らした原稿を送り付けたことになる。ベルヴィルからトロント、ナイアガラの滝へ向かう「船旅」という定番の枠組みを用意して、当時の連合カナダ植民地の発展ぶりを見聞しがてら、未開地でのエピソードを交え、対比的に語る体裁をとっている。[20] 続編『開拓地』の序章の文面からは、前作での失敗を繰り返すまいとする建前が透けて見える。移住先カナダを「第二の故郷」と称し、未開地で味わった祖国への郷愁は繁栄を謳歌《おうか》する現地への畏敬の念に取って代わったと告げている (Moodie, 1989: 5)。『未開地』では前口上にあるように、身を持って体験した真実を伝えようとした。その結果と言えば、現地では酷評を浴び、祖国の姉たちに拒絶されたのだった。そんな苦い思いから、翌年出版の『開拓地』の序章では予防線を張り巡らし、『未開地』に拒絶反応を見せつけた独身の三人の姉たちに、今度は、夫婦円満での郷士となった夫に捧げられている。前口上は、前作と類似したもの[21]を掲載しているが、空疎に響く優雅な暮らしぶりを、船旅に集約させて見せつけようとしたとも考えられる。続編は今やベルヴィルの郷士となった夫に捧げられている。前口上は、前作と類似したものを掲載しているが、空疎に響くのは否めない。実際、ロンドンの書評は、ムーディの目論見を見透かすように、金稼ぎが目的であるとか、語り口調や文体が作為的であると指摘している。[22] 彼女は、長姉エリザが三誌に批判的な書評をいち早く掲載したせいで、評判が悪くなったと恨んでいる (*LL* 145)。

ストリックランド六人姉妹のうち結婚したのは、カナダ移民キャサリンとスザンナ、それに美貌の誉れ高く、働く必要なく二回嫁いでいる三女のサラを合わせて三人であった。ロンドンの文壇と関わり、キャリアウーマンとして独身を貫いたあとの三人は、弟サムの回想録『カナダ西部における二十七年』（一八五三）の出版を後押しした。とりわけアグネスは編集者として当書に我が名を冠し、弟にストリックランド家を代表させるべく、『未開地』に描かれた悲惨な暮らしぶりを払拭《ふっしょく》するような序文を書かせたのだった（*SW* 216）。出版の際には、スザンナの原稿料をはるかに凌《しの》ぐ条件を取り付けていたことや、リアリティに欠ける弟の文章がもてはやされたことも彼女を傷つけたようだ。彼女は出版元のベントレーへの私信で「粗忽《そこつ》なカナダ人はイギリスの居間で交わされるような言葉遣いはしないものを」（*LL* 131）と非難している。

カナダ三部作の最後に当たる『フローラ・リンゼイ』は実話に基づく小説で、新婚カップルがイギリスでの短い蜜月期を経て、乳飲み子を抱え、移民船でカナダにたどり着くまでを描いている。実際のところ、カナダ三部作とは名ばかりで、最後の数ページに崇高なカナダの景観が点描されているにすぎない。[23] 作中の多くのエピソードは、『ガーランド』既掲のリサイクル素材が元になっているため、新味に欠け、高評価を得ることはなかった。

全体的に非難がましい現地での『未開地』受容が好転したのは、一八六〇年代初頭にカナダ第一運動[24]の創始者の一人ヘンリー・モーガン（一八四二―一九一三）が、カナダを代表する人々を紹介する紳士録（Morgan 752-54）に、ムーディをリストアップしたことがきっかとみなされている。彼女は願ってもないはずの彼の申し出をいったん断っている。彼宛ての返信には、生まれも教育を受けたのもイギリス本国であることを強調し、発生期のカナダナショナリズムに加担するのに抵抗した様子がうかがえる（*LL* 191）が、どのような心境の変化があったのか。

その数年前一八五七年秋にベントレーに宛てた手紙では、「カナダを舞台にした小説を書いてもろくなことはない」と当時の鬱屈した心情を吐露（*LL* 169-71）している。現地での『未開地』に対する出版当初の酷評への恨みや、姉たちへの怨恨、家庭の問題などで、売れない作家意識を抱き、モーガンからの打診があった六〇年代初頭には、カナダ物執筆への意欲を喪失していたのだった。興味深いのは、ベントレー宛ての私信には、鉄道開通への言及がある（*LL* 173）ことだ。科学技術の進歩に対して畏敬の念を抱き、植民地の発展ぶりに期待する心情を垣間見ることができる。そんな思いは、ムーディ再評価の趨勢の中で実現した、初の一八七一年カナダ版の序文でいかんなく発揮されている。『未開地』の続編『開拓地』序章は、前述したように、ロンドンの姉たちや現地の読者を意識したと推察される建前的言説が見受けられたが、ここでは、四十年近くをカナダの地で過ごし、一八六七年に自治領として再出発した、新生カナダの姿を称えたいという思い、本音の心情が表われている。(25)

先のモーガン企画出版の紳士録がカナダ作品を取り上げ、ムーディを紹介したことが、作家本人への再評価と代表作の正典化への出発点となった。私信に記した恨みがましい本音とは裏腹に、結果的に本編『未開地』再評価への道を切り開いたことになる。そこからナショナリスティックな時代を背景に、ムーディ当人の与かり知らないところで、開拓期のカナダを記録した作家としてカナダの文化遺産へ向かう流れに乗るとともに、代表作『未開地』は、カナダ文学の正典化への道筋をたどる結果となった。

ムーディが亡くなった一八八五年と言えば、東西間を「鉄の鎖」で結びつけた国家統一のシンボル、カナダ太平洋鉄道が完成した年である。開拓期の作家の死を悼《いた》む新聞記事には「スザンナ・ムーディとその代表作『未開地』抜きでは、カナダ文学を語ることはできない。ちょうど、シェイクスピア戯曲を語るのに、ハムレットが不可欠であるように[26]」と大げさな賛辞が述べられている。かつて英エリート移民の成れの果て呼ばわりしたムーディを新生カナダのルーツの一人に祭り上げるには、カナダ人になってもらうことが必要だった。『未開地』が「歴としたカナダの古典[27]」「国民文学の古典[28]」と呼ばれるようになったのは、先に触れたカナダ版の序文で、ムーディが吐露したカナダ礼賛《らいさん》が本物であり、『未開地』で自己暴露していた植民地への嫌悪感は、カナダの発展とともに作者の内心で、カナダへの帰属意識に変貌を遂げたとみなされるようになった証だ。カナダの文化史家は、ムーディが、「『未開地』出版時には現地に馴染んで十分帰化していた[29]」とみなし、二十世紀初頭の文芸評論家は、移民作家ムーディを「オンタリオの開拓期を記した詩人かつ年代記作家と位置づける[30]」ようになった。

一九二〇年代には、文字どおり文学史上に位置づけられるようになっている。それ以後は、第二次世界大戦後、ムーディに限らず開拓期の歴史的・伝記的な研究が盛んで、開拓期のカナダ人としての意義、いわば年代記としての「カナディアン・アイデンティティ」を問うものが中心だったが、やがて「カナダ的想像力」という観点から文芸作品を読み解くという方向へシフトした。名だたる評論家、作家が、この作品に対しどのような「読み」を開示したのか。影響力があったと思われるカナダ文学関係者三名によるムーディ評を取り上げる。

まず前述のクリンクは、ブリティッシュ・コロンビア大学発行の学術季刊誌『カナダ文学』創刊号（一九五九）で、『未開地』を「小説」の範疇に入れた(Klink, 1959: 75-77)。それまでのコロニアルヒストリーを代表する年代記との見方に意義を唱え、コロニアル文学の作品と位置づけた。MS社版の序文では、自伝的な「修行小説」と称し、修行中のヒロインを核にした統一性を備えた文学作品として解説している。クリンクがかつてのNY版の趣旨に賛同して、ムーディ個人の作品として縮約編集していなければ、成り立ちにくい見方である。

文芸評論家ノースロップ・フライは、「駐屯地心理」[31]の用語で知られるが、クリンク編纂のカナダ文学史の「結語」でムーディを取り上げ、「ヤンキー、アイルランド系、先住民、共和主義者、下層階級といった暴徒に包囲された駐屯地を女性一人で守る駐屯部隊」(Frye, 1971: 237) と譬《たと》えている。フライの原型批評的なアプローチでは、ムーディは無関心な自然と対峙する原型的個体であり、表層的な歴史的事実の背後に横たわる人類に共通した集合的無意識が、カナダという地理的コンテクストを得て、作品世界を創造したのだと言い換えることができよう。

カナダ随一の知名度を誇るアトウッドは、当時トロント大学でフライの原型批評の教えを受けた新進気鋭の詩人だったが、カナダ文学入門書『サバイバル』出版を通してカナダ文学の特質を知らしめ、一気に影響力を増していた。アトウッドは『未開地』を取り上げ、ムーディが、カナダの自然に対し、母なる神の業とするワーズワース的な自然信仰に固執する一方で、「絶望的な監禁状態」に苦しむという矛盾に突き当たっていると指摘している (Atwood, 1991: 50-51)。さらに『スザナ・ムーディーの日記』の「あとがき」においても、『未開地』と続編『開拓地』に「妄想性精神分裂」に陥った、作者の「激しい二重性」を読み取り、それはカナダ人が抱いている強迫観念を映し出しているととらえた (Atwood, 1970: 62-64)。

かくして二十世紀中葉、カナダ文学を育成する使命を帯びた三者の影響は、ムーディを「カナダ的想像力」のルーツに位置づけ、『未開地』を一種の心理小説として読む傾向を生んだ。本章の導入で触れたように、このような「読み」こそ、日本でカナダ文学研究が緒に就いた時期に、ムーディのイメージを決定づけた見方であった。ムーディ家の事情を反映する当初の『未開地』が孕む内的な不統一性や、出版事情にまつわる不安定さという側面については、しばらく葬り去られる形となった。

作品にカナダ的想像力の局面を読み取る、いわゆるテーマ批評は、一九七〇年代から八〇年代にかけても続いた。カナダの地理的条件、厳しい風土が入植者の精神に与える疎外感や、ヴィジョンの二重性について数多く論じられた[32]。典型的には、ヒロインが原型的な荒野と対峙する小説だとする読み方となる。その背後には、国家として、ひいてはカナダ文学としての一貫性、統一性を求めるカナダ社会の暗黙の要請が見え隠れする。

八〇年代には、このような歴史から切り離された目的論的解釈は、ムーディ本来の姿をゆがめる還元主義だとして批判されるようになった。カナダの風土、自然を前提条件に論じるというアプローチの有効性が揺らぎ始めたことになる。単独でカナダ文学史を出したW・H・ニューは、『未開地』が内包するさまざまな時間的ギャップ、本来の雑多なコラボ性を指摘し、この作品が一時期の英雄的開拓生活を描く文書という枠には収まりきれない、時代の変化をも映す、変容するテクストだとする視点を改めて導入した(New, 1989: 70-72)。

一九九〇年代後半には、ジョン・サーストンによる本格的な研究書『言葉の作品——スザンナ・ムーディの著作』(Thurston, 1996)が出ている。彼は、流動性、多様性に注目したニューの見方を引き継いでいる。移民以前のスザンナ・ストリックランドとしての生活は、カナダでの生活と同等に重要であり、荒野との関係より社会との関係の方が重要であったと指摘し、階級とジェンダーをムーディの全体像を読み解くキーコンセプトにしている。さらに、ムーディ晩年の書簡を読めば、代表作『未開地』が、紳士階級出身のイギリス女性移民が植民地の環境と折り合いをつけることになった成功譚《たん》であるとする見方に終止符を打つと指摘し、理想化された先駆者像は現実のものではなかったと言い切っている（Thurston 172）。それでもなお、結論を締めくくるにあたってサーストンは、ムーディがカナダとカナダ文学に根付いた存在だとしており、アトウッドが詩集の「あとがき」で「カナダの地霊」と称したムーディ像の有効性を暗に容認してもいる。

ノートン版の序文は、『未開地』が一八七一年カナダ版出版以降、絶版になった試しはなく、カナダ文学を代表する作家たちが小説や詩、戯曲にムーディを登場させ(33)、映画でも彼女の人生や遺産を称えていると記している。そして、時代ごとに『未開地』に貼られたレッテルを紹介したうえで、どれか一つに当てはめることはできないテクストであることを再確認している。要するに『未開地』は、いかなる単一の「読み」からも逸脱するポストモダンな開かれたテクストであって、ムーディは「昔も今も、読者を惹きつけ、挑戦を促す謎」、研究の余地を残しているというわけなのだ。

7　旅路の果て

『未開地』の結末は、艱難辛苦満載の奥地暮らしに別れを告げ、ベルヴィルの町へ出立するムーディ家の先行きの幸福を暗示し、郷士夫婦の船旅を表舞台にした続編『開拓地』は、一家の繁栄ぶりを偲《しの》ばせる。さらに自伝的小説『フローラ・リンゼイ』の結末も、災難尽くしの航海に報《むく》いた「神の摂理」

への礼賛で終わっている。実際のところ、その後のムーディ家に待ち受けていたのは何だったのか。伝記や書簡集は、名士としての町暮らしが、未開地暮らしをなつかしむほどの心痛を与えるものであり(*SW* 261-78)、経済的な困窮が続いた(*SWS* 141)ことを伝えている。

苦楽を共にしてきた最愛の夫は、妬《ねた》みから端を発した、徴収任務をめぐっての嫌がらせ訴訟で二十年以上にわたって負担を強いられ、政治的な陰謀術数に巻き込まれて心身ともに疲弊《ひへい》した末、一八六九年に亡くなった。その数年前、ムーディはベントレーに宛てた手紙で、保守系弁護士らの夫に対する仕打ちを嘆き、「晩年になって奥地暮らしより辛い生活に耐え忍ばねばならぬ運命とは」(*LL* 212)と心情を吐露している。出版側のベントレーにしてみれば、成功したのは『未開地』だけで、以後の作品出版は、夫人の絶えざる苦境に対する救済同然だったと考えられる。一八六七年の最後の小説『彼ら以前の世界』(一八六七)も、植民地で新聞連載したものを同情的好意でまとめられたものだった。また彼の計らいで、ムーディはイギリスの王立文学基金より六〇ポンドの補助金を受けている(*LAC*: 1865)。ムーディは夫の死後、水彩画の内職で糊口《ここう》をしのいだ(*LAC*: 1869-85)。長男夫婦に家を譲って一緒に暮らすはずが、アメリカへの移住を理由に家を売却され、借家住まいを経て、最後は長女一家に引き取られた。

さらに驚くべき伝記的事実がある。『未開地』初版出版当初、祖国の姉たちから総スカンを食らったことは、一八三二年の入植から三十年後のアグネスの死去に際しても尾を引いていることが明かされている。スザンナの『未開地』を「不吉本」として終生妹を憎んだアグネスは、遺言で『英国女王列伝』の版権をキャサリンとサムへ共同名義で譲り、スザンナには遺産はおろか、生まれ育ったレイドン・ホールの形見分けすらなかった(*SW* 314)。四女ジェインが偉大な姉を追悼して執筆した伝記には、弟サムへの言及はあったものの、カナダ姉妹への言及はなかった(*SW* 335)。祖国の姉たちは、ロンドンで作家姉妹の貧乏暮らしの記事などが出るたびに眉をひそめていたのだ(*SW* 319)。

スザンナは亡くなる半年ほど前から徐々に正気を失い、最後には姉キャサリンの見分けさえつかず、悪夢にうなされ、譫妄《せんもう》状態のうちに生涯を閉じた(*SW* 319-21)。家族の生活のために書く必要に迫られた苛烈な人生の最後で、狂気の世界へ逃避したのか。時を超えカナダの文化、文学遺産として今もなお名声を博すに至った経緯は、個人のジレンマや人生の選択をよそに流れる、時代というものが転変推移する理を表わしている。

◉注

(1) 作家名の日本語表記は、「スザンナ・ムーディ」「スザナ・ムーディ」「スザナ・ムーディー」「スザンナ・ムーディー」の四種類が流布している。本書では「スザンナ・ムーディ」の表記に統一しているが、翻訳の出ている『スザナ・ムーディーの日記』に関しては、訳書の表記にしている。実家関連ではスザンナ、その他はムーディとする。

(2) 本章では、研究者向けのノートン版 Michael A. Peterman ed., *Roughing It in the Bush* (2007) を使用テクストとしている。以後、同書からの引用は *RI* と略記する。また、同書からの文献の引用は、ノートン版収録と明記し、頁数と原典を示した。

（3）伝記情報源として Charlotte Gray, *Sisters in the Wilderness* (1999) を使用した。以後同書からの引用は *SW* と略記する。

（4）伝記情報源として Michael A. Peterman, *Sisters in Two Worlds: A Visual Biography of Susanna Moodie and Catharine Parr Trail* (2007) を使用した。以後同書からの引用は *STW* と略記する。

（5）カナダで二〇〇三年九月に発行された記念切手には、パイオニアの姉妹が登場している。切手の図柄は、一八二〇年代に従兄が一人ずつ描いた三姉妹（アグネス、キャサリン、スザンナ）の肖像画に基づき、開かれた二冊の書物を背景に、二つの肖像画を組み合わせたデザインとなっている（Canadian Postal Database <http://data4.collectionscanada.ca/netacgi/nph-brs?s1=3934&l=20&d=POST&p=1&u=http%3A%2F%2Fwww.collectionscanada.ca%2Farchivianet%2F020117%2F020117030426_e.html&r=1&f=G&SECT3=POST> 参照）。ピーターマンのヴィジュアル版の伝記には、三姉妹の肖像画の写真が掲載されている。

（6）前掲グレイの伝記に基づいた映画が二本製作・上映された。パトリック・クロウ (Patrick Crowe) による *The Enduring Enigma of Susanna Moodie* (1997) および CBC film による *Sisters in the Wilderness: The Lives of Susanna Moodie and Catherine Parr Trail* (2004).

（7）年譜的情報源として Literary Archives Canada, *Susanna Moodie Chronology* <https://www.collectionscanada.gc.ca/moodie-traill/027013-2102-e.html> を利用した。以後、同文献からの年譜的事実は *LAC* と略記し、（ ）内に出典と年号を示す。

（8）スザンナ・ムーディの書簡集 Moodie, *Susanna Moodie: Letters of a Lifetime* (1985) による。以後同書からの引用は、*LL* と略記する。

（9）ムーディ夫妻の書簡集 Moodie, Susanna & John, *Letters of Love and Duty: The Correspondence of Susanna and John Moodie* (1993) による。以後同書からの引用は *LLD* と略記の上、引用後の（　）内に頁数を記す。

（10）ノートン版収録 (343)、Anonymous, "Advertisement for the First Edition."

（11）同上 (344)、Charles Frederick Briggs, "Preface to *Roughing It in the Bush*."

（12）Center for the Editing of Early Canadian Texts Series: 5 (1988) に相当する。以下のペーパーバックによる再版参照。Carl Ballstadt, ed., *Roughing It in the Bush or Life in Canada* (Montreal: McGill-Queen's UP, 1995).

（13）ノートン版収録 (401)、Frederick Hardmann, "Forest Life in Canada West," *Blackwood's Edinburgh Magazine* 71. 437 (March 1852).

（14）ノートン版収録 (405)、Charles Lyndsay, "Misinterpretation," *The Toronto Examiner*, June 16, 1852.

（15）書簡集 *LL* の年代別解説欄 (1852-1862: 'My pen as a resource'), 109.

（16）ロンドン初版に記された献呈の辞は、本章で紹介した代表的なヴァージョンすべてにおいて以下のオリジナル文面が掲載されている（/ は改行を示す）。To Agnes Strickland / Author of the "Lives of the Queens of England" / This Simple Tribute of Affection / is dedicated / by her sister / Susanna Moodie（本書を、『英国女王列伝』著者アグネス・ストリックランドへ捧ぐ／敬愛する妹スザンナ・ムーディより）

（17）前口上についても上記注（16）と同様。I sketch from Nature, and the picture's true; / Whate'er the subject, whether grave or gay, / Painful experience in a distant land / Made it mine own.（自然をあるがままに写し取り、真実を描いた：／深刻な話題であれ、愉快な話題であれ／遠く離れた土地での痛ましい経験の数々を／自家薬籠中のものとした）

（18）ノートン版収録 (404)、Anonymous, "The Backwoods of Canada," *The Literary World*, No. 285, 1852.

（19）書簡集 *LL* の年代別解説欄 (1852-1862: 'My pen as a resource'), 110.

（20）Thurston, *The Work of Words* の注によれば、ベルヴィルは、一八四〇年にヴィクトリア地区の中心地となり、一八五〇年代初期までに、南部オンタリオの中心部において、トロント、キングストンに続く第三の町に発展し、一八五一年現在の人口は四五六九人に達していたという (201)。

（21）注（17）で記した、『未開地』初版の前口上とのわずかな相違点は以下のとおり、the picture → the draught, the subject → the picture.

（22）注（19）同様、110. 原典は "Rev. of *Life in the Clearings*." *Athenaeum*, Aug. 27, 1853.

（23）Moodie, *Flora Lyndsay Or, Passages in an Eventful Life* II (Memphis: General Books, 2010). 110-14.

（24）一八六七年の連邦結成直後に、カナダで行なわれた最初のナショナリズム運動。首都オタワ在住の五名の唱道者の中には、『紳士録』(Morgan, 1862) を出版していたヘンリー・モーガンや、ノヴァスコシア出身の風刺作家トマス・チャンドラー・ハリバートン（一七九六―一八六五）が含まれる。カナダの国家としての自覚を促すのを目的とし、カナダ独自の文学、芸術を育成することにより、真の独立国家を目指した。歴史的経緯については、*The Canadian Encyclopedia*, vol. 1. 326 参照。

（25）ノートン版収録 (344-51)、Moodie, "Introduction to the 1871 Edition: Canada. A Contrast." たとえば「カナダはもはや、有名な母親の養育に頼る乳飲み子ではない。幼児期を経て、今や強く逞しい若者ぶりを発揮している」「優れた政府が、賢明な法律、忠実な人々、自由な教会に支えられ、人々に幸福と誇りをもたらしてくれるなら、我らの新生自治領を讃えるより他はない」(347).

（26）ノートン版序文 (vii) で紹介。原典は *Peterborough Daily Examiner*, July 25, 1885.

（27）Thurston 序章 (5)。原典は T. G. Marquis (1914), "English-Canadian Literature." *Canada and Its Provinces: A History of the Canadian People and Their Institutions*. Ed. Adam Short and Arthur G. Doughty. Vol. 12 (Rpr Toronto: U of T Press, 1973). 545.

（28）同上。原典は Ray Palmer Baker (1920), *A History of English-Canadian Literature to the Confederation* (Rpr New York: Russell & Russell, 1968). 121.

（29）Thurston 序章 (5)。原典は James Douglas, "The Present State of Literature in Canada." *Canadian Monthly and National Review*, 1875, および Thomas O'Hagan, "Canadian Women Writers." *Canada: An Encyclopaedia of the Country, Vol.5*. Ed. J. Castell Hopkins. (Toronto: Linscott, 1899). 170-76.

（30）同上。原典は Emily Weaver, "Pioneer Canadian Women. III. Mrs. Trail and Mrs. Moodie: Pioneers in Literature." *Canadian Magazine* 48 (1917): 473-76. 他。

（31）本書第三章の注（6）を参照。

（32）たとえば、以下のテーマ批評が代表的。D. G. Jones, *Butterfly on Rock: A Study of Themes and Images in Canadian Literature* (1970). John Moss, *Patterns of Isolation in English Canadian Fiction* (1974). Gaile McGregor, *The Wacousta Syndrome: Explorations in the Canadian Langscape* (1985).

（33）ノートン版序文 (xvii) で列挙されているカナダ人作家は以下のとおり。ロバートソン・デイヴィス（一九一三—九五）、マーガレット・アトウッド、キャロル・シールズ、トマス・キング（一九四三—）、ジュリー・ジョンストン、エリザベス・ホプキンス（一八九四—一九九一）、ティモシー・フィンリー。

第Ⅲ部　カナダ西部の表象——北西部開拓神話とスモールタウンの形象

第Ⅲ部は、英系カナダ文学の展開のなかで、開花期を前にして独自路線を示していったんは市場から姿を消したが、後に再評価されるに至った作家オヘイガンとロスの国民文学的時空を探る。

オヘイガン研究の一環として、第五章では、カナダ北西部の開拓神話たる『テイ・ジョン』を、先住民の世界と白人の接触にまつわる物語として読み解き、第六章では、カナダ建国の礎となった大陸横断鉄道と、騎馬警察のモチーフに注目するとともに、オヘイガンのゴシック性、カナダの大自然との関連で、カナダ文学における「自然と女性」についても考察する。

第七章では、「ジレンマ」を共通項として、ロスの全著作を紐解いている。平原州の架空のスモールタウンは、カナダ文学の特質の一つ、地域主義を例証する舞台である。代表作『私と私の家に関しては』の項では、実在したムーディ夫人と並び称せられる語り手ヒロイン、ベントレー夫人の一人称語りの「騙り性」に注目して「ジレンマ」の諸相を探る。

第五章　現代カナダ小説の先駆け
――ハワード・オヘイガン『テイ・ジョン』の語りと多声をめぐって

1　『テイ・ジョン』再評価の流れとその後

ハワード・オヘイガン[1]（一九〇二―八二）の最初の長編小説『テイ・ジョン』がロンドンで出版されたのは、第二次世界大戦時の一九三九年、この頃カナダ小説の潮流はリアリズムにあった。フレデリック・グロウヴやモーリー・キャラハンが、農村や町の人々の暮らしぶりを写実的に描いていた。『テイ・ジョン』出版当時、ロンドンの『タイムズ文芸付録』や『オブザーヴァー』紙には好意的な書評が掲載されたものの、出版元の倒産や戦時中というタイミングの悪さも手伝って、カナディアン・ロッキーを舞台にした地方色の強いカナダ小説が文壇の話題になることはなかった(Fee, 1992: 85)。本国カナダでは『トロント大学クオータリー』の書評家が、その年の重要作品にグロウヴの『二世代』（一九三九）を取り上げる一方で、『テイ・ジョン』をロマンスと捉え、「読者を混乱させるプロット展開に、平板な人物創造」(MacGillivray, 1939-40: 299) と酷評を下した。虚構性の強い『テイ・ジョン』の作風は時期尚早だったことがうかがえる。

一九六〇年代になって、『テイ・ジョン』はアメリカの出版社から再版された。オヘイガンの友人でアメリカではよく知られたシナリオ作家ハーヴェイ・ファーガソン(一八九〇―一九七一)が序文を書き、四千部発行されたが、売り出しに成功することなく、数年後には絶版となっている。

オヘイガン再評価の流れを後押ししたのは、一九五七年創刊の再版シリーズ「新カナダ文庫」だった。もっとも、『テイ・ジョン』が仲間入りを果たしたのは七四年、初版出版から三十五年の歳月を経ていた。カナダ小説の潮流も、一九五〇年代終盤から七〇年代にかけて、リアリズムから反リアリズムへ移行し、ニュー・フィクションと呼ばれる一連の作品が、とりわけブリティッシュ・コロンビアの作家たちを中心に生まれつつあった。中にはすでにオヘイガンの影響を受けたと言われる作家、たとえば、シーラ・ワトソンや、ルーディ・ウィーブ、ロバート・クロウチ(一九二七―二〇一一)、ジャック・ホジンズ(一九三八―)がいる。時代を先取りしていたオヘイガンが再デビューする下地ができていたことになる。ここに至って評論家ジョージ・ウッドコックが再版に寄せて好意的な書評を書き、オンダーチェが『カナダ文学』誌上でオヘイガン研究に先鞭をつける評論 (Ondaatje, 1974: 24-31) を発表した。かくして『テイ・ジョン』は、それ以後、アトウッドやクロウチをはじめとして詩人、小説家、評論家が論じるに足る重要作品となったのである。

カナダの現代小説が、グロウヴ、キャラハン、マクレナン、シンクレア・ロスらのリアリズム小説を主流として発展していった一方で、もうひとつの流れの先駆けをなす作品が、ほぼ同時期に登場していたことを示している。『テイ・ジョン』の前衛性に注目した脱構築批評が一九八〇年代から九〇年代にかけて盛んに行なわれ、『テイ・ジョン』は大学の「現代カナダ小説」の講座で、課題図書リストに名を連ねる、キャンパス・ノヴェルの一冊になった。

トロント大学でカナダ文学研究者として教鞭《きょうべん》をとっていたW・J・キース（一九六六―九五在職）は、『テイ・ジョン』の重要性を再発見したのが、「セミ・ポストモダニストの作家オンダーチェだったのも頷ける。『テイ・ジョン』はコンラッドに影響を受けたモダニストかつ、その文学様式の爽快な混合ぶりと、〝ストーリー〟の意義を強調する点で、〝ポストモダニスト〟の関心を見越している」(Keith, 1991: 101)と述べている。同時に、A・E・デヴィッドソンやマージェリー・フィーらによる過激な脱構築批評(Davidson,1983: 137-47 ; 1986, 31-44 ; Fee, 1986: 8-27)に異議を唱えている。キースは『テイ・ジョン』が、語りの慣習を各種取り揃えたテクストであり、文学的・哲学的引喩《アリュージョン》の宝庫としてオヘイガンの小説技術そのものを評価し(Keith, 1989: 34-38)、ポストモダニストによる「逸脱」「決定不能性」を前提とした脱構築批評を揶揄《やゆ》している。

二十一世紀に入り、フランシス・ジッチーは、『テイ・ジョン』を「モダニストの洗練された実践例」「ポストモダニズムの元祖的語り」とした二十世紀後半の読みに、真っ向から反論(Zichy, 2004: 152-221)している。オヘイガンが影響を受けたとされるジョゼフ・コンラッド（一八五七―一九二四）の『ロード・ジム』（一九〇〇）は、その語りにおいてモダニズムの精華を放つが、オヘイガンの『テイ・ジョン』は、文学技術論的に荒削りであり、「エンドレスな決定不能性のブラックホール」に陥ったかの脱構築批評は、「二項対立のロジック」を崩すという本来の意義を見失っているとしている。然《しか》るに、この反論目的の評論の登場も含め、『テイ・ジョン』が批評的関心を近年も保持していることに変わりない。ジッチー自身、別の角度から『テイ・ジョン』を論じてもいる (Zichy, 2003: 199-225)。また、「ストーリーの逸脱」と題し、『テイ・ジョン』の語りの構造を再検討したり (Hingston 181-90)、『テイ・ジョン』にみる人種のハイブリッド性について比較文学論的に論じる評論 (Braz 1-9) も目を引く。

本章では、唐突な語りのシフトと、平板な人物創造という『テイ・ジョン』の否定的に見える側面が、荒削りなままで、オヘイガン独自のカナダ的時空を形作っている様を再検証する。「小説とは言葉遣いに社会的多様性や、〔中略〕個々の声たちの多様性が芸術的に組織されたものである」(バフチン 一六) との小説の定義付けに準じ、カナディアン・ロッキーに響く複数の語りの声、多様な人物の声に注目して論を進めたい。

2 全知の語り――カナダ事情から「伝説」へ

人間の時間によれば、ことの始まりは一八八〇年の夏、場所は山間の水源に近く、辺りの支流が合流するアサバスカ川の渓谷にある。その向こう、イエローヘッド峠をわずか越えた西には、湖から発するフレーザー川が荒野と太平洋まで貫流している。

当時カナダには山岳地帯を横断する鉄道はなかった。カナダ太平洋鉄道が建設中だったが、〔中略〕海岸にたどり着いたのは一八八五年になってからである。〔中略〕鉄道を建設し、そこから収益を上げるため、カナダは自治領となった。英国の一植民地ブリティッシュ・コロンビアは、今や太平洋から大西洋まで広がる領土の最西端の州になった。

やがて、もう一つ鉄道が敷かれた。グランド・トランク太平洋鉄道と呼ばれ、イエローヘッドで山岳地帯を通り抜けた。一九一一年のことであった。

それ以前、イエローヘッド一円、それに北極の最南端の斜面に当たるアサバスカ川上流域の土地は、太古の姿とほとんど変わりなかった。(2)（11：三―四）

全三部十四章からなる『テイ・ジョン』の冒頭文は、鳥瞰《ちょうかん》的な全知の視点から、カナダ北西部の地理と当時の状況を伝えている。鉄道が到来するまで、時間は昼と夜を繰り返しながら季節がめぐり続ける円環の時の中にあり、土地は死と再生を司る源だった。ここで予告される変化が現実相として描かれるのは第三部に至ってからであるが、第一部「伝説」(Legend)では土着文化が白人文化と接触する意味が比喩的に表現されている。

カナディアン・ロッキー山間部に響く最初の人物の声は、金髪碧眼《へきがん》の大男レッド・ローティの大声だ。彼は、等高線地図を引く調査団の馬番だったが、一八八〇年、ことの始まる年、猟師としてその地に居残ったのだった。ローティは伝説のヒーロー、テイ・ジョンの推定上の父親として、物語の発端をなすべき寓意的人物像を示している。彼は典型的な容貌もさることながら、五マイル四方に届く大声が彼のアイデンティティを証し、「怒鳴る相手がいない時にも、彼はよく声を張り上げては聞き耳をたて、にんまりする」（14：五）という行為にもあるように、声を出すこと自体が生の目的と化している。その年の夏、毛皮を担いで下山したローティは、売春宿への道すがら聞こえた聖歌に足を止め、キリスト教に帰依《きえ》する。彼が布教に訪れたシュスワップ族は、先祖代々自然と一体化したような生活を営む民であり、精霊が跳梁《ちょうりょう》する伝説的世界の住人である。彼の声は背後の岩場に木霊《こだま》となって響き渡るばかりで、人々の心に届くことはない。

語りの中で繰り返される「大声」という彼の属性は、手にした聖書を文字どおり暗記するような原理主義的強要を暗示する。シュスワップ族の人々は当初、ローティが、部族の言い伝えで先祖の土地へ導くという、黄色い髪のリーダーだと早合点し、部族初の宣教師を歓迎するが、彼が大声で告げる別の救世主到来の知らせに戸惑う。パウロや、洗礼者ヨハネのパロディたるローティは、福音によってではなく、人妻ハンニへのレイプ行為によって、自らは与《あずか》り知らぬままシュスワップ族のメシアの先駆けとなっている。その行為は、先住民を教化するという大義名分が暴力行為に過ぎないことを例示している。女たちは、男たちに叩き出された罪人を追っかけ、彼を木の幹に後ろ手に縛り付け、子らは彼の腹に小さな矢を射かけた。ハンニの姉ヤーダが両顎《あご》の間に押し込んだ石は「停止のシンボル」(Granofsky 113)、「伝道者の言葉を物体とする比喩」(Fenton 30) であり、白人文化の基盤である言葉を無力化している。その姿は、読者に殉教《じゅんきょう》者聖セバスチャンを想起させるが、「ほらごらん、あいつは大嘘つきだったんだ。言葉があいつの息の根を止めたのさ」(*TJ* 28：一九) と告げるヤーダの発話は、入植者が先住民に押し付ける白人の論理への異議申し立ての声に他ならない。同時に、抗《あらが》うことなく身を任せた人妻ハンニの態度には、白人文明との接触に伴う、先住民の内なる願望が表象されている。抵抗しつつ魅惑される先住民の「ヤマアラシのジレンマ」は、女たちの言動によってイメージ化されているわけだ。

第一部、第二章でも全知の語りが続くが、語りの視点はシュスワップの人々の意識に制限されているため、プリミティヴな魔術空間が広がり、異化効果を醸し出している。神話的リアリズム(Ondaatje, 1974: 25-26)ないしマジックリアリズム(Tanner 24)に該当するモードを如実に表わすセクションである。人々は賢人の知恵と呪術を駆使して、埋葬されたハンニの墓から出現した黄色頭の幼子を連れ帰るが、村中に響き渡る泣き声のメッセージを解読しなくてはならない。命《めい》を受けた老賢女は、その子が「墓の中の半人前の暮らしではなく、一人前の自由な人間の暮らしを望んでいる」(*TJ* 39:三一)ことを突き止め、東方の影のふるさとで、彼の影を見つけ出す。踏まれると影が消えてしまう少年を恐れつつ、部族伝説の救世主到来として崇《あが》めるという人々のジレンマは、少年の出自ゆえのアイデンティティの分裂と、ヒーローの孤独な生を逆照射している。

黄色頭を意味するクンカン=クレシーム、のちにクムクレシームと名付けられた少年は、ヤーダの元で従兄弟のメムファイアスとともに立派なハンターに成長するが、成年の通過儀礼は、彼の異質性を露《あら》わにしている。「もし人がそこの水を飲めば、声を失い、仲間の前から姿を消す」(*TJ* 45:三八)と信じられた禁忌《きんき》の場所から、断食の証拠として彼が持ち帰った黒っぽい苦い砂こそ、部族の共有ルールを揺るがす「所有」のシンボルであり、彼を白人社会へ結びつける働きをしている。この砂をめぐって、語りはドラマティック・アイロニーを仕掛けている。馬で長旅をしてきた三人の白人が、ガイドを求めてやってきたとき、砂を見せられた連中が、白人の言葉でわめき、肩を叩き合う姿に、人々は「砂の魔力」による喧嘩《けんか》かと思うが、読者はそこに、砂金取りの狂喜乱舞の反応を読み取ることができる。かくして、クムクレシームは、ライフル銃に、弾丸、赤い上着という物品を所有する男となり、仏語で「テット・ジョーン」、英語風に端折《はしょ》られて「テイ・ジョン」と呼ばれるようになる。名称の変化自体、仏系から英系へと移譲されるカナダの植民事情を反映している。人々は、白人の言葉を身につけ、案内人を務めるテイ・ジョンを、偉大な男として誇りにするが、彼が悪しきロールモデルとして、共同体を弱体化させていることに気づかない。

第一部の最終章は、白人文明との接触で生活の基盤を揺るがされる、先住民の寄る辺なさをアイロニカルに描いている。最古老の預言者クワカラは、「お告げ」の声を再現する。

あたらしい影がこの土地に入りこんでくる。おまえたちの先祖は何年もの冬をおまえたちのいる場所ですごした。かれらは住んでいる土地と友だちだった。かれらの心はやさしかった。〔中略〕今は違う。若者はライフル銃をゆすって自慢する。それでも腹はからっぽだ。女は怠け者になって歌わない。野イチゴつみのバスケットはからっぽだ。〔中略〕今また大きな病気が人々の間にやって来た。おまえたちは土地のえじきになっている。(58-59：五二)

ここでは、ニュートラルな語りが呪術師に憑依《ひょうい》したかのように、先住民が余儀なくされた変化を指摘している。白人の黒死病たる「黒い病気」(ペスト)に見舞われた人々は、「悪臭の立ちこめる」地面を呪い、「白人の神が谷に入り込んで獲物が逃げた」(58：五一)と考える。土地を追われるように、シュスワップ族はテイ・ジョンが先導する旅路につくが、白人の血を引く彼は、部族の未来を担う救世主たりえない。彼は、従兄弟のメムファイアスが、部族の儀礼に則《のっと》って求婚した女に、後から目をつけるというルール破りをしている。屈強の若者同士の死闘の後、人々は満身創痍《まんしんそうい》のテイ・ジョンに手を差し伸べることはなかった。古老スムックセンは「テイ・ジョンの女はわが民だ。かれはリーダーであって、村人の悲しみと結婚したのだ」(67：五二)と民意の声を上げる。「一人前の自由な暮らし」を望んだ幼子の泣き声は、結局のところ、部族の因習によって聞き届けられることはなかったのだ。語りは、部族の伝説そのものが、自己矛盾を孕んでいることを暴《あば》いている。

3　語り部デナムの登場――カナダ事情から「風説」へ

一九〇四年に始まる数年、新しい呼び名が山岳地帯に吹きつのり、ある計画が谷を吹さ抜ける一陣の風のように動き出した。

その名は、新しい鉄道、グランド・トランク太平洋鉄道という呼び名であり〔中略〕。それは帝国の路線になるだろう、そして戦争時に英国はアメリカ国境からずっと離れて、カナダを横断する軍隊を急送することができるのだ。「あのいまいましいヤンキーどもに目にものを見せてやろう」オタワである議員が叫んだ「我々が手にしている限りの独立は本気で守るんだってことを」

大平原では、白人の鼻息はインディアンとバッファローを牧草地から吹き飛ばし、白人の鋤《すき》は今や、草を掘り返していた。(73：六七)

第二部「風説」(Hearsay) の冒頭では、再び鳥瞰的な視点からカナダ事情が伝えられるが、作品冒頭の超然とした語調ではなく、自治領カナダの声を響かせるような弁舌口調が加味されている。読者は、「幼児期の国家」(Frye, 1977: 22) の強迫的な声を聞き、開拓に勤しむ男たちの息吹を感じることができる。そんな「山岳地帯に鉄道が分け入った頃」(*TJ* 75：六九)、麓《ふもと》の町エドモントンの酒場に出没する登場人物ジャック・デナムが、全知の語り手にプロフィールを紹介されるや、いきなり語り始める。そして一人称の語り手として、その後の語りを引き継ぐのである。デナムは、山での体験談や噂話を「ジャッキーの物語」(77：七一) として語るにふさわしい人物として肉付けされている。鉄道敷設の先遣隊として働く正真正銘の山男であり、アイルランドの名家から送金してもらえる身分と紳士の教養を備えてもいる。酒場に居合わせた連中さながら、読者は「織りなす言葉に想像力をあやされて」(77：七一)、「流暢《りゅうちょう》さと現実的な率直さを組み合わせた」(Keith, 1989: 33) デナムの声に耳を傾ける立場に置かれる。

第二部の舞台は、テイ・ジョンが部族の流儀を半ば保持できる山の空間であり、ジャック・デナムは自らの目撃談を出発点にして、山岳地帯に分け入った白人の男女が、テイ・ジョンを通して異文化に触れた衝撃や混乱を語り伝えずにはいられない語り部である。最初のエピソードで、デナムは、白人の地図に名称を書き込むことで未開地を所有するという、白人の論理を行使しているのがわかる。激流の向こうで灰色熊と闘う金髪のインディアン（テイ・ジョン）に「イエローヘッド」と呼び名を与え、自らは活躍しそこなった冒険談に登場する「叙事詩的英雄」に仕立て上げている。デナムは「首が無念な場面をじっと見下ろせるように」(89：八三) 勝利者が敗者、灰色熊の首を木の又に掲げたものとコメントを下す。しかしテイ・ジョンの行為は、熊に象徴される自然を打ち負かしてその勝利を誇示することではない。自然界の生き物同士が生と死を分かつサバイバルを経て、生き残ったインディアンが「手ごわい精霊と魔力を持つ熊」（31：二三）をなだめる作法を怠《おこた》らなかったにすぎない。先んじてテイ・ジョンの出自を知る読者は、その「批評的距離」ゆえに、デナムの発言を品定めするという積極的な読みを享受することができる。

新しい世界の侵入がまだ点でしかない山の世界で、その後もテイ・ジョンは、白人種が失ってしまった「原始性」の局面を垣間見せる。同時にテイ・ジョンは山間の交易商人コリン・マクラウドの取引小屋に出入りし、白人の言葉を操ることで、半ば白人社会に足を踏み入れている。デナムがそこを訪れたときには、すでにテイ・ジョンは行方知れずになっていたが、デナムはその顛末《てんまつ》を、テイ・ジョンをめぐる人々の対話を軸に、数々の場面を再現している。ゴシック小説を思わせる惨劇のエピソードは、異端のヒーローが白人世界に足を踏み入れる代償の大きさを物語っている。ゴシック批評的には、彼の「雑種性」こそが、恐怖の惨劇を生んだと言い換えることもできよう。

テイ・ジョンは戸外で毛皮の取引中に、仲間と山間を移動中のティンバーレイクの雌馬に目を止めた。「俺は馬を取る。そしておまえは」「おまえは俺の毛皮を取る」（103：九九）と声に出し、雌馬の所有を主張する。デナムはテイ・ジョンが、馬を持たない部族の元へ、誇らしげに帰還する姿を思い浮かべるが、読者は雌馬が女の代用であろうと推察する。マクラウドの小屋で若い女のピンナップをなぞった指紋の跡から、彼の内なる声を読み取り、彼が賭けに負けたとき、その思いがいかに切実であったかを思い知らされる。勝敗のルールは、白人文化のフェアプレイの精神に基づくが、テイ・ジョンは、手に負えないジレンマのはけ口に酒をあおり、フラストレーションから斧で片方の手首を一刀両断切り落とすのだ。「『もしお前の手が、お前をつまずかせるなら』」「『切りすてよ』〔中略〕おまえのメス馬と引き換えだ！」（109：一〇五）との捨て台詞は、彼がマクラウドの小屋で学んだ聖書からの引用であり、父レッド・ローティの原理主義と呼応している。ティ・ジョンの崇高なまでの悪魔的行為は、恐れ入ったティンバーレイクに雌馬を譲渡させるが、その行為は、象徴的な去勢でもある。フライによれば、去勢ないし身体障害は、並外れた知恵や力の代償なのだ（Frye, 1974: 193）。デナムの「叙事詩的英雄」は、ティ・ジョン本人の言う「もう、おれはティ・ジョンではない。これから、おれは片手男と呼ばれるだろう」（110：一〇七）との自己イメージによって、アイデンティティの変容を告げている。

マクラウドの発信する情報を入れ子にしたデナムの語りは、小型化していく英雄像を提示しつつ、彼の背負う異文化との接触で混乱する人々の声を届けようとしている。マクラウドは、イングランドから派遣された鉱山技師アーサー・アルダーソンから、ティ・ジョンをガイドに雇うに至った経緯を聞かされる。アルダーソンは、コックのチャーリー、馬番エドを引き連れ、アメリカ人妻ジュリア同伴でキャンプを張っていた。川中で馬の尻尾をつかんで流れに抗う男を目撃し、一行は投げ縄で彼を砂州《さす》に引き上げた。命拾いしたはずの男は、アルダーソンに人命救助の行為を無効にするような違和感を与える。「自分は一体、こんな所にいる筋合いはあるのかって気にさせられましたよ。私は不法侵入者のようでした。彼は――何ていうか、まわりの川や丘が独自の目的に合わせて形作った何かだった」（126：一二三）と語る彼の声には、異文化に触れての驚異の念がこもっている。

第二部の最終章は、舞台裏で起こったかもしれない事態をめぐって、人々がそれぞれの立場から発言するが、デナムの語りはレイプ容疑で召喚されたテイ・ジョンの肩を持つ声を拾い集めている趣《おもむき》がある。ジュリアは足を痛めた夫を残し、ガイドのテイ・ジョンと羊狩りに向かった日、行き暮れて暗闇の中で一夜を過ごすはめになる。明け方、心配の虜となった夫らの元へ帰ってきた彼女は、「今しがた意外な真相を見たばかりのように」（142：一四二）青い目を見開き、別人のような顔を見せるが、夫のテントへ戻ると一転してテイ・ジョンを暴漢呼ばわりする。騎馬警察官タトローによる取り調べがマクラウドの小屋で行なわれたとき、ジュリアは頑《かたく》なに出頭を拒んだあげく、テイ・ジョンをレイプ容疑で訴えた前言を翻《ひるがえ》してしまう。彼は無罪放免となるが、真相は不明なままである。

このエピソードは、語りに伴う「意味の不決定性」(Granofsky 109, Davidson, 1986: 30) から、ポストモダンな特徴を示す一例として取り上げられるが、作者オヘイガンの主眼は、ジュリアの被ったカルチャー・ショックの大きさを伝えることにあるだろう。テイ・ジョンの「原始性」に惹き付けられる思いと、それと接触することの恐れから生じるジレンマで、ジュリアは一時的に人格が破綻《はたん》したような姿を晒したのだ。英国出身の若き騎馬警察官ポーターは、もう一人の文明人を体現している。ポーターはテイ・ジョンに任意同行を求める任務を終え、「あの男は見る目を持っている」「どうりでこの土地には獲物がふんだんにいるのに兎一匹見かけずにずっとここを通ってきたわけだ」（151：一五〇）と感嘆の声を上げる。デナムの語りは、彼の発言を再現しながら「テイ・ジョンとの二日間の道連れの結果、彼の人生は全く新たな展開を見せていた。隠れていたものが今や明るみにでてたのだ」（151：一五〇）と講釈し、テイ・ジョンのプリミティヴな感性を再確認している。

4 語り部から語り手へ――デナムの現地報告

第三部「証言――突き止められないままに」(Evidence - without a finding)は、作品冒頭で言及された一九一一年を起点に、リゾート開発の現場を主な舞台にしている。デナムは、テイ・ジョンを含め主要登場人物の生の声が聞ける関係者に近い立場から現場報告するが、口承物語の語り部の役どころを終えて、一人称小説を書く可能性を秘めた人物像を示している。第二部の時間軸に沿った入れ子状の素朴な語りは、第三部では、「メタフィクション的アプローチ」(Tanner 10)と称せられる特性を発揮する語りへと進化している。デナムは、当事者の声を集め終えた時点から、すなわち回顧的な視点から、時系列によらない語りを実践している。現場報告の前振りとなる随想の中には、「テイ・ジョンの物語」の虚構性を明示する一節がある。

俺はテイ・ジョンに、あるいは彼の物語になんらかの責任を感じているわけではない。いや、全然だ。彼の物語は、彼自身同様、そのまま俺とは無関係に存在しただろう。物語は――それは縁取りの大ざっぱな、個人的な運命の記録――〔中略〕実のところ物語を語るということは大方を語らずじまいにしてしまうことだ。〔中略〕そして完了したとき物語には、何か触れることの叶わない、包囲に抵抗した山の中心部のように、計り知れないものが残る。物語自体に手が届いたのではなく、辺りの静寂をかき乱しただけのような気がするのだ。(*TJ* 166-67：一六六―一六七)

デナムは、聞き手の好奇心に訴えるストーリーを伝えること以上に、第三部では、イエローヘッド湖畔に集った人々の物語を語ることで、不可解な人間存在を浮き彫りにしようとしている。作者オヘイガンは、ジャック・デナムに、噂話に興じる「辺境の男たち」の一人として語り部の役割を担わせているだけでなく、しばし哲学的瞑想に浸るような知識人、さらには潜在的作家の一面も付与している。「個人的な運命」の物語が際立つのは、山の世界が「錯覚の土地」(3)(163：一六三)であり、「現実と幻想を区別できない普遍的な人間性の小宇宙」(Granofsky 111)として機能しているからだ。

デナムは、人々のたどる運命について語るにあたって、それぞれの人物の再創造を行なっている。第一部の全知の語りで、レッド・ローティの自我を押し付けてやまない「生」が「大声」に象徴されていたように、デナムは起業家アルフ・ドブルの大声を彼の人格を表わす記号と見なし、ささやき声で話すローティ神父を、ドブルとは対照的な生の次元に置いている。「信念の人」ドブルは、彼の部下ジェイムズの存在によって単一のヴィジョンを追い求める生き方を成り立たせている。ドブルの背後に常に控えているジェイムズはドブルの影であり、女性的な属性を負わされている。ドブルは未開地に対してひたすら男性原理である直線的な進歩思想を押しつけ、己の名を刻んで我が物にせんとしている。内なる闇によって一意専心的なヴィジョンを破綻させたレッド・ローティ同様、ドブルは「現実的見通し」を決まり文句にする合理主義精神にもかかわらず、暗闇の中をテイ・ジョンとの勝ち目のない喧嘩に駆り立てられ、理性を忘れて闘争本能に身を任せた挙げ句、身を滅ぼしたと言える。ダブルをもじったドブルというネーミングには、作者の風刺精神が表われている。デナムの背後から、インテリ山男だったオヘイガン自身の声が聞こえてくる。「運輸で収益を上げ大規模な山の宿泊施設に投資するのは鉄道の役割であって、個人がロッキー山中のほとんど知られていない湖のそばで冒すようなリスクを主張しても無駄だった」(226:二三二)。ドブルが体現する「アメリカン・ドリーム」は、カナダ西部には似合わない。ただ、イエローヘッドの土地からドブルの痕跡が跡形なく消え去ったあとも、ドブルが掲げていた「ルツェルン」というスイス名が鉄道の駅名になり、ドブルの元で働いた男たちが「司祭の山」と呼んだ名称が生き残る。広大なカナダの国土が必要としたのはネーミングなのだ。

小声のローティ神父について語るとき、デナムは一段と潜在的作家らしさを見せている。神父に関する資料――湖畔での対話、テイ・ジョンの話、女に宛てた手紙、新聞記事、シンボルとしての「スクール・マームの木」(4)――を時系列ではなく、文芸的なレイアウトを施して「人間の運命の謎」というテーマの物語を描こうとしている。「信仰の人」トーマス・ローティはドブルとは対照的にジレンマに引き裂かれた人間像として提示されている。彼は誘惑に打ち勝つという宗教的使命と、僧服を脱ぎ捨て抑圧の生からの解放を求める思いとの狭間で苦悩する人物なのだ。デナムは「スクール・マームの木」に身を添わせた自身の体験を元に、神父の最期を心眼に映すように再現しながら、運命の悪戯を演出している。神父は人に悔い改めを説く一方で、「司祭は恐がった……なんでもないものを」(208:二一〇)と語っていたテイ・ジョンは、遺体を背負って下山したとき、「ちいさい司祭は軽い」「少年みたいだ。これで彼はもう恐がらない」(221:二二六)と告げる。語りは、テイ・ジョンに「無知のアイロニー」を仕掛けつつ、神父が外界に投影した自らの影の部分を恐れていたことを伝えている。

テイ・ジョンのコメントは同時に、語り手デナム、ひいては作者オヘイガンのテイ・ジョン像にもなっている。暗闇を恐れないテイ・ジョンの人格にあっては、光と闇の二元性は統合された状態にある。彼は白人の父レッド・ローティから受け継いだ金髪が象徴する光と、インディアンの母が眠る墓の闇、そこから生まれた大地の闇との共存を体現している。しかしながら、それゆえにまた、テイ・ジョンは、理性、合理主義、啓蒙思想をもって闇を駆逐《くちく》していくような白人文化と、非合理の闇の受容を生の基盤とする先住民文化の狭間で生きる宿命を背負わされているのだ。

不可解な人間存在の局面を自己暴露する男たちに比べると、『テイ・ジョン』の女たちは、押し並べて「魅惑する性」(5)として男たちの運命に関わっている。アーディス・エリオーラに至っては、イエローヘッド湖畔に滞在する間、ドブルや部下の作業員、ローティ神父、デナムに至るまで、男たちをことごとく魅了する。一日の労働を終えた男たちは、狩猟で仕留めた獲物を女に捧げる。鉄道幹部の情婦が、身の程を知る男たちには、「降って湧いたような女」(198：二〇〇)として崇めるべき女神の姿を呈するのであるが、男が女を所有することを望むとき、アーディスは「運命の女」となる。ドブルは事業の撤退に追い込まれ、神父は命を落とす。最終的に女を手に入れたテイ・ジョンも行き先のない旅に引きずり込まれた。魅せられながらも、危ない橋を渡ることなく好奇心を燃やしただけのデナム一人、語るべき物語を蒐集した潜在的作家としての本分を全うしたことになる。

5 「神話モード」への回帰——デナムの事後報告

語りは、カナダ北西部の時空を見渡す広角から、ズームインして太古の自然を残す伝説の世界をめぐり、山男デナムに引き継がれると、テイ・ジョンの身元を探るメインプロットを軸に、彼が降り立った世界の人々の物語をサブプロットとして展開してきた。テイ・ジョンは、舞台が開化の度合いを増すにつれ、かの「叙事詩的英雄」から、等身大のハンター兼山岳ガイドへと変容ぶりを示した。フライによる小説モードの分類に照らすと、[6]「神話」から「ロマンス」、「高ミメティック」、さらに「低ミメティック」の主人公へと様相を変えたことになる。

最終章は、イエローヘッドで起こった事件の顛末を語る警部と部下の声、罠猟師の目撃談から成る。語りは再び「風説」の様相を呈してくる。北西部騎馬警察の調査では、暴力沙汰《ざた》は、「ちょっとした売春婦」（251：二五七）が引き起こしたスキャンダラスな事件として処理される。ウィギンズ警部の話題に登場するテイ・ジョンは、最終段階の「アイロニック・モード」(Frye, 1974: 34) に属する主人公像を示している。「彼女は腐った肉片がハエを引き寄せるように男たちを引き寄せる。で、今回は混血の罠猟師と山に出かけている次第だ（252：二五八）とのウィギンズの発話は、「法と秩序」を金科玉条《きんかぎょくじょう》とする連邦国家カナダの声を代表している。彼の「道理も何もあったものではない」（252：二五九）との結びのコメントは、逆説的に個人の運命の不可解さを言い当てていることにもなる。内実を知る読者は、身元調査や事件の上っ面で判断する警部の話に納得いかないデナムに共感せざるを得ない。

俺は考えた――彼女はドブルから、あるいはドブルが原因の報復する恐れから逃げ出したわけではなく、ドブルが代表する生活、屈辱で生活必需品の支払いをするような生活から逃れたのだ。彼女のガイド、テイ・ジョンがそばにいて、彼は他の男とくらべて取り立てて良くも悪くもない男だったが、人とは違っていた。彼女は自分のできる唯一の方法で、彼が必要なことを確かめたのだと俺は確信している。(253:二五九)

オフィシャルな声で「アイロニック・モード」の劣った人物像にまで卑小化されたテイ・ジョンは、部下のフラファティ巡査が山中で遭遇したとき、「低ミメティック・モード」に属する等身大の主人公像に戻っている。フラファティは禁猟期のトナカイの肉を焼くアーディスに目をつむったという。彼の論理では、「何しろテイ・ジョンは、認可された狩猟隊に属しているわけではなく、インディアンの狩猟の自由は認められないものの、白人の規制に縛り付けられそうもなかった。彼も生きていかなくてはならない」(255-56:二六二)からだ。フラファティの現実的対応は、多文化主義国家カナダのジレンマと妥協路線を反映しつつ、テイ・ジョンの文化的アイデンティティの分裂を伝えている。

「ジャッキーの物語」は、罠猟師ブラッキーの目撃談で幕を閉じる。響き合う両者のニックネームが示唆するように、ブラッキーは山男デナムのダブルとして、驚異の目撃体験を反復している。彼は、猛吹雪の湖上で出くわした黄色頭のインディアンが、やせ細って飢えた形相でトボガンぞりを引く壮絶な姿と、辻褄《つじつま》のあわない発話に驚愕する。男は「医者はどこにいる」と尋ね、「俺は教会に行く」(261：二六七)と言うのだ。すれ違い様に、片目を見開き、口の中に雪を蓄えた女の姿を目の当たりにしたブラッキーは、背筋を凍らせて退散するが、ひと晩考え抜いた末、人道精神に駆られてそりの跡をたどる。

ブラッキーは目の前の、もうほんとうにかすかになった、雪の中のわずかなくぼみでしかないそりの跡を見た。その先はずっと、雪の中にずんずん埋もれていくばかりだった。そこから彼は引き返した。それ以上彼にできることはなかった。そりの跡を見下ろしていたら、テイ・ジョンは結局、峠を越えて行ったんじゃないような気がしたとブラッキーは言った。あいつはただ、トボガンを引いて、雪の下の、地面の中へおりていっただけなんだって。(263-64：二七〇―七一)

物語の結末は、「死と再生」のアーキタイプ(元型)を暗示し、テイ・ジョンを「神話モード」の主人公に回帰させている。読者は、テイ・ジョンが山中で野たれ死にするというリアリズムの読みを拒否してブラッキーの錯覚に同調したくなる。大きいお腹を抱えていたアーディスはもう一人のハンニかもしれないと。しかし語りは、デナムの目撃談でネーミングの論理を浮かび上がらせたように、インディアンと女を自然に帰すという、ブラッキーの白人の意味付けを暴いてもいる。注目すべきは、テイ・ジョンが探していたのは、賢女や呪術師ではなく、身重の女のための医者と教会だったにもかかわらず、向かうべき方向が間違っていたということだ。これはテイ・ジョンが内在させている究極のジレンマと、出口のなさを表象している。帰るべき場所のない混血インディアンの悲劇を神話的イメージでカモフラージュするのは、開拓に勤しむ男たちによる自己正当化の裏返しなのだ。

オヘイガンはジャック・デナムに「テイ・ジョンの物語」を語らせながら、カナディアン・ロッキーの土地、つまり自然がいかに社会的存在としての人間の思い込みを突き崩し、人間を自然の一部に帰してしまうか、そんな世界観を提示している。「何も新しいものなどない」(161:一六一)とデナムは語る。円環、回帰のイメージが繰り返されるなかで、読者はしだいに、語り手との「批評的距離」から達観するより、カナダの大自然のリズムに身を委ねる心情的な読みを甘受するかもしれない。現代小説の先駆けとなった『テイ・ジョン』は、未熟な国家カナダの北西部開拓の意味を、オヘイガン自身が山で実感した先住民の汎神論的世界に探った、作家独自の時空に他ならない。[7]

◉注

(1) ハワード・オヘイガンは、一九〇二年アルバータ州レスブリッジに、開業医の長男として生まれた。大方は『テイ・ジョン』の舞台、イエローヘッド湖の地域で育った。一九二二年に優等で経済学と政治学で、二五年には法学士としてマギル大学を卒業した。夏期休暇中は、故郷のカナディアン・ロッキーで、測量隊、山岳ガイド、パッカー(荷物係)の仕事に携わった。卒業後、新聞、雑誌のレポーターや鉄道会社の広報部門の仕事をこなした。一九三五年、画家のマーガレット・ピーターソンと結婚。この頃からレポーター兼短編作家として知られるようになる。インテリ山男のオヘイガンは、旅を住処とするようなボヘミアンでもあり、八十年の生涯で三十年以上を国外で暮らしたが、彼の作品の舞台はカナダ西部に限られる。

（2）本章では、Howard O'Hagan, *Tay John* (Toronto: McClelland and Stewart, 1989) を使用テクストとしている。以後、同書からの引用は *TJ* と略記する。引用文の邦訳は、長尾知子訳『テイ・ジョン物語』（大阪教育図書、一九九六）によりページ数を追記している。

（3）原文で "the country of illusion" は、オヘイガンの作品世界の特質を表現するキーワードである。作家の描くカナディアン・ロッキーの未開地は、目の錯覚やそら耳、何者かの存在感に満ちている。遠くに連なる山々は犬でも飛び越えられそうに見え、いるはずのない馬の鈴の音が聞こえる。処女地に楽園を求める孤独な山男はそこに、偏在する神を実感し、鉄道敷設の任務を背負って山に足を踏み入れた人間は、創造したての世界に立ち会っているような幻想を抱く。そんな錯覚、幻想を育む土地は、作家オヘイガンにとって、それでなくても幻想の虜である人間存在を効果的に描くうってつけの舞台だったようだ。彼の短編作品には妄想の虜になって殺人まで犯してしまう男たちが登場する。

（4）原文で "school-marm tree" は、風雪などで幹が二手に分かれた木の呼び名で、木材切り出し人の間で使われる北米の俗語。キリスト教の象徴体系では、樹は善い実も悪い実もつけるものとして、人間のイメージとなる。また、キリストの磔刑《たっけい》による人類の再生を表わすものとして、樹は復活の象徴でもある。ローティ神父は「スクール・マームの木」を十字架に見立てたが、この名称を表題にしたオヘイガンのもう一つの長編小説『スクール・マームの木』（一九七七）では、女主人公セルヴァの心象風景をなす中心イメージを提供している。自然の猛威にさらされてなお枝を張る姿には、止むことのない人間の憧れのイメージがある。

（5）シュスワップ族の世界でも、山間のキャンプ地においても女たちは「魅惑する性」として描かれている。テイ・ジョンの母親ハンニは、夫が狩りに出て留守の間、仲間が寝静まった夜間にレッド・ローティの住処のそばを通りかかるという行動に出る。昼間、樹皮を紡ぐ作業をするハンニを見かけたローティが惹き付けられたのは、樹脂でてらてら光るむき出しの太ももであり、それは宣教師をして宗教的使命を忘れさせる誘惑の罠の働きをしている。またマクラウドのジュリアに対する反応には、危険な罠のイメージが付きまとっている。マクラウドは女の香水に猟師が罠にすりこむビーバー香を思い出し、残り香を追い払うように風通しをする。彼の行為は気弱さのために誘惑の罠に近寄りたがらない男の反応であるが、罠のイメージは夫妻のガイドを務めるテイ・ジョンの行く末を暗示する伏線の働きをしている。

（6）フライは『批評の解剖』（一九五七）において、普通の人間との優劣関係から、小説の主人公が属するモードを、五段階に分類している。第一段階の主人公は「神話」に登場する超人であり、第二段階では、人間離れしつつ人間でもある「ロマンス」の典型的な主人公、第三段階の、普通の人間と比べて権威や情熱、表現力を備えつつ、社会的な批判や自然の秩序に晒される主人公は「高ミメティック」モードに、第四段階の、等身大の人物として描かれるのは「低ミメティック」モード、さらに最終段階の、普通より劣り、見下しの対象となる主人公は「アイロニック」モードに属するとしている。テイ・ジョンは、入れ子になった語りの全段階にわたって変容を続けた特異な主人公だと言えよう。

（7）ブラッキーの目撃情報を元にデナムは「彼は木立の中を出たり入ったりしながら、そりの跡は一カ所で大きい円を描き、元いた場所から百ヤード以内のところに戻っていた」（263：二七〇）と語るが、それは第一部「伝説」の以下の全知の語りと呼応している。シュスワップ族の人々がリーダーの導きを待つ間、

「ティ・ジョンは彼らの元から出入りした。たえず出てゆき、それでも必ず戻ってきて、山中に大きな輪を描きながら、やがて彼の旅の足跡は村を起点にして一輪の花の花びらを象っていた」(57:五〇)。さらに、ティ・ジョンが円を描くようにして土の中に帰ってゆくイメージは、第三部の冒頭部分のデナムの哲学的夢想とも呼応している――「歳をとってくると時折思い当たることがある。我々は舞い戻ってゆくように思われるのだ。我々は円を描いてきたのだと」(162:一六二)。

第六章　ハワード・オヘイガンのカナダ的時空
――『テイ・ジョン』から『スクール・マームの木』まで

1　ハワード・オヘイガンとカナダ性

デイヴィッド・ステインズは『カナダ的想像力』（一九七七）と題する評論集の序文で、「カナダ文学はカナダの歴史同様、片やイギリス本国、片や南隣の大国から独り立ちせんとする新興国の苦闘を反映している」と述べている (Staines 8)。ドラマの少ないカナダ史上で、大陸横断鉄道の建設は、国家統一の悲願の表象として、カナダの詩人や小説家の想像力を刺激してきた。(1) ハワード・オヘイガンは、そんな新興国カナダにとっての大陸横断鉄道の意義を問うた代表的作家である。

前章で論じたように、オヘイガンの代表作『テイ・ジョン』は、その先駆性ゆえに再評価され、カナダ文学史上に位置づけられるようになったのだったが、その頑なまでのカナダ性は、世界文学の仲間入りを阻む要因ともなっている。マージェリー・フィーは、同じく先駆的先品であるマルカム・ラウリーの『火山の下』（一九四七）と比較し(Fee, 1992: 97-109)、国際的に評価を得た後者とひきかえ、『ティ・ジョン』が国民文学に留まったのは、その強烈なまでのカナダ的色彩にあるとみている。『火山の下』は、メキシコが舞台であっても主要登場人物はイギリス人かヨーロッパの人間であり、作品には作家や音楽家、芸術家の名前、西洋の古典や前衛的な作品への引喩が散りばめられており、西洋文化圏の読者を対象に据えたグローバルな作家意識がうかがえる。一方、オヘイガンの作品世界には、罠猟師や山岳ガイド、騎馬警察官にインディアン、馬番に荷物係のパッカーが主に登場するくらいで、『ティ・ジョン』の語り手ジャック・デナムも、旧世界に置いてきた過去を振り返ることなく、ひたすら開発途上の土地と人々について語る。

このようにカナダ色の強いオヘイガンの文学だが、必ずしも普遍性を欠くとは言えない。この点に関してアトウッドが、二十世紀中葉までのカナダ文学のモチーフを扱った文学案内『サバィバル』（一九七二）の中で述べている一節に注目したい。

> 私が明らかにしようとしてきた通り、カナダ文学は「カナダ的内容」と同等のものではない。〔中略〕カナダ文学が普遍的なものを除外しているわけではなくて、ただそれを特徴ある方法で扱っているということなのである。カナダ的な特徴を構成しているものが、なにも家族やインディアンなどといった「素材」である必然性はまったくない。そうではなくて、それこそ素材に対する姿勢、そして姿勢によるイメージの種類、さらに物語の結論なのである。(2)（237：三〇四）

オヘイガンにおいても、カナダ的素材もさることながら、作家のカナダ的想像力こそがカナダ文学たらしめているに違いない。そして、オヘイガンの世界にみる時代背景や人物創造の方法は、人間存在にまつわる根源的な問題を提示するにふさわしい選択でもある。いずれにせよ、カナダ的風物に彩られたオヘイガンの作品世界は、もう一つの長編小説『スクール・マームの木』(一九七七)や、ノンフィクション的小品集『未開地の男たち』(一九五八)、さらに短編集『ジャスパー駅で列車に乗り込んだ女』(一九六三)を含めて、カナダの国民文学的な側面をいかんなく発揮している。フィーが指摘するように、オヘイガンは当時の出版市場のニーズを読み取ることなく、独自路線を選んだことになるが、本章では、それゆえにこそ立ち現われるオヘイガンのカナダ的時空を探っていく。

2 カナダ西部開拓――鉄道のモチーフと騎馬警察

カナダ西部は、フロンティア(開拓前線)の移動ではなく、点と線、すなわち駐屯地と鉄道線路に沿って開拓された。カナダの西部開拓には、アメリカの西部劇につきものの幌《ほろ》馬車を連ねる開拓移民や辺境の村を荒らす無法者の姿はなく、開拓者の行く手を阻むインディアンとの戦いも見られない。カナダの未開地に一番乗りしたのは、北西部騎馬警察[(3)]であり、大陸横断鉄道が需要に先立って敷設されていったからである。大陸横断鉄道の敷設が「幼児期の国家」(Frye, 1977: 22)にとって、いかに死活問題であったかについては、前章で見たように、男たちの熱い息吹を伝える『テイ・ジョン』第二部の冒頭文からうかがい知ることができた。カナダの歴史的事実として、オヘイガンは史実や実在の人物に基づく小品集『未開地の男たち』の中で、幾千となくインディアンを殺害したアメリカ人に対して、カナダ人は、インディアンの生活の糧《かて》を取り上げゆっくり餓死させたものと記している(WM 41)[4]。

オヘイガンの世界において、鉄道は作品の歴史的・政治的・地理的な時代背景をなすばかりでなく、とりわけ『テイ・ジョン』の世界にあっては、時空間を動的に仕切り、プロット展開の要となってている。三人称語りで始まる第一部は一八八〇年、途中からジャック・デナムの一人称語りに引き継がれる第二部は、第二の横断鉄道がイエローヘッド峠を通って山岳地帯に延びてきた一九一一年のこととある。先住民の伝説の舞台は、まだグランド・トランク太平洋鉄道の計画が持ち上がる以前、鉄道の敷設によって直線的に流れ始める白人の時間とは別次元の、めぐる季節の円環の時の中にあった。

オヘイガンの登場人物は、全般に文明やカナダ西部開拓のシンボルたる鉄道との距離、関与の程度によってその特性をはかることができる。自然と一体化したような生を営み、持ち物の共有を旨とする自足的な部族社会を出奔《しゅっぽん》したテイ・ジョンが、第三部で鉄道線路沿いリゾート開発の地へ姿を見せたとき、彼にはもはや、伝説的リーダーのオーラはなく、灰色熊と闘った在りし日の叙事詩的英雄のイメージもない。しかしながら、鉄道線路からずっと離れた山奥に引き下がるときには、野生の名残を、文明を背負う人々に啓示のごとく垣間見せるのである。

アトウッドはカナダ文学における開拓者の主題を直線派と曲線派の相克《そうこく》から捉え、二つのモチーフに分類している。その一「直線派が曲線派と戦って勝つが、その過程で人間的な生命力を破壊してしまう」。その二「直線派が堕落して曲線派が再び台頭し、つまり開拓は失敗に終わる」(Atwood, 1972: 122)。ここでいう直接派とは直線的に人間の秩序を押し付けようとする文明化のイメージを、曲線派とはカオス的で円環性を示す大自然の掟を表現している。第一の分類では多くの場合、意志の力で行動する家父長的な人物が開拓者の主題を担っており、フレデリック・グロウヴの小説を例に挙げることができる。『沼沢地《しょうたく》の開拓者』（一九二三）でも、『大地の実り』（一九三三）においても、男たちは開拓者としての成功の陰で、家族との血の通った触れ合いを放棄してしまっている。アトウッドは第二の分類の例を、カナダ詩の中に、失意の開拓者と再び大自然が支配するようになる結末を見い出している。

グロウヴのようなリアリズム小説とは異なり、比喩的に開拓の意義を問う『テイ・ジョン』にあって、直線派と曲線派の相克は、二つの異なった世界の接触にまつわる物語として提示されている。神々の顕現する超時間的な神話空間に白人文化の影が忍び寄り、やがて直線的な時間の経過とともに歴史的事実を刻む白人の土地に創りかえられようとするが、依然として変容を拒むようなカナディアン・ロッキーの大自然が存在する。登場人物のレベルでは、コロラド出身の起業家アルフ・ドブルの開発が、アトウッドの挙げた第二のモチーフに当てはまる。彼は将来の鉄道利用客を当て込んでイエローヘッド湖畔にリゾート施設を建設するが、勝ち目のない喧嘩で重傷を負って撤退に追い込まれ、彼の建設した山荘群は風雪に耐えることなく姿を消していく。ドブル個人の開発は曲線派に屈服したことになるが、直線派たる鉄道が依然として大儀を全うしていることに変わりない。鉄道の駅には「アメリカのスイス」を建設するという彼の夢の跡が「ルツェルン」というスイス名として生き残っている。

オヘイガンの世界には、直線派の手先ともいえる北西部騎馬警察がたびたび登場するが、「法と秩序」を担う彼らの勝利に力点が置かれているわけではない。『未開地の男たち』では、北米開拓史上、騎馬警察を相手に死を最終ゴールにしたような孤立無援の戦いに挑んだ男たちのことが語られている。若きインディアンの戦士、英語名でオールマイティ・ヴォイスは、一八九七年、白人の食用牛を撃ったことを発端として騎馬警察官に追われる身となる。彼は、最終的に丘に立てこもり、水を求めたが叶えられず、死を選ぶ。語りは、クリー族の人々が、白人の到来以来、先住民が耐え忍んできた象徴として彼の行為を記憶していると伝えている。彼らにとって、オールマイティ・ヴォイスは、「彼の声が生き続けるように」(79) 過酷な死を選んだクリー族最後の勇者だった。アルバート・ジョンソンと名乗る身元不詳の罠猟師もまた、勝ち目のない戦いに挑んで死を選んだ未開地の男である。王立騎馬警察による一九三一年の記録文書に基づいて再現された騎馬警察隊との追跡劇の中で、ジョンソンは「ギリシア悲劇のように破滅に向かう運命に突き進んだ」(102) 人物として伝説化されている。

反革命の国カナダでは、騎馬警察が国家を象徴する存在であるゆえに、たとえばルイ・リエル[5]（一八四四―八五）のような革命的英雄に加担しきれない分裂症的な国民感情がある。「カナダ人は自分の立場がどちらの側にあるのかわからない」(Atwood, 1972: 170) というアトウッドの仮説は、オヘイガンのカナダ的想像力にも反映しているようだ。作家は、不屈の勇者と対峙する騎馬警察を純然たる敵として描いてはいない。短編小説[6]の多くでオヘイガンは騎馬警官を未開地に生きる男たちの友人、理解者に仕立てている。たとえば「花嫁の渡り初め」で、メティス[7]の主人公フェリックスは、心ならずも暴力沙汰を起こし、婚礼の日に騎馬警官に連行されることを恐れるが、彼の前に姿を見せたのは礼服姿のタトロー巡査部長だった。フェリックスが仲間と造った丸木橋は、人々の生活に利するだけではなく、花嫁に捧げた記念の橋でもあった。騎馬警察官は、フェリックスの暴力が、許嫁《いいなずけ》を侮辱し、完成したての橋を渡ろうとしたならず者への怒りの結果だと心中を察した上で、法の執行を延期するという柔軟性を見せたのだった。『テイ・ジョン』に登場する警官ポーターや、フラファティについても同様である。オヘイガンは、白人文化が先住民文化と文字どおり衝突して勝利するイメージで語るわけにはいかないカナダ北西部事情を、両者の人間的な接触によって起こる悲喜こもごもの物語として提示しているようだ。

3　オヘイガンの原風景をめぐるゴシック性と口承物語からの出発

白人文化を背負いながら自由を求めて大自然の中で生きることを選択した男たちがいる。彼らは鉄道敷設時代にパッカーや馬番として直線派の仕事に携わった経験を持ちつつも、文明に背を向けて罠猟に活路を見いだそうとした白人の男たちである。『未開地の男たち』には、北米開拓史上に名を残す男たちに混じって、オヘイガンが故郷のカナディアン・ロッキーで出会った無名の男たちが登場する。マクナマラ老人とモンタナ・ピートは、鉄道線路から遠ざかり人間社会の絆より別天地の自由を求めた、いわゆる古参の男たちである。彼らと青年時代に出会った経験が原風景となり、後の作家オヘイガンを生んだのではないかと思われる。

『未開地の男たち』第一章「黒い影」("The Black Ghost")は、まだ十代のマギル大学（ケベック州モントリオールの公立）の学生であったオヘイガンが、一九二〇年代の夏に帰省中、知り合いになったマクナマラ老人の小屋に招かれ、話を聞いたり、山道を同行するチャンスに恵まれた時の体験談が元になっている。ドキュメンタリー風の三人称語りで、作家の若き分身は通称スリムと呼ばれる脇役として登場する。また第九章「モンタナ・ピート求愛談」("Montana Pete Goes Courting")は、作者の序文から推測すれば、一九三四年に有名な山岳ガイド、フレッド・ブルースターが友人モンタナ・ピートを訪れる折に同行し、この古株の老人から聞いたエピソードが元になっている。

マクナマラ老人とともに野宿した夜中、青年スリムがふと目を覚ますと、隣にいるはずの老人の声が離れたところから聞こえてくる。それはまさしく、町の噂で聞いた「木に話しかける」(16)罠猟師の姿だった。これは青年の脳裏に焼き付いた姿ではなかったろうか。作家はしばしば未開地に生きる自由を選んだ男たちの人間像を、孤独のあまり木に話しかけたり柳と握手するという悲しくも滑稽《こっけい》なイメージで表現しているが、常軌を逸しかけた彼らの姿にはカナダの風土に根ざした「ウェンディゴ伝説[8]」と一脈通じると同時に、そこにはオヘイガンの世界ならではのゴシック性がうかがえる。

カナダ的想像力の中では、北の荒野は、人間の文明的側面である理性、合理主義、意識による思考を、無意識的なカオス状態に陥《おとし》れ、自然の中にいる人間にしばしば狂気をもたらす。ウェンディゴの悪霊に取り憑かれた者は言葉を失うという言い伝えは、人間存在の条件を裏返ししたものと考えられる。このようなゴシック的恐怖を提示しつつ、ノンフィクション的小品「黒い影」は、マクナマラ老人が縄張りを奪った鉄道の到来を罵り、ますます町から遠ざかって暮らすジレンマの中で、自らの体験を言語化することで狂気の世界の入り口で踏みとどまる様子を伝えている。聞き手を得た老人は不可思議な狩猟体験を語る。獣の匂いがして人間のように歩くが姿が見えない何者かを、恐怖のあまり猟銃で撃ち放し崖から転落させたという。体験談の後、語りは次のようなコメントを綴る。

夜間、風が歌い、川がつぶやく森の中で、彼の話は作り事だとは思えなかった。語りながら焚火を見つめる白髪の老人は、石炭に埋もれた物語を読み聞かせている魔法使いそのものだった。マクナマラは、アジアでも北アメリカでも山岳地帯をうろつくという「人獣」の言い伝えに独自の貢献を果たしているのだった。(21)

オヘイガンは若き日の山の体験を振り返ったとき、理性的人間存在の危うさと、言葉によるコミュニケーションに介在する人間の想像力の何たるかを実感したのではないだろうか。そして、作家のペンは、老人と青年が焚火を囲む姿に、見聞きしたことを語らずにはいられない人間の衝動と、ストーリーを求める人間の基本的欲求を表現している。

脱構築批評の格好のテクストとなった『テイ・ジョン』は確かに、「すべての現実は虚構である」(Robinson 169)や「起源それ自体が架空のものである」(Scobie 141)といったポストモダニスト的前提に則っているようにみえるが、作品を特徴づけている虚構性は、オヘイガンの作品世界が先住民の伝説や未開地の男たちの語る土産話、冒険談といった口承物語の寄せ集めから成り立っているという事実から由来しているのではないか。

W・J・キースは、地域に流布する眉唾《まゆつば》ものの口承話をまじめな芸術に創りかえていったオヘイガンの小説テクニックこそ、カナダ小説への貢献であるとみている(Keith, 1989: 26)。その一例として『未開地の男たち』収録の「モンタナ・ピート求愛談」の中の体験的エピソードが、いかに「白馬」という短編小説として結実しているかを論じている。オヘイガンの短編集『ジャスパー駅』の中でも「白馬」は、後にマクミランやオックスフォードのアンソロジーにも採録され、カナダ文学の名作短編の一つと数えられる。「白馬」は、「ベッドフォード峠」の由来にまつわる物語であるが、作品の背景や人物がオヘイガンの世界の典型をなす点でも興味深い。

ニック・ダーバンは、鉄道線路が山岳地帯に延びてきた一九〇八年頃、測量隊の荷物係として若い年月を過ごし、機関車が山間を走り出すと、その侵害に憤るかのように山小屋に移り住み、後半生は罠猟を生業《なりわい》とする。今、鉄道敷設時代から三十年来の生き残りで、測量技師ベッドフォードにちなんで名付けた白馬ベッドフォードが姿を消した。ニックは愛馬を探しながら土地の名に思いを馳せる。何の変哲もない谷が「ハイヴァレイ」の名で呼ばれている一方、町と駅に通じる山道の峠には名がなく、ニックの小屋のある側からは「町に通じる峠」、町側からは「リトル・ヘイに通じる峠」と呼ばれていた。ニックは、最後の心当たりだった「ハイヴァレイ」で、ベッドフォードが行き倒れているのを見つけるが、雪の中で凍えていたのをどうすることもできなかった。夜間、餓えた狼《おおかみ》の呼びかわす遠吠えを耳にしたとき、ニックは常軌を逸したような行動をとるが、作者オヘイガンは、白馬の失踪と死に直面したニックの行為をきっかけに、「ネーミング」という人間の営為の意義を問うている。

ニックは夜なべして、古新聞の「遺失物欄」さながら「尋ね馬――白馬ベッドフォード、所有者は謝礼、ニック・ダーバン」(62)と記した掲示板を作った。明け方ニックは小屋を出て、名無しの峠に向かう途中に立つ一本松に、掲示板を釘で打ち付けたのである。男たちはみんな、ベッドフォードのことを立派な馬だと語り合うだろう、そうでなかったら持ち主は謝礼をすまいと考えるニックにとって、凍え死んだ老いぼれ馬は、ネーミングによって我がものにした所有物というより、三十年間共に暮らした人生の伴侶だった。ここには「生」の証を求めてやまない人間の姿がある。そんなニックの気持ちを友人のオラフは理解した。雪解けの始まった「町へ通じる峠」には、枝文字で「ベッドフォード峠」と記された道標が、大きく高々と掲げられていた。『テイ・ジョン』批評では、「ネーミングの恣意《しい》性」(Davidson, 1986: 30)が取り沙汰され、脱構築批評の格好のトピックとなったのだったが、「白馬」がとりわけ表現しているのは、「ネーミング」の営為によって時の流れに抗う人間の「思い」の方だ。やがて「ベッドフォード峠」の由来は男たちの記憶から消え、道標は倒れて土に帰っても、死すべき運命にあるものが目に見えない姿に形を変えて生き続けるというニックの思い、紛れもない人間の心情が行間から滲《にじ》み出ている。

ニックとベッドフォードのような相互依存の所有関係が成立しないとき、「所有」がいかに、支配者たる人間を逆に支配するのか、そのような恐怖を、オヘイガンは、次の三篇の短編小説の中で提示している。ノンフィクション的体験談「黒い影」では、狂気に陥る一歩手前の男たちのゴシック的な悲哀が提示されていたが、「木は孤独の友」、「警告」、「罠猟師イトウ・フジカ」では、ゴシック的な人間の心の闇が、写実的な物語の中から立ち現われる。

いずれの物語でも、主人公はニック同様、一人暮らしの罠猟師であるが、ニックの場合と異なるのは、彼らにとって「生」の証となるものが、「千ドルの蓄え」、「小屋」や「縄張り」であることだ。それらが男たちにとって守るべき唯一の「所有物」となったとき、他者とのコミュニケーションは蔑《ないがし》ろにされる。疑心暗鬼が彼らの心を占領し、話し相手となる連れや、訪問者は遠ざけるべき対象となる。

語りはいずれも、彼らが殺意を抱いたか否かは明らかにしていないが、犠牲者側には金を奪おうという邪心がなかったことを暗示し、「所有」がいかに人間を疑心暗鬼の「牢獄」へ閉じ込めるかという恐怖を伝えている。「黒い影」同様、ここでも北の大地が、人間から闇の力、想像力から生まれる妄想を引き出し、人間を負の方向へ導く要因となっている。

4　カナダ的な主人公と物語の結末――短編小説から長編小説『スクール・マームの木』へ

アトウッドが『サバィバル』で掲げている数多くの仮説の中から、カナダ的主人公の傾向を探るなら、以下のように要点を列挙することができる。

1　カナダの作家は、彼らの小説の主人公が必ず死ぬか失敗するよう仕向ける。
2　失敗が主人公（あるいは作者）の宇宙観を反映する唯一の「正統な」結末である。
3　カナダの主人公にふさわしい死のあり方とは、事故死である。
4　伝統的な個人の主人公より集団としての複数の主人公が好まれる。
5　カナダ史とカナダ的想像力は共謀して英雄死を不可能なものにしている。

『テイ・ジョン』の場合、すべての要件を満たすかのように、主人公の男たちは非英雄的な死か挫折の結末を迎えている。オヘイガンの短編小説の主人公も、それぞれに、人生が失敗に帰するパターンをたどっている。端的な例では、「木は孤独の友」や「警告」の主人公の男たちは、妄想の虜となって現実が見えなくなり、殺人まで犯してしまったのだった。

女性を主人公にした短編小説「ジャスパー駅で列車に乗り込んだ女」には、古典的な女性像に共通する幽閉のモチーフが見られる。ここでの失敗のパターンは、囚われの身から解放されない結末によって暗示されている。アトウッドは普遍的な幽閉のモチーフに関して、カナダ的な特徴を「女たちが自分は幽閉されていると思い込んでいる」(Atwood, 1972: 210) 点にあるとしているが、オヘイガンの女主人公もご多分に漏れず、幽閉幻想が生命の触れ合う機会を失わせており、世間という幽閉の塔の中へ自らを押し込めている。

女の心情に焦点を当てた「ジャスパー駅」の幽閉のモチーフは、長編小説『スクール・マームの木』では、女主人公セルヴァ・ウィリアムズの人生模様の中から立ち現われてくる。オヘイガンはインタヴューの中で、『スクール・マームの木』は、ルイ・エモンの『白き処女地』(一九一六)や、マーサ・オステンソウの『ワイルド・ギース』(一九二五)とテーマを同じくすると語っている (Maillard, 1992: 26)。ヒロインたちは今の生活を捨て、どこか本物の人生があると思われる、彼方の土地へ脱出したいと願っている。セルヴァはと言えば、都会の暮らしを紹介する雑誌を眺めては窓際でため息をつき、家政婦の仕事を辞めるにあたって、これまでの台所暮らしの人生はストーブと結婚しているようなものだったと振り返る。

ヒロインの視点から三人称で語られるこの長編小説は、すでに機関車が大陸を横断して疾走《しっそう》する一九二〇年代半ば、鉄道は未開地を貫いて支配する男性原理のシンボルにとどまらず、東西の都市を結ぶ架け橋となり、人を誘う旅のモチーフを提供している。ロマンス風に言うと、セルヴァを囚われの生活から救い出してくれるはずの王子様は、白い馬ならず鉄道を利用してモントリオールからやって来る。そして薔薇色の頬をした若者ピーターは、セルヴァの白日夢の化身となるが、彼女は『白き処女地』のマリア同様、夢を叶えることなく、山男クレイと身分相応なゴールインを遂げることになる。

セルヴァの夢の破綻には、二重に作者のカナダ的想像力が働いている。一つ目は、ヒロインの本命ピーターは「失敗しようとする意志」を貫くかのように失敗を繰り返し、その果てにカナダ文学の集団主人公の一人にふさわしく事故死する。もう一つはセルヴァ自身の逃避願望に付きまとう幽閉幻想にみられる。ロッキーの丘麓にピーターと佇《たたず》むセルヴァは、南の山並みを見上げながら、ここから逃げ出す努力は惜しまない、自分をここに引き留めようとする者は敵であり、彼方の世界へ誘ってくれる者は友だと考える一方で、ここが自分の居場所であり、ここから逃れることはなかろうという思いは消えない。ひと夏の山荘ホステスの仕事を終えるにあたって、セルヴァはもはや人に頼らなくてもすむ元手ができ、東部でもどこでも好きなところに行けるはずだが、心の奥底では自分から選択することはなかろうと自覚している。物語の結末で、セルヴァは山男クレイの求愛を受け入れて、彼が馬を育てるという土地までついて行くことになる。クレイの牧場では汽笛が聞こえるのだろうかと尋ねるセルヴァは、汽笛は足を踏み入れようとしていた華やかな世界のことを告げるだろうと思う。しかし、かつてセルヴァの逃避願望を募らせた汽笛は、結婚という堅牢《けんろう》な塔の中から耳にするとき、失われてしまった世界へのノスタルジーをかき立てるにすぎないのである。

5　オヘイガンにおける自然と女性

自然が圧倒的な存在感を示すカナダの風土にあって、カナダの芸術家は自国の自然を描くにふさわしい表現を求めて格闘してきたと言ってもよい。カナダで英国移民の流入が本格化する十九世紀前半に手本になった旧世界の様式は、「ピクチャレスク」（絵画美）と「サブライム」（崇高美）であったが、それらはカナダの詩人や画家が実際に目にしていたものを描写するにはまったく不適当だった。アトウッドは、カナダ詩を時代の流れに沿って読む楽しみを「その対象に適切な言葉が徐々に現われてくるのを見つめること」(Atwood, 1972: 62) にあるとしている。一方、開拓時代の移民体験を描いた作家姉妹スザンナ・ムーディとキャサリン・パー・トレイルには、自然に対して屈折した姿勢が見られる。ゲール・マクレガーも指摘しているように、ムーディはイギリス・ロマン派の文学的常套《じょうとう》表現に固執することによって、トレイルは身近な草花に目を向けて自然を家庭菜園化することによって現実の自然を直視することを避けている (McGregor 37-40)。現代カナダ文学開花期の作家グロウヴも、開拓地を背景として移民生活を写実的に描いたが、グロウヴの世界における自然は、あるがままのカナダの自然ではなく、まことしやかではあっても、登場人物の心象風景を映し出す背景幕にすぎない。前章で述べたように、リアリズムが主流の時代に『テイ・ジョン』を発表したオヘイガンは、ポストモダニズムの先駆者的位置づけが与えられているが、オヘイガンの世界の背景になっているのが、本物の自然であることにはあまり注意が払われていない。それは作家のアイデンティティを示す唯一の代表作において、テイ・ジョン奇跡の誕生を中心にした伝説部の幻想性が作品の主調を決定づけ、メタフィクション的な語りが際立っているからであろう。

カナダの作家が自然から目を背けようが、過酷な現実を直視しようが、アトウッドによれば、彼らの作品から厳然と立ち現われてくる自然のイメージは「死して無言の自然」「人間に真っ向から敵対する自然」(Atwood, 1972: 49) であり、カナダの自然は多く「怪物」や「死の女神」に喩えられる。そして自然と女性との切り離せない照応関係が、両者の同一視を批判するフェミニズム思想をよそに、とりわけカナダ文学において顕著にみられる。アトウッドは「詩人が女性として自然を扱う傾向がある反面、散文作家はこのメタファーを逆転させて、自然としての女性を扱っている」(Atwood, 1972: 202) と述べている。

オヘイガンも「自然としての女性」を主に描いているが、『テイ・ジョン』のように虚構性の強い比喩的な作品においても、『スクール・マームの木』のようにロマンスの枠組みを持つ寓意的な作品においても、写実的な自然描写が語りの基礎をなしている。ノンフィクション的小品集『未開地の男たち』と、短編集『ジャスパー駅』に目を向ければ、オヘイガンが、きわめて写実的に人間と自然の関係を描いているのがわかる。たとえば、短編小説「冬山」は、罠猟師が強行軍で冬の山道を行くときの自然条件が克明に描かれている。男は人間の意志力を働かせて目的地の小屋を目指すが、結局サバイバルに失敗して死の眠りにつく。自然は男を試すかのように「ぽつんと力強く立っている女のような木」(*JS* 90) の姿で強行軍を諌《いさ》めるが、男は保護を求めることを忘れ、先を急ぐあまり自然の恐ろしい闇に呑み込まれてしまうのである。自然の力を侮《あな》った人間は死をもって屈するしかない。

「木は孤独の友」や「警告」では、先述したように、北の荒野が人間から理性を奪い、人間性の本能的な暗部たる自然を発露させたが、『テイ・ジョン』では、女性登場人物が男たちに同様の結果をもたらす。いわば「自然としての女性」が彼らの運命を狂わせるのである。女たちは皆「魅惑する性」としての女性像を示し、語りには誘惑の罠のイメージが頻繁に現われる。シュスワップ族の人妻ハンニをレイプして火炙《あぶ》りの刑にあった宣教師レッド・ローティは、樹脂で光る女の太ももという誘惑の罠に陥って、夜間に通りかかった女の腕を取ったとき、人間社会の秩序に思いを致すよりも「騒ぐ肉体を癒す」(*TJ* 27) という本能だけを働かせている。またテイ・ジョンを強姦の容疑者に仕立て上げたジュリア・アルダーソンが自然の危険性を象徴しているとすれば、イエローヘッド湖畔に滞在する美貌の情婦アーディス・エリオーラは、まさに「死の女神」の化身ともいえる。女との接触は男たちに内なる自然を発動させて、アルフ・ドブルの事業の大儀や、ローティ神父の宗教的使命といった男性原理を無力化するのである。

『スクール・マームの木』では、視点的人物である女主人公セルヴァが「自然としての女性」の寓意性を担っている。都会の優男《やさおとこ》ピーターは自然への憧れをセルヴァに投影し、彼女を未来の伴侶と考えるが、「自然」を体現するセルヴァとの接触の過程で無能さを露呈する。セルヴァのボーイフレンドで自然児のスリムに殴られた彼は、血に染まったシルクのハンカチを口に充《あ》てがったまま、口をきくこともできない。セルヴァ (Selva) はスペイン語で「森」を意味するが、森は心の領域、女性原理を象徴しており、試練のイニシエーションの場、未知の危険と暗黒の支配する場である(クーパー一〇九)。オヘイガンの世界では、森の木は男たちを守ってくれる母のイメージで描かれており、セルヴァ自身ピーターに対して「養い、守ってあげたい衝動」(*SMT* 181)を覚えるが、セルヴァが男を引き寄せ危険な試練の場に送り込み、「死の女神」の役割を果たすことに変わりない。ピーターは山岳ガイド、クレイに出会ったとき、少年冒険物の雑誌『仲良し』(*Chums*)の主人公とダブらせて「男のロマン」に酔うが、クレイに同行した山行きで崖から転落死する。クレイの注意を侮った彼の死は、自然に対する文明人の甘い見方の風刺になっている。彼は無知ゆえに自然の力の犠牲者となる典型的人物なのだ。オヘイガンの「山の世界」の掟に照らしてみれば、ピーターは短編小説「新参者」に登場する、経験なくパッカーの仕事の同行を願い出た男と同じ過ちを犯したことになる。

『スクール・マームの木』は、出版当初の書評で図式的なロマンスとして批判された。セルヴァを取り巻く三人の男の中で、スリムは「山の世界」、ピーターは「都会」、クレイは「両方の世界」を体現するとの見方(Brian 332)、あるいは、「荒削りで物足りない」スリム、「繊細すぎて物足りない」ピーターにして、「中庸的《ちゅうよう》でまっとうな」クレイを妥協の果てに選ぶという通俗小説の筋書きだというのだ(Keith, 1978: 28)。実際のところ、『スクール・マームの木』が、ロマンス的な男女の組み合わせでは計りきれない重層性を備えているのは明らかだ。寓話のレベルでは、セルヴァ自身が自然を体現しているのみならず、スリム、クレイの三者ともに未開地の要素を体現しており、文明の側に属するピーターが自然と接触する過程、結果がヒロインの人生を方向づけていることになる。さらに、リアリズムのレベルの読みを忘れてはならない。『テイ・ジョン』では描かれなかった、女性自らが実感する自然や、社会の中の女性の生きる条件が写実的に描かれていることに注目したい。

セルヴァはクレイが先導する山道を馬に揺られながら、彼の説明する「一連の名称や単位としてではなく、身を委ね、谷を全体として把握《はあく》しようと努めた」(128)とある。自然を部分で切り取り、それに名称を与えて一つずつ人間の支配下に置いていくのが新世界を開拓する男性原理であるとすれば、セルヴァの感性はやはり女性原理を内包している。機関車の走る音にも、男性的な自然を蹂躙《じゅうりん》するイメージではなく、「鉄の巨人が痛めつけられている」(18)というように、受け身の犠牲者的なイメージを思い浮かべる。『テイ・ジョン』にあっては、ネーミングと所有の次元で扱われた「未開地対文明」の対立は趣を変え、「運命の誘惑者」という一面的な女性観は、心理的および社会的に肉付けされた女性像に取って代わっている。

『スクール・マームの木』では、先述した幽閉意識と平行して、ゴシック的な「迫害される乙女」のモチーフが垣間見えるが、オヘイガンは受け身である女性の屈辱感を俎上《そじょう》にのせている。セルヴァが住み込みで働く名士の家では、妻の留守中に、夫はまるで十八世紀イギリスの小説『パメラ』のご主人のように使用人を手込めにしようと謀《はか》り、ビアパーラーでは頭取の息子が仕事の世話を餌《えさ》に、職を失ったばかりのセルヴァの膝に手を伸ばす。セルヴァの少女時代は、後妻に入った母の死後、義理の父に迫られた過去によって汚されている。また親友のロージーから、同時に四人の男にレイプされたという忌《い》まわしい経験を聞かされる。セルヴァの人生は怒りと屈辱の涙で綴られているといっても過言ではない。そしてセルヴァの意識の中では、女性は次のように位置づけられている。

あの中国人のコック同様、自分たち〔セルヴァとロージー〕は間違いなくマイノリティの一員なのだった。数の上での話ではなく、自分たちを閉じ込め、行動を制限する女性という存在ゆえの

ことだった。(124)

アトウッドはカナダを全体として「犠牲者」あるいは「圧迫された少数民族」あるいは「略奪されたもの」(Atwood, 1972: 35) だと仮定した上でカナダ文学のモチーフを論じたが、セルヴァの立場は、カナダ的条件の隠喩として読み取ることができそうだ。

6 オヘイガンのカナダ的想像力

オヘイガンの世界では、歴史・地理的事実としての、大陸横断鉄道に象徴される直線派の勝利は、国家レベルでしか機能していないことが明かされた。クレイのように山の掟を知る少数の男たちを除き、複数の主人公として一翼を担う男たちは、ことごとく敗北者であり、ヒロインは囚われの身に甘んじている。それは、これまで検討してきたように、勝利そのものがカナダ的想像力には馴染まないからだ。カナダにはアトウッドの言う「征服者としての国家」(Atwood, 1972: 77) アメリカのように、白人文明の勝利を謳歌《おうか》できないお国事情があるのだ。犠牲者と征服者の関係はカナダにおいて、先住民と白人カナダ人の間に存在するだけではない。フランス系カナダ人とイギリス系カナダ人の間にも、さらにはカナダ人全体とアメリカ人との間にも存在する。『テイ・ジョン』の語りが、白人の新世界開拓の産物、帰るべき場所のない混血インディアンに対して読者の哀感をかき立てるのも、『スクール・マームの木』が、ヒロインの時代遅れの価値観にもかかわらず、マイノリティとしての女性の、生の条件に対して共感を誘うのも、作品をカナダ文学たらしめている、作家オヘイガンのカナダ的想像力の働きによるのではないだろうか。オヘイガンがコスモポリタン的な人生を歩みながら、特定の時代と場所にこだわったのは、自らの資質を知る作家の選択であったに違いない。

◉注

（1）カナダの詩人E・J・プラット（一八八二―一九六四）はカナダ太平洋鉄道の建設に題材を取った『最後の犬釘に向かって』（一九五二）と題する物語詩を書いた。この詩篇はカナダ史の一ページを飾るエピソードを劇的に表現しており、歴史上の事実を神話にまで昇華させた作品と言われている。また、中国系カナダ人のフェミニスト作家スカイ・リー（一九五二―）は『残月楼』（一九九〇）において、カナダ太平洋鉄道の建設要員として中国を離れ、過酷な労働の犠牲になったあまたの中国人の骨を拾うという行為を、作品のプロローグで描き、アイデンティティの問題を提起する中心的なイメージにしている。

（2）本章では、アトウッドが『サバイバル』で掲げている仮説やキーワードを援用している。この引用文の邦訳は、加藤由佳子訳『サバイバル』（一九九五）による。

（3）一八七三年創設の北西部騎馬警察は、カナダの国家警察（RCMP）の前身で、赤い制服と乗馬姿で親しまれ、「マウンティ」の愛称で呼ばれる。元来は一八六九年にカナダに編入されたルパーツランドの治安、とりわけ国境を越えてインディアンに酒類を販売するアメリカ商人を取り締まることが創設の動機だった。同時にインディアンを居住地に定住させ、白人の移住を容易にし、保護する役目も担っていた。

アメリカの西部開拓に比べてカナダの西部開拓に秩序と治安が保たれたのはマウンティの功績とされる。一九二〇年カナダ全域を管轄する国家警察となり、本部もノースウェスト準州リジャイナ（現在のサスカチュワン州）から首都のオタワに移った。

（4）『未開地の男たち』収録の小品への言及や引用は、Howard O'Hagan, *Wilderness Men* (New York: Doubleday, 1958) を使用テクストとしている。以後、同書からの引用は*WM*と略記する。

（5）ルイ・リエルはフランス系メイティ（メティス）［注（7）参照］で、モントリオールの神学校で学んだ後、故郷のレッドリヴァー植民地（現マニトバ州）に戻り、一八六九年、連邦政府の独断に抵抗して反乱を起こした。その後、彼はアメリカに逃亡していたが、サスカチュワン地方に再び指導者として迎えられ、一八八五年に臨時政府を樹立して二度目の反乱を指揮した。この反乱は連邦政府の手でただちに鎮圧され、リエルは同年十一月にリジャイナで処刑された（『新版 史料が語るカナダ』高村解説、六二参照）。

（6）オヘイガンの短編小説への言及や引用は、すべてHoward O'Hagan, *The Woman Who Got On at Jasper Station*, 2nd ed (Vancouver: Talonbooks, 1977) による。以後、同書からの引用は*JS*と略記する。引用の際は（ ）内に頁数を記す。なお、ブリティッシュ・コロンビアに本拠を置くタロンブックスは、同州の作家と見なされているオヘイガンの作品出版に熱心で、一九七八年に『未開地の男たち』の改訂版を出版。九三年には『ジャスパー駅』七七年改訂版との一本化をはかり、『木は孤独の友』の表題で出版している。本章では、ノンフィクション的小品集と、短編作品集を区別して論じ、別々の版を使用テキストとした。

（7）仏語読みでは「メイティ」で、本来はフランス人毛皮交易者とインディアンまたはイヌイットとの混血。後にイギリス人毛皮商人を父とする者も広義にはこう呼ばれるようになった。当初はバッファローの狩猟やハドソン湾会社の雇人として働いていた。十八世紀後半頃からレッドリヴァー植民地を中心に、平原地帯の東端から南方にかけて居住したが、毛皮交易の推移と共に北部森林地帯へも広がって行った。カナダ建国後は、彼らの土地所有権を認めず敵視されがちの白人入植者によって、生活権を脅かされ始めた。彼らはルイ・リエルの下に集結して、一八六九年と八五年の二度にわたって反乱を起こしている（『カナダ豆事典』江川　一三五―一三六参照）。

（8）*A Dictionary of Canadianism on Historical Principle* (842) によれば、ウェンディゴはオジブワ・インディアンの言葉で、人喰い悪魔のこと。狩猟から帰らないインディアンはウェンディゴに食われたと信じられた。アトウッドは『奇妙なこと』（一九九五）において、ウェンディゴ伝説がカナダ詩の中でどのように扱われているかを論じている。

第七章　シンクレア・ロスの時空とジレンマの構図
――『私と私の家に関しては』から『医師のメモリアル』まで

1　シンクレア・ロス今昔

二十世紀前半、カナダで「書く」という活動には、ジレンマが伴った。ロバート・クロウチの問いかけ「新しい国でどのように書くか」[1]との課題もあった。新興国カナダで作家デビューを志しても、現地の出版市場は未だ発展途上であり、読者の眼は英米の作品に向けられていた。イギリスでは、ジョイスやD・H・ロレンスらが、アメリカでは、フィッツジェラルド、ヘミングウェイ、スタインベックらが名作を世に送り出していた。隣国アメリカの出版市場を当てにすることの多かったカナダ人作家は、売り上げ至上主義の要請を前に妥協を余儀なくされた。モーリー・キャラハンや、後に流行作家になったヒュー・マクレナンのエピソードについては、序論第一章で紹介したとおりである。とはいえ、東部の知的エリートだった彼らのジレンマは、カナダ人作家のプライドの問題として片付けることもできよう。執筆をサポートする交友関係にも恵まれ、プロの作家への道は開けていたからである。

彼らと同時代を生きた西部出身の作家シンクレア・ロス（一九〇八―一九六）の場合、執筆活動に専念したくてもできない事情があった。平原州サスカチュワンの田舎町に生まれたロスは、両親の離婚後、家政婦として働く母親と暮らし、高校を出た後、銀行員として生計を立てながらペンを執ったのだった。つまり、経済的、学歴的なハンディを背負いながら、孤立無縁で作家を志す状況が、ロスの生きる条件だった。短編の投稿を続け、ボツが続いた長編小説を、三度目の正直でニューヨークの出版社から出すところまで漕ぎつけた。だが、デビュー作の小説『私と私の家に関しては』（一九四一）は、当地の出版市場のニーズに添わなかったようだ。アメリカの書評はいずれも、この小説を評価しつつも、「あまりに退屈で、もの寂しいことに戸惑った」(Stouck, 1991: 11) と総括され、その「陰鬱な作風」は読者を獲得することなく、まもなく絶版に至った。本国カナダでは、将来を嘱望《しょくぼう》される若手作家とみなす好意的な書評が相次いだが、売り上げにはつながらなかった。

グローバル化した現在、英米の出版市場や、研究者向けデータベースは、二十世紀中葉に活躍した上記のカナダ人作家の位置づけを映し出す。カナダ総督文学賞受賞の勝ち組キャラハンやマクレナンは、今や文学史上に名をとどめる過去の作家になりつつある。一方、定年まで銀行員として生計を立てざるを得なかった、負け組ロスはどうだろう。代表作『私と私の家に関しては』は、一九五七年にマクレーランド&スチュワート社の再版シリーズ「新カナダ文庫」の仲間入りを果たして以来、ロス再評価の機運が高まるなかで再版を重ねていき、筆者が再読用に手にしたのは二〇〇八年版だ。当時不評だった長編小説『井戸』（一九五八）や『黄金の渦《うず》』（一九七〇）、好評価を得たものの商業ベースに乗ることのなかった最後の長編『医師のメモリアル』（一九七四）、さらに短編集『昼間のランプ、その他の物語』（一九六八）、『レース、その他の物語』（一九八二）まで、兼業作家としてロスが出版した文学作品はすべて、装丁も新たに英米出版市場に出回っている。カナダ文学研究の黄金期一九九〇年代初頭にピークを迎えたロス研究の火は消えることなく、二十一世紀になっても新しい切り口で論じ続けられている。[2] そしてデイヴィッド・ストウクによる作家の新たな伝記『シンクレア・ロスに関しては』（二〇〇五）や、ロスの書簡を中心に据えた研究書『「切手収集の方が楽しかったろうに」カナダの出版事情とシンクレア・ロスの書簡』（二〇一〇）は、特異な時空を創ることになった作家ロスの感性を推し量る材料を提供している。

ロスの受容史[3]をたどれば、衣鉢《いはつ》を継ぐ作家や批評家の食指を動かしたのは、ほぼ『私と私の家に関しては』に限られているのがわかるが、本章では、全作品を視野に入れ、カナダの特定の時代と土地にこだわったロスの時空を探訪する。

二十世紀中葉を舞台にしたロスの作品世界では、苦難と向き合う登場人物の日々の選択や、人生を左右する選択行為で、ジレンマがどのような図柄や色調となって立ち現われてくるのか、四編の長編小説を中心に代表的短編作品を交えて考察する。

2 『私と私の家に関しては』① ── 日常のジレンマ

『私と私の家に関しては』は、ベントレー夫人による一年間の日記から成り立っており、夫人は一人称語りの語り手であると同時に、ロスの描いたヒロインでもある。ロス研究でも知られるストウクは、架空の人物であるベントレー夫人と、植民地時代の作家スザンナ・ムーディとを並置し、カナダ文学の深層に根付く双璧ともいうべき女性像とみなした(Stouck, 2000: 434)。アトウッドが詩編『スザナ・ムーディーの日記』(一九七〇)で、その声を代弁したのはつとに知られているが、同様の趣向で、詩人ローナ・クロージャー(一九四八—)は、虚構の女性像たるベントレー夫人を『取り柄——ベントレー夫人詩集』(一九九六)で詩人に仕立て上げた。『未開地で苦難に耐えて』と『私と私の家に関しては』は共に女性の一人称語りだ。それが本質的に孕む「騙り的性質[4]」こそが、読者の「解釈を拒む」テクストとして、長きにわたって名だたる作家や評論家を惹き付けてきたゆえんだ。ロスの場合、男性作家が創造したヒロインでもある点が、解釈を紛糾《ふんきゅう》させる「意味不決定さ」を増している。

ベントレー夫人の日記に、自身のファーストネームが登場することはない。語りは、結婚十二年、聖職につくフィリップ・ベントレーと二、四年ごとに田舎町を転々とし、その春に夫がホライゾン(架空の町)に赴任した翌日の日付から始まる。彼女のアイデンティティは、敬虔《けいけん》な牧師の妻の身分にあり、町の人々が彼女を名で呼ぶことはなく、夫が妻を愛《いと》おしんで名を呼ぶ気配もない。開口一番、夫人は日常的なジレンマを妥協的に解消しているのがわかる。夫のフィリップは牧師館の修繕作業に疲れ果て、着衣のままベッドに倒れ込んで眠っている。ピエタのごとき肢体《したい》を晒す姿を目にし、夫人は不器用な夫より、日曜大工なら自分の方がよほど上手くやれるのにとの思いを封じ込める。夫に力仕事を任せない非を咎められた過去の教訓が非効率な日常生活の選択をさせるのだ。

古い牧師館は「手狭で、他人の匂いが染み付いた、気を滅入らせる家」(15)であり、その息苦しさに家を出ても、「一連の鏡」(30)に喩えられる「世間の目」が待ち受けている。鏡の比喩は、どこにも逃げ場のないジレンマを伝えながら、鏡に映る不格好でみすぼらしいヒロインの、夫への愛憎半ばする思いを映像化している。具体例を挙げるなら、夫人は、日曜学校の相談で夫を訪れたヤングミセスの艶《あで》やかな姿と、彼女の目に映る、古着に擦《す》り切れたスリッパで床磨きをする我が身を対比させ、欲求不満に陥る様子が描かれている。「人並みに身綺麗にしたら、魅力に引けは取らないものを」(35)との悔しい思いは、夫への愛を求める女心と、「極貧の牧師の妻」(36)を続けるために結婚したわけではないとの恨みが、表裏一体をなしている。

このような妻の苦境は、ロスの短編作品で多く描かれている。中でも、一九三八年春号の『クイーンズ・クオータリー』に発表された「昼間のランプ」は、大不況と干魃《かんばつ》の三〇年代のカナダ西部を描いた短編として有名である。乳飲み子を抱えた妻は、土地に見切りをつけられない農夫の夫への執着と、実家を頼って逃げ出したい気持ちの板挟みに苦しみ、砂嵐の日々の貧しい暮らしの中で、夫の気持ちをさらに凍りつかせると知りながら、欲求不満をぶつけずにはいられない。夫は発作的に家を飛び出した妻を見つけ出すが、彼女は赤ん坊を砂嵐から守るために抱きしめて窒息させたことにも気づいていなかった。夕凪《ゆうなぎ》に赤く染まる空を見上げ、逞《たくま》しい夫の腕の中で微笑む妻の姿は、その土地と時代ゆえに、狂気の世界へ逃避するしかないという、悲しいジレンマ解消法を例示している。『私と私の家に関しては』でも、農業を「続けるべきか否か」という時代的なジレンマが、背景として表現されている。教会に集う人々の口の端《は》から、干魃が五年目であることが伝えられ、子だくさんの農夫の妻は、礼拝の後、夫妻に駆け寄り、汗水垂らさずとも生活費の心配をせずにいられる牧師夫妻の身分を揶揄する。夫人は夫の俸給《ほうきゅう》が滞って貧乏暮らしに甘んじている現実を言い訳にすることもできない。日記はさらに、町のご婦人連中の女心の些細《ささい》なジレンマを伝えながら、夫の魅力を伝えようとしている。「三十六歳の男盛りで、逞しく、しかも疲れた眼差しと瘦《こ》けた頬にもかかわらずハンサム」(11)な夫は、どの町でも娯楽に飢えた女たちの好奇心をくすぐった。そんな夫の容貌に魅せられて教会に通い、精神的な拠り所を求めて近づく女たちは、牧師の人を寄せ付けない態度に失望する。求めても報われない、かといって、みすみす諦めるのでは気が済まない。それは、牧師夫妻の追い出しで解消される日常レベルのジレンマだった。女たちは、牧師の「野暮ったい妻」への忠誠心にあきれ、牧師は心底では教区に無関心、妻は「俗物」「トラブルメーカー」(11)だとの我田引水《がでんいんすい》的な理屈で断罪するのだった。

作品の表題は、旧約聖書の聖句「私と私の家とは共に主に仕えます」(「ヨシュア記」二四章一五節)に由来する。着任時に会衆に向かって発せられるこの聖句は、「見せかけの看板[5]('false front')同様、体裁だけのもの」(堤、一九九五：五四)であり、偽善の人生を選択してきた夫妻のジレンマを逆照射している。夫人は、心を閉ざした夫が書斎に引きこもって絵を描くようになった因果を、彼の私生児という出自から解き明かそうとしている。牧師見習いで早世した父と、未婚のウエイトレスの母。健《すこ》やかな感性が育つ土壌に恵まれなかったと。田舎町の食堂で酔っぱらいにからかわれて育った彼は、父親の残した本や手紙や写真から、画家への野心があったことを知り、町の異端者だった父を「ヒーロー」に、自らを「ヒーローの息子」(40)に仕立て上げ、その暗澹《あんたん》たる人生を脚色したのだ。嫌悪した母にも十四歳で先立たれた彼にとって、父の同窓だった牧師が提供する教育と聖職のポストは、世間に対して自尊心を保てる唯一の職業選択だった。同時に神学書より文学やアートの本を集めていた父の血筋を拠り所にした。言い換えれば、内奥《ないおう》では、生活とプライドを優先させた偽善的な人生の選択と「創造する衝動、創造できるとの信念」を引っさげ、「自由を侵害する小さな町の向こうへと連れ出そうとする列車」(43)へ飛び乗るという逃避願望との狭間で揺れ動いていた。そんな時、「私」と出会ったのだった。

コンサートの舞台でピアノに向かう「私」は、ミューズ的な存在として、芸術に憧れる青年の恋愛感情を呼び覚ましたに違いないが、日記の行間から、ひと目惚れした「私」が結婚を迫ったことが読み取れる。「彼の人生の中に自分の居場所を勝ち取った」(45)と記しつつ、「私」は夫の眼が失意と幻滅の沈黙を湛《たた》えているのを見逃さない。身一つで広い世界へ旅立つ夢の選択肢は潰《つい》え、最低限の生活が保障され、プライドが保てる聖職にしがみつくしかないからだ。出会った当初、「私」はピアノの練習と貯金に励み、留学を志していたが、「キャリアか結婚か」の典型的なジレンマに陥ることなく、一夜にして妻の座をつかむ道を邁進《まいしん》したのだった。チェーホフ流の「かわいい女」を演じ手に入れた結婚生活では、一年後の死産が災いし、恋愛感情に代わる家庭的な情愛すら育《はぐく》めなかった。日記の開始時点では、「見せかけの看板」が象徴するように、自己実現の欲求を抱えたまま、夫婦そろって偽善の仮面を被って生きるのが習わしになっているのだ。

このように抑圧的な生活の中で、夫への「愛を乞う」日常的な献身は、かえって「芸術家の魂」を持つとする夫から疎外される結果となる。『私と私の家に関しては』で描かれる自然は、写実の次元を超え、「登場人物たちの内なる欲求不満が外界に投影されたもの」（萩原 八一―八二）でもあるが、次の引用文は、満たされない「私」の抱えるジレンマの構図を浮き彫りにしている。望んでも手の届かない夫は、「広大無辺の空間に呑まれて姿を消すちっぽけなホライゾンの町のよう」(33)だとの喩えは、カナダ的「無関心な自然」[6]を前に、町も人も無力であるように、夫も寄る辺ない失われた存在であり、同時に「私」にとって夫は「無関心な自然」でもあると言い換えられる。そして努力しようが諦めようが、「私」と夫との関係を改善することはできないことを意味している。にもかかわらず「私」が徒労に終わる試みを諦めない事例が散見する。「私」は夫の気を引くため、自分に思いを寄せる小学校教師ポールのためにピアノを聞かせたり、休暇先で若いカウボーイとダンスして出歩いたり、孤児のスティーヴを住まわせていた時期、夫より自分に懐《なつ》くところを見せつけたりする。だが、夫の気を引こうとする「私」の作為的行動は、逆に夫を遠ざけることになる。無関心な牧師を見限ってプライドを満足させるご婦人連中とは異なり、努力が逆効果になる状況が繰り返されても、「私」が希求し続けるのは、干魃と不況の時代に生きる農夫が、過酷な自然を前にしても諦めない不屈の精神と相通じるものがある。

3 『私と私の家に関しては』②——妻のジレンマと解消へのプロセス

女の日記である『私と私の家に関しては』最大のトピックは、夫の不義密通だ。それこそ、妻たる「私」を究極のジレンマに陥らせる事態に他ならない。ちょうど、死産した息子代わりの存在だったスティーヴが、問題児でカトリックであるゆえに、町から排斥された直後の時期だった。聖歌隊一員として親交のあった若い女性ジュディスが、寝込む「私」に代わって家事手伝いに来ていた。悪夢で目を覚ました「私」は、スティーヴ用だった部屋のドアの向こうで、姦通《かんつう》行為が行なわれているのを察知するが、寝床に戻った。疑心暗鬼《ぎしんあんき》と妄想が入り乱れた「語り」に伴う曖昧さから、批評的関心はジュディスの生んだ未熟児の父親探しにまで及んだ。(7)

ロスは、一九三九年夏号の『クイーンズ・クオータリー』で、不倫に伴うジレンマのトピックを、伝統的な三人称語りの短編「ペンキ塗りたてのドア」で取り上げている。無骨で生真面目な夫の留守中に訪れた夫妻の友人で幼馴染の男と一夜を共にした妻は、自己正当化と罪の意識の狭間で悶々《もんもん》とする。夢うつつに夫の影に怯《おび》えながらも、夫こそ未来を託すべき男であるとの認識に至るが、妻の内省は意味を失うことになる。翌朝、戸外で凍死している姿を発見された夫の、凍りついて白くなった手には、妻が昼間ドアを塗り直した時のペンキの白が浮かび上がっていたからだ。語りの表舞台で妻の葛藤を描きながら、舞台裏では夫がジレンマに陥っていたことを示している。妻の不貞を察知した夫のジレンマ解消法は、妻への糾弾でも許しでもなく、苦悩する自己を消すことだった。

男女の立場が逆の長編小説では、裏切られた妻のジレンマが詳細に描かれる。葛藤の心模様は八月から年明けの二月まで続き、語り手たる「私」は、「書く」ことでジレンマ解消へ、正反対のベクトルを紡ぎ出す。夫の浮気を知った妻が、その事実を夫に告げるべきか否かというジレンマは、時代と文化の違いはあれ、妻のプライドと経済事情が左右する。「私」も、不実な夫に対して「今や私には自由になる権利がある」(176)と考え、音楽の道へ戻る可能性を探りもするが、近所の火事で采配《さいはい》を振るう夫を見直すなかで、黙って妻の座を死守すべきとの思いを固めていく。嫉妬《しっと》からくる妄想に苦しむが、情緒不安定な自己を安定させるのは、「あんなことが起こったのは、彼がまだ芸術家としての情熱に駆られているから、求め、創り出し、危険を顧《かえり》みないからだ」(179-80)との合理化である。十二月に入ってジュディスの妊娠が判明し、黙秘する本人の周囲では相手を取り沙汰するが、「私」は心の中で、妄想に苦しむ被害者から、夫の浮気相手を懲《こ》らしめる側へと立場を逆転させている。

その後の「語り」は、不義密通を行なった女への断罪と、「私」の意思表明を軸に結末まで加速する。クリスマス直前に、ジュディスに粗品を送りつけ、彼女不在のミサで思う。「彼女を傷つけたくて、わざとやったのだけれど、申し訳ない気がしてきた。それでなくても厳しい生活なのに、長い冬の間ずっと、後悔と恐れに苛《さいな》まれるのだから」(210)と。傷口に塩を塗る手口は、真冬の二月、夫にオレンジを届けさせる行為で極まる。キリスト教でオレンジは「堕落」を象徴する果実であり、妊婦への気遣いという牧師の妻の仮面を被って、姦通の罪を告発しているわけなのだ。「私」は、このような下地作りを経て、その子の将来にかこつけ、夫に養子の申し入れをするよう促す。同時に、かねてよりの夢で、新しい町で古本屋を開き、ピアノも教える生活、親子三人で暮らすリセットプランを描いてみせる。それに対して夫は「それだと食うにも困りそうだが、三、四年ごとにホライゾンみたいな町に赴任を続けるのも気が進まない見通しだね」(222)と、どちらにしても苦境につながるジレンマを口にするが、勝算が低かろうが、唯々諾々《いいだくだく》と妻に従うしかない。

その気になった様子の夫が、四月初旬、大学町に物件調べを兼ねて出張する前に、彼をジュディスの元に立ち寄らせ、牧師夫妻の意向を伝えさせる。彼女は、その日の午後、付き添いを断って散歩に出かけ、行き倒れ寸前に発見され、その夜、未熟児を産んで亡くなる。医者に付き添われた彼女の母親が、赤児を夫人に託す際に「奥様も旦那様も本当にお優しい。真のクリスチャンのお二方が赤児を引き取ってくださって何よりです」(229)と告げる台詞には、牧師の妻こそが、娘を追い込んだ張本人であることを知らない「無知のアイロニー」が仕掛けられている。さらに「私」は、ジュディスの黙秘を利用して息子を手に入れたあと、裏切った夫に対しても「落とし前」をつけている。青年ポールと一緒にいるところを見て不快感を示した夫に向かって、「あなたの子供！」「あなたは、あの時、彼女と一緒だった」(232)と逆切れし、切り札を使って夫婦の力関係を逆転させたのである。

『私と私の家に関しては』の結末は、夫の不貞を知った「私」が苦悩を経てジレンマ解消を日指した、その成果報告になっている。五月中旬、引っ越しを控えた最終日の日記は、男児を自分と同じフィリップと名付けた妻に向かって、紛らわしいとの苦言を呈した夫への無言の回答で終わっている。「そのとおりよ、フィリップ。私の望むところだから」(234)との記述は、夫への発話ではなく、手記の地の文で記されている。この結語は、起死回生の策を弄《ろう》して、夫婦のかすがいたる息子を手に入れた、「妻」の自負心の表現ではないか。夫人の心の声で締めくくられる「語り」は、作者ロスが、不況の時代に因習的な田舎町の人々の裏をかいた、類稀なる女性像を創造したことを証している。

4 『井戸』と『黄金の渦』――青年期のジレンマ

最初と最後の長編小説『私と私の家に関しては』と『医師のメモリアル』および大半の短編作品では、サスカチュワンの田舎町や農村が舞台になっているが、二作目の長編『井戸』と三作目の『黄金の渦』には、東部のモントリオールが登場する。前者は、平原州マニトバの農場で展開するプロットを主軸に、モントリオール育ちのシティボーイが、犯罪に手を染め、逃亡に至った経緯が断片的に挿入されている。後者は逆に、サスカチュワンの農家の倅《せがれ》が、モントリオールに出てきて安アパートで暮らす日々のなか、都市との対比で、故郷の田舎町への思いが一人称語りで綴られている。二人の青年に共通しているのは、女たちを惹きつけてやまない容貌と体躯《たいく》に生まれついていること。それは、『私と私の家に関しては』の壮年フィリップにも、最後の長編小説のハンター医師についても言える。若者二人の場合は、それを自覚し女性関係において武器として利用していることだ。男性の身体的魅力は、ロスの時空において、女たちをジレンマに陥れる要因となる一方で、青年期の物語においては、フィリップのジレンマのルーツにあった「父なる存在」が、登場人物として前景化されており、当てにする女たちとの板挟み状態を生み出している。と同時に、両者から自立しようとする足掻きが、青年期のジレンマとして描かれている。

『井戸』は、逃亡者クリスが貨物列車から降り立つところから始まる。小麦生産地帯が広がる平原州の田舎町キャンプキンは、収穫の時期を迎えていた。空腹を抱え、薄汚いレストランで、食べ物を求めて押し問答しているところを、初老の農場主ラーソンに拾われ、住み込みの季節労働者として働くことになる。ラーソンは苦楽をともにした妻コーラと最愛の息子に先立たれ、三十代の後妻シルヴィアとの二人暮らし。季節労働者が集まる収穫期には、先妻の妹ペインター夫人が手伝いに通い、小作農オウルと結婚した娘と、夫婦の息子（孫）と家族をなしていた。クリスを視点的人物にした「語り」は、自分を庇護《ひご》する「父なる存在」ラーソンに対する青年のアンビヴァレントな気持ちを、場面をシフトしながら延々と綴っている。

雇い主の実直さは彼に「居場所と承認されているという感覚、くつろぎと信頼感」を与えると同時に、「彼の自立心、自慢の強靭《きょうじん》さに対する脅威」(47)でもある。ずっと世話になることを潔《いさぎよ》しとしない青年の独立心は、共謀してラーソンを亡き者にしようと誘惑する後妻シルヴィアとの関係にも当てはまる。美貌で女丈夫のブロンド女は、「魅惑」と「脅威」のアンビヴァレントな存在だ。さらにラーソン自身が正気か否か、正直者なのか、実は狡猾《こうかつ》な男なのか、クリスは判断を二転三転させる。

ギャング団の一味だった彼の「誰も信用するな」という人生訓が、彼の感性に染み付いており、逃亡先を変えるべきかどうかのジレンマを後景にして、物語の後半は、男女の三角関係にも似た、どちらにつくべきかの、青年の板挟み状態が「語り」をスリルとサスペンスの犯罪ものに仕立てている。複雑に入り組んだ心理戦を経て、偶発的成り行きでシルヴィアが夫に向かって発砲、死にかけた男をめぐっての男女の駆け引きの末、クリスは実行犯を記した遺書代わりの紙片を手に入れる。逃亡者という弱みにつけ込まれた彼は、シルヴィアに脅され遺体を井戸に遺棄するに至るが、最後の最後に自首する道を選び、娘婿のオウルに電話連絡する。「最悪の事態は去った。飛躍していた彼は地に足を着けたのだった」(239)との結語は、非行青年のジレンマが、更生への道程には不可欠であったことを伝えている。

ロスの時空で、唯一大都会を舞台にした『黄金の渦』でも、ジレンマの構図は『井戸』と大枠で共通している。田舎から都会に出てきて食い逸《はぐ》れた若者が、差し伸べられた手を振り払えない状況そのものがジレンマの発生源となっている点。さらに、男女の三角関係が、主人公の人生の選択を左右する点も同様だ。ここでは、女が庇護する立場で、男が誘惑する側にいる。田舎者ソニーの自嘲《じちょう》的な一人称語りは、都会では音楽の才能を試すチャンスすら得られない失意の日々を綴る。初老の女家主の温情で、家賃代わりに雑役《ざつえき》をこなして暮らす安アパートが舞台の大半を占める。そこに転がりこんで、かいがいしく世話をする女マッドと、隣人で悪の道へ誘うチャーリーの二人に、いかに関わっていくか、そのプロセスが作品のプロットをなしている。

悪女のシルヴィアとは異なり、沿海州から過去を背負って流れついたマッドは、「モントリオールの、黄金の心を持つ売春婦なのか」(42)と思わせ、やつれたソニーを、女給の薄給で食べさせんとする。「女を食い物にする」(73)という言葉の響きを嫌いながら、「俺みたいな人間には、彼女は贈り物だ、コヨーテにとってのニワトリか」(73)とあるように、彼女はソニーにとってサバイバルの糧であり、そんな自立心を脅かす母性的庇護から逃れたいが、目の前にある糧を捨て去ることができない。

「父なる存在」のチャーリーも、重い過去を背負っているが、マッドが彼をソニーにふさわしい友人でないと懸念するのは、「クイア」な気配を漂わせているからだ。彼は小悪党としての今、隣人のソニーを宝石店強奪の相棒に仕立てようとする。ソニーはクラリネット奏者として生きる夢が絶望視されるなか、女のヒモを続けるか、悪事を働いてまで自立の道を行くべきか、板挟みのジレンマに懊悩《おうのう》した挙げ句、強盗の片棒を担ぐ。彼は、逃亡寸前に片足に銃弾を受け、金品独り占めのチャーリーに見捨てられ、女の献身で命拾いする。

物語の結末で、ソニーにささやかな僥倖《ぎょうこう》が訪れる。往診に来たモグリの医者が、クラリネットに目を留めた。彼は若者の演奏に心打たれ、知り合いの楽団と引き合わせてくれることになる。さらに、ジャズバンドには、サックスとの両立が必須で、門前払いされていた田舎者に、自分のサックスを貸し与え、習得を勧めるのだった。

かくしてソニーのジレンマは、運命のいたずらで解消へ向かい、青年にとって望ましい人生の転機が訪れようとしている。不如意《ふにょい》の青年に手を差し伸べた悪党と聖女との板挟み状態から解放されたソニーは、自立した生活と自己実現への道を目の前にするが、物語の結末には、無垢を喪失し、女の純情を利用し尽くした青年の罪悪感が漂っている。

5 『医師のメモリアル』――アップワード住民のジレンマ

最後の長編小説に先立つ前二作は、東部の都市空間を取り入れ「犯罪者心理」(8)を描き新機軸を打ち出していたが、『医師のメモリアル』は、ロスお馴染みのサスカチュワン、架空のスモールタウン、アップワードを舞台にする一方で、明確な時間軸を設《もう》けることにより、新たな地平を切り開いている。「語り」の現在は一九四八年四月二十日、その舞台は町立ハンター記念《メモリアル》病院のラウンジにほぼ限られる。ハンター医師が一九〇三年に三十歳でアップワードの往診ドクターとして着任したのは、同日の誕生日だった。四十五年間の勤めをねぎらう引退セレモニーと新病院のオープニングセレモニーを兼ねた一大イベント会場には、町の有力者や医師の世話になった人々が集っている。この作品が一般読者を遠ざけたのには理由がある。「語り」には地の文がなく、大勢の人々の台詞を中心に、主要登場人物の内的独白を交えて構成され、発話者を特定するだけでも骨が折れ、先行き不透明だからだ。他方、「読み」の負荷を厭《いと》わないプロの読者は、「立ち聞きする身として、秘密の収集者として」断片的に撚《よ》られたプロットの糸がほどけるにつけ、「露にしつつ隠し立てされる秘密に思いを馳せる」(Diehl-Jones 82) という、「読み」の醍醐味《だいごみ》を満喫できる。

去りゆくハンター医師の来し方と、到着を待つ新任ドクターのニックへの、人々の複雑な思いが交錯するなかで、かつてのアップワードの人間模様が立ち現われてくる。共働きの新聞記者ダンとネリーは、生き字引たるハンター医師から、彼と関わった人々から、町の歴史を物語るエピソードを収集することに躍起だ。人々の思い出話、噂話、内的独白の断片から、読者は、アップワードの町が、キリスト教道徳を汚す者、さらにはワスプ (**'White Anglo-Saxon Protestant'**)(アングロサクソン系でプロテスタントの白人)以外の少数民族を白い目でみる頑迷な共同体であることをうかがい知る。人々は、病院のない町で診療所代わりに居間を提供したメイジーをハンター医師の女と目し「緋色《ひいろ》の淫婦《いんぷ》」(13) と陰口をたたき、子供たちはウクライナ移民アナ一家の息子ニックを、その東欧的な容貌や服装ゆえに虐《いじ》めの的にした。ハンター自身、農夫から治療代として子牛を貰い受け換金するやり方や、教会に対する無神論的な姿勢は、不興を買いもした。それにもかかわらず、メイジーを今や町の功労者と称え、住民投票で町立病院を「ハンター・メモリアル」と銘《めい》打ち、町を出て医者になったニックを新任として迎え入れるのはなぜか。キリスト教道徳から外れる者や、真性の白人とは見なせない青年を排斥したくても、町の実利という思惑が厳然と存在し、彼ら抜きでは立ち行かないからだ。そのような偏見に満ちた人々の心情的ジレンマは、現実的選択へと収束したことになる。アップワードという町の名が象徴するように、繁栄の時代へと向かうカナダにおいて、スモールタウンの集合的良心が、ジレンマを吹っ切る要因となっていると考えられる。

ハンターの医師としての判断、人道主義的支援がなければ、二十世紀前半の苦難に満ちた時代、負け犬や弱者は生き残れなかったろう。往診範囲は百マイル四方に及び、産婆役をした数も千人を超えた。長きにわたる往診の過程で、市井の人々のジレンマをハンター医師が肩代わりして選択肢を設けた事例が語られる。往診に呼ばれたとき、医師は末期癌《がん》に冒された農夫の妻に、モルヒネを投与し安楽死させた。干魃に泣く農家では、体調不良の妻の身を案じ病院に行かせるゆとりがなかったのは一目瞭然だった。病院でモルヒネを少量ずつ痛み止めに投与されて余命六週間を過ごすには、数百ドルが必要だった。結局ハンター医師は、入院費用を工面し、妻を看病するという過酷な選択肢を農夫から取り除いたことになる。新聞記者ダンは、迷いはなかったとする医師に、「医者が力を行使するのは、誘惑なのでは」(111)と問いかけるが、そんな行為を周囲が取り沙汰する時代でもなかったのだとも思う。

そんなハンターが「正気の沙汰じゃなかった」(111)と語った事例には、三者のジレンマが絡《から》んでいる。腹に熊手が突き刺さった男の元に、翌日になってから呼ばれたときには、手の施しようがなかった。それは、一人娘に付きまとった近所の五十がらみの独身男で、父親の警告に対し、ふしだらな小娘と言い返し、怒り心頭に発した父親の手にかかったのだった。瀕死《ひんし》の男は、騎馬警察には知らせるなと医者に訴えた。警察沙汰になれば、その不名誉な死を健在だった自分の父親に知らせることになるからだ。凶器を手にした娘の父親はと言えば、殺人犯として出頭したなら、母親に先立たれた娘から生活と将来を奪うことになる。目撃者の娘自身も同様のジレンマに陥った状況にあった。三者にとって、自首するという良心に叶う選択肢はあまりにも過酷だった。ハンターは、自殺幇助《ほうじょ》と死亡診断書の捏造《ねつぞう》という医師の違法な選択によって、中年男にはプライドを保つ選択肢を、父娘には生活と将来を守る選択肢を提供したのだ。

ハンター医師の選択には、過酷な生活を強いられる人々が切羽詰まったときに登場して、「機械仕掛けの神《デウス・エクス・マキナ》」('deus ex machina')の役目を遂行する意志が見受けられる。愛する不倫相手の子を宿して、男に自殺された娘は、出産して絶望の人生を歩むべきだったのか、中絶は不幸な娘のジレンマを解消する選択肢だった。また、娘を井戸に突き落とす衝動に駆られるという父親のケースは、近親相姦で娘を身ごもらせていた。ハンターは、彼が妻に先立たれ、火事で半焼した家で、父娘がカーテンで仕切った一つ屋根で冬を過ごさなくてはならなかった因果を思う。ハンターは、すぐに二人を引き離し、娘をメイジーの元で預かって面倒をみた。ジレンマ解消に手を貸した医師は、いずれの父娘も新たな人生を築くのを見届け、決断に狂いはなかったと自負する。

一方、中絶を求めてきた婦人の、横柄《おうへい》で金尽くの態度に苛立ち、ハンターが拒否したケースもあった。出産した彼女は、家族を巻き込んだ辛苦の末、気が狂《ふ》れた。生まれた子の過酷な人生を思って、当時の選択に一抹《いちまつ》の疑念を残しながら、「その子が、そこいらで暮らしているのも捨てたものじゃない」(115)と告げる医師の台詞には、「生命の尊厳」にまつわるジレンマが表象されている。

アップワードの牧師プリングルは、内的独白(68-70)とハンター医師との対話(120-26)を通して、牧師自身の現実的なジレンマと信仰上のジレンマを自己暴露している。人々は、医療か信仰かの二者択一で、教会施設内外の老朽《ろうきゅう》化を尻目に、町の予算や寄付金を病院新設に充てた。牧師は内心、人々が礼拝や日曜学校という務めしか自分に求めていない現状に、いっそ辞任してしまいたいと考えている。五十五歳の身では不可能に近い転職への願望と、聖職者としての使命感との心情的な板挟み状態に陥っていた。そんな牧師が、不信仰を公言し自由に生きるハンター医師に対して、憤りと羨望というアンビヴァレントな思いを抱いても不思議ではない。医師との対話のチャンスを得るや、彼は、医療現場で人々の生死、苦悩と向き合ってきた医者としての生涯を、俎上に載せずにはいられない。森羅万象《しんらばんしょう》の背後に、神の根本的属性たる「インテリジェンス」があまねく存在するとの信仰に対し、ハンターは、神意というのは「膨大な創造的知性」を使い切って、ほったらかし、まるで「創造したら次の日には破壊するゲームのようなもの」(123)と不敬を顧みない。自らの信仰心を疑う牧師自身、医師の言説を否定しきれない。心底信じるか否かの信仰上のジレンマを解消できない牧師は、相手に向かって「聖職者の足を引っ張る不敬の輩《やから》」(123)と罵るしかない。一方、医療の実践者は、対話の最後を「天上からの恩寵《おんちょう》も介入もいらない。災厄《さいやく》尽くしの今ここにある泥沼で、沈もうが泳ごうが、おのれの力でやっていくしかないんだ。ただ、そんなことも、天の摂理だと言えなくもないが」(126)

と締めくくる。牧師との対話シーンには、アップワードの苦難の時代を生き抜いた医師の誇りと、それでもなお神意を全面否定できない人間の複雑な思いが込められている。

合理主義的判断でアップワード住民の苦渋の選択に手を貸し続けたハンター自身、私生活ではジレンマを抱える住民の一人であったことが明らかになる。晩婚の花嫁エディスは、性愛を受け入れられない体質だった。新婚夫婦の愛の営みにおいても、恐怖で後ずさりする「陵辱される花嫁と忌まわしい略奪者」(108)という関係の二人は、文字どおり、抱き合おうとすれば針が互いを傷つける「ヤマアラシのジレンマ」に苦しんだことになる。妻が叩き付けるようにピアノを弾いたのも、夫に贅沢な生活を要求したのも、板挟みから抜け出せない欲求不満の表出に違いない。夫の方は、夫婦間では解消されないジレンマのはけ口を、ウクライナ移民で妻の家政婦だったアナに求めた。病弱の夫の治療費代わりにと始まった不義密通は、ニックを誕生させていた。その事実は、彼に新たなジレンマをもたらしている。親子の名乗りを上げて養育することも、最下層に生きる夫婦に託し切ることもできないハンターのジレンマ解消法は、面倒見のよい医師のサポートという形で、陰になり日向になり成長過程を見守ることだった。少年ニックを医療現場に立ち会わせたのも、虐め問題で排斥されかけたのを、学校の教師たちが有望な少年として引き止めたのも、町の有力者となったダンカンの尽力でニックを呼び戻すことになったのにも、背後にはハンター医師の働きかけがあった。

『医師のメモリアル』の四十から成る断章を経て、ようやく読者は、アップワード新旧の時空を垣間見たという満足感を覚える。「当時は」「昔は」で語られたアップワードの過去と、二十世紀中葉の現在との対比の構図が浮かび上がる。大不況や大戦を経て、科学技術や医療の進歩を実感するハンター医師は、「老兵は死なず、ただ消え去るのみ」という人生の選択をしている。同じサスカチュワン州の姪《めい》の元で余生を過ごすという彼は、ジレンマの請負人という陰の任務からも足を洗うことになる。ハンターは道すがら、自嘲気味に「医師の私生児は、過去の亡霊ゆえに苦労する」と心配しつつ、新しい時代に希望を託し「すべて終わって、またすべてが始まろうとしている。もう人の心配をするには及ばない」(137)と自分に言い聞かせる。儀礼の一夜が織りなしたアップワードの人間模様には、老年期に入った作者ロスの、前半生を過ごした故郷へのノスタルジーが込められているようだ。

6　ロスの時空

『ケンブリッジ版　カナダ文学史』には「総督文学賞を受賞しなかったが、作品が古典になったシンクレア・ロスのような作家がいる。彼は、小説『私と私の家に関しては』(一九四一)が、カナダ文学で研究対象になる頻度の高い作家の一人である」(Howells 291)との記述がある。ロスは、この「正典《キャノン》」となった唯一の長編『私と私の家に関しては』と、アンソロジー常連の短編「昼間のランプ」によって、平原州の田舎町や農村を舞台に、干魃と大不況の三〇年代に生きた人々の苦境と不屈の精神を描いた作家として共通認識されていると言えよう。確かに、この代表作と、最初の短編集の作品はすべて、特定の時代と風土、人々の精神性がロスの時空を形成している。本章では、注目度の低い他の作品世界も視野に入れ、考察の幅を広げたわけだが、最後に、認識を新たにさせる側面に触れておきたい。

マーガレット・ローレンスが「あとがき」を引き受けた最初の短編集『昼間のランプ』は、『私と私の家に関しては』再評価の流れで一九六八年に「新カナダ文庫」シリーズ入りしたのだったが、もう一つの短編集『レース、その他の物語』は、一九八二年にロス研究者により『昼間のランプ』に未収録の一九六八年以前の過去の作品群に、それ以後に発表された二編を加え編纂された。長編四作とともに、両者に収録の全十八短編作品をロスの時空を彩る作品群として初出の年代順に並べてみた。(9)すると、ロスが従軍した時期(一九四二―四六)を境に、以後の作品群からは、共通認識とは異なる作家の時空が立ち現われた。「兵舎にバイオリンの音」(一九四九)は、お馴染みの空間を離れ兵舎を舞台にしており、「スパイク」(一九六七)、「彼を殺した鉢植え」(一九七二)の時空は、コンテンポラリーな時代を背景としており、『井戸』と『黄金の渦』で考察した「犯罪者心理」が、ライトモチーフになっている。

従軍以前に執筆された『私と私の家に関しては』や十編の短編小説では、土地にしがみつく男たちのジレンマ、男にしがみつく女たちのジレンマを描き、陰鬱な背景にもかかわらず、そこにはカナダならではのサバイバル精神が息づいていた。いずれの作品でも、馬は絶望する男たちを慰め、貧しい子供たちにとって「ペガサス」だった。最初の短編集に収録された従軍以後の作品にも馬が登場するが、作者の関心は人間性に潜む「悪」の問題へと移行している。最後の短編作品「彼を殺した鉢植え」では、教育熱心な校長の父は、親友二人をレイプ殺人した性的倒錯者だったという真相を、十三歳の息子の一人称語りが暗示する。少年が窓辺の鉢植えの花に水をやる父親の足音をつかんで、コンドミニアムの五階から墜落させるという予期せぬ結末は、「昼間のランプ」や「ペンキ塗りたてのドア」の悲劇的結末とは次元を異にしている。読者は、ジレンマの跡形さえない残酷な物語に、たじろがずにはいられない。ロスらしい時空を取り戻したかのような、最後の作品『医師のメモリアル』は、過酷な現実を前にしてなお人間の善意を信じることができた「古き良き時代」への挽歌なのかもしれない。

◉注

（1）クロウチは、評論集『言葉のうるわしい裏切り』第一章で、「プレーリー地方で書き始めようとした若い作家には、モデルはわずかしかなかった」（一六）、「私たちの継承した文学、過去のヨーロッパと北アメリカ東部の文学は、断固として、プレーリーに住んだことのない人々の文学である」（一八）と、カナダ文学とりわけカナダ西部の文学のあり方について問題提起している。

（2）作家の同性愛を切り口にした、Lesk (1997 & 2002) や、伝記的背景からロスの精神分析を試みた Bentley (2004)、エコクリティシズムの観点から論じた Estok (2010) の論文が目を引く。

（3）『私と私の家に関しては』出版以降五十年間の代表的書評や論文を収録した Stouck (1991) およびロス研究論文集 (Moss, ed., 1992) 参照。

（4）現代英語圏小説を論じた平林（二〇一四）の、「語り」における「騙り」という切り口を参照した。

（5）通りに面した建物が立派に見えるようにするための、見せかけの正面外観を指す。インターネット上の画像検索で、原語の "false front" と入力すれば、アメリカ西部劇などで目にする開拓時代の建物の様子がうかがえる。

(6) 二十世紀中葉のテーマ批評の時代に、カナダの自然に対して貼られたレッテルとして有名。

(7) Hinz & Teunissen (1991: 148-62) は、ジュディスを懐妊させる可能性のあった別人を特定している。

(8) ロス自身、一九七一年録音のインタヴュー (Stouck, 2010: 259-72) で、犯罪への動機に興味があるとしている。

(9) 雑誌などに掲載された初出年順に十八編の、ロスの長編四作の出版年と従軍時期を加筆した一覧表を作成した。*LN* は『昼間のランプ』(*Lamp at Noon and Other Stories*)、*R* は『レース』(*The Race and Other Stories*) の省略記号としている。

①一九三四 (*R*)「他に道なし」"No Other Way"
②一九三五 (*LN*)「小麦畑」"A Firld of Wheat"
③一九三五 (*LN*)「九月の雪」"September Snow"
④一九三五 (*LN*)「サーカスが町に」"Circus in Town"
⑤一九三八 (*LN*)「昼間のランプ」"Lamp at Noon"
⑥一九三八 (*R*)「ペガサスとの一日」"A Day with Pegasus"
⑦一九三九 (*LN*)「ペンキ塗りたてのドア」"The Painted Door"
⑧一九三九 (*LN*)「夜のコルネット」"Cornet at Night"
⑨一九四一 (*R*)「ネル」"Nell"
⑩一九四一 (*LN*)「雨だけにあらず」"Not by Rain Alone"
★一九四一『私と私の家に関しては』*As for Me and My House*

★一九四二〜一九四六　カナダ軍に属し、第二次世界大戦中に従軍
⑪一九四四（*LN*）「一頭は牝牛」"One's a Heifer"
⑫一九四七（*R*）「兵舎にバイオリンの音」"Barrack Room Fiddle Tune"
⑬一九四九（*R*）「ジャグとボトル」"Jug and Bottle"
⑭一九五〇（*LN*）「アウトロー」"The Outlaw"
⑮一九五二（*R*）「土曜の夜」"Saturday Night"
⑯一九五二（*R*）「逃走」"The Runaway"
★一九五三『井戸』*The Well*
⑰一九六七（*R*）「スパイク」"Spike"
★一九七〇『黄金の渦』*Whirl of Gold*
⑱一九七二（*R*）「彼を殺した鉢植え」"The Flowers that Killed Him"
★一九七四『医師のメモリアル』*Sawbones Memorial*

第Ⅳ部　カナダの中心オンタリオ——女性をめぐる「ゴシック」の時空

第Ⅳ部では、英系カナダ文学を代表するアトウッドと、同じく現役で活躍中のアーカートの初期小説を「ゴシック」との関連で考察する。

第八章では、辺境カナダの文学を担った、かつての新進作家アトウッドが、「ゴシック」をネタにして描いた、若き女性作家の肖像として『レディ・オラクル』を読み解く。女性が生きること、書くことに付随するゴシック的な時空は、一九五〇年代から七〇年代カナダの文化事情を色濃く反映している。

第九章は、歴史小説家として地歩を築いているアーカートのデビュー作『ワールプール』が孕むゴシック性を探り、女性性ゆえのゴシック的呪縛と解放の物語として読み解く。その背景には、ヴィクトリア朝詩人ブラウニングの、ロマン派詩人シェリーに対する「ジレンマ」、カナダの詩人や軍事歴史家の男性登場人物の「ジレンマ」が、見え隠れしている。

第八章　ゴシック・パロディ〜マーガレット・アトウッド『レディ・オラクル』
――二十世紀中葉のカナダと女性作家

1　初期小説『レディ・オラクル』とアトウッド

マーガレット・アトウッド（一九三九―）は、後期高齢者となった現在も、現役作家として八面六臂《ろっぴ》の活躍をする一方で、世界を股に掛けて多種多様な社会・文化活動にも携わっている。処女詩集『ダブル・ペルセポネ』（一九六一）から数えると、半世紀以上にわたり現役作家・詩人・文芸評論家などを続けていることになる。二〇一六年現在の書誌リストによると、本書で取り上げる『レディ・オラクル』（一九七六）は、十六編中三作目の長編小説に当たり、アトウッドの初期作品に位置づけられる。長編小説の大半は、カナダ総督文学賞やイギリスのブッカー賞などの受賞歴、ノミネート歴を誇り、日本語に翻訳されている。その中で『レディ・オラクル』は、いわば無冠の数少ない作品の一つである。今世紀に入ってから刊行されたディストピア三部作『オリクスとクレイク』（二〇〇三：畔柳訳、二〇一〇）、『洪水の年』（二〇〇九）、『マッドアダム』（二〇一三）は、世界文学の旗手としてのアトウッドが地球上の人類に問う警告の書である。

アトウッドは二〇〇三年のインタヴュー（ケイス／マクドナルド 七〇）の中で、『オリクスとクレイク』は「空想科学小説」（'Science Fiction'）ではなく、「危機小説」（'Speculative Fiction'）だと述べている。これは虚構の事実であり、実際に起こりうることを推論するものだからと。『レディ・オラクル』の語り手が、結末でコスチューム・ゴシックは止めて、ＳＦに転向しようと語る件は、作者の意識の変遷を逆照射しているようだ。地球規模の環境破壊がより身近になった二十一世紀の読者からすれば、語り手が身のためにならないゴシック・ロマンスより、未来志向のＳＦの方がましだと呑気《のんき》なことを口にすること自体、二十世紀中葉へのノスタルジーをかきたてる。

『レディ・オラクル』には、年代への言及がいくつかある。語り手ジョーンは、衝撃的な出来事があった日として、十三歳時の日曜日、一九五五年と記している。未来の夫アーサーと出会ったのは二十一歳目前の一九六三年とある。逆算すると、ジョーンが生まれたのは一九四二年で、三九年生まれの作者とほぼ同時代を生きているとの設定だ。彼女が亡くなった叔母の名前をペンネームにしてコスチューム・ゴシックを書き始めたのは二十歳前後、一九六〇年代初頭ということになる。語りの背景となる六〇年代、作者の執筆時期の七〇年代といえば、ポストモダニズム、ポスト構造主義、フェミニズム批評が、文学・文化批評の主流を形成していく時期である。あらゆる慣習からの逸脱志向を見せる『レディ・オラクル』が、論じがいのある格好の文学テクストになったのも時代の流れだったようだ。

マージェリー・フィーは、総括的な研究書『肥満レディは踊る――マーガレット・アトウッドの「レディ・オラクル」』（一九九三）の中で、それまでの批評は、それぞれ切り口としている基準を満たすテクスト[1]として扱うばかりであり、フェミニズム批評といえば、アメリカの同時代の作家たちと同列に論じ、アトウッドの政治的、道徳的、哲学的な側面についての読みが不足しているとし、テクストのクロース・リーディングを実践している。西洋文化・文学との「間テクスト性[2]」に満ち、同時代の北米のポップカルチャーを取り込んだテクストは、読み手の背景的知識や教養に対する挑戦でもある。『レディ・オラクル』はまるで、手にする人ごとに異なる絵模様を見せる万華鏡のようであり、異質な言語・文化背景を持つ日本人読者に、理解の限界を感じさせずにはおかない。

一方、一九九七年の津島佑子との対談で、アトウッドが「文学を全部百パーセント、みんなが理解しちゃったらこまりますよね。聞き手によって物語は異なる理解をされるところがやっぱりいいところ」（アトウッド／津島　一六〇―七四）と述べているように、文学研究についても、個人的な読みから出発するしかない。現代作家ガイドの一環として編まれた、分厚いガイドブック『マーガレット・アトウッド』には、「アトウッドの解釈世界は、尋常ではなく巨大化し、それは国際的にちょっとした繁栄産業といった様相を呈している」（伊藤　二）とある。当書の第V部「アトウッドの作品を読む」では、『レディ・オラクル』を「〈アンチ・ゴシック〉という名のパロディ」（窪田　一五一―八七）という見出しで、英文学の系譜を踏まえて読み解いている。

本章では、アトウッドが「ゴシック」という小説ジャンルをパロディに仕立てることで提示しえた、カナダの文化に焦点を当てている。外国文学として『レディ・オラクル』を読む筆者の目に飛び込んできた万華鏡のピースに注目し、風刺精神に彩られた文化の諸相を浮き彫りにしたい。なお、ここでいう「文化」とは、固有の社会組織（時代、地域社会、血縁）に共有されている価値観であり、衣食住をはじめ技術・学問・芸術・道徳・宗教・政治など生活形成の様式と内容を含むものとする。

2　一九五〇年代カナダと母親像

物語の第一部は、オンタリオ湖で偽装水死を謀った語り手ヒロインが、無事身を落ち着けたイタリアのテレモト（"Terremoto"）[3]を舞台にしている。全五部で構成された作品のプロットは、内省の旅となる第二部から第四部までを中心に、異邦人となった我が身の行く末を案じつつ、書きかけのコスチューム・ゴシックの原稿『恋につきまとわれて』(*Stalked by Love*)の執筆も続けるという、三つ巴《どもえ》になった語りから成り立っている。語りの現在は、美貌の売れっ子作家が、隠蔽《いんぺい》した過去の亡霊につきまとわれるというゴシック空間を提示している。ジョーンが恐怖におののくたびに、読者はスリルとサスペンスを満喫できる趣向となっている。そして破綻しかけた人生のルーツを探る語りのプロセスから、二十世紀中葉のカナダと母娘の肖像が立ち現われる。

ジョーンは子供時代を振り返るとき、一人娘を理想形に仕立てそびれた母親の人生についても語っている。幼い夢の中では、母親は頭が三つあるモンスターとして登場するが、後に「霊体」(183)[4]として現われる母親は、きまって一九四九年の服装（白襟《えり》のついた濃紺のスーツに、白手袋）をして、頰《ほお》にマスカラの黒い筋ができるほど泣き濡れている。繰り返されるこの年号と母親の身なりから何が見えてくるだろうか。まずは、ジョーンが反発した母親の背負う文化的背景について考えたい。個人史的には、ジョーン七歳、バレエの発表会のあった年である。

一九四九年は、カナダの歴史を知る者には、重要な年号であることがわかる。それまでカナダ自治領と呼ばれていたのが、現在の「カナダ」という国名に代わった年であり、イギリス議会で英領北アメリカ法(一八六七年発効)の修正法案が可決され、カナダが完全な主権を獲得した年号だ。ニューファンドランドの連邦加入により、「海から海へ」という大陸横断国家念願の版図が達成された年でもあった。その後の一九五〇年代は、歴史上特筆すべき経済的繁栄を享受したとされる(大原 一八四一八六)。母娘の確執《かくしつ》が続く十年は、「カナダ放送協会(CBC)」が、六四〇〇キロに及ぶマイクロ波網を完成させて、文化的統合が可能になったこの五〇年代とすっぽり重なる。

第二次世界大戦後から一九五〇年代全般は、「女性の自立や社会進出への希求が高まったこととは裏腹に、平和への回復とともに家庭重視の志向が称えられるという矛盾も生れた」(岡村 二)。ジョーンの父親のように、男たちが戦場から社会復帰すると、女たちは、子供を産み育て、家庭的であることが求められたわけである。拡大中のメディアも、家庭婦人の美徳を助長する役割を果たすことになる。

ジョーンの母親は、十六歳で家出、ウエイトレスをしているときに父親と知り合う。次善の相手だったとはいえ、トロント総合病院に勤めるエリート医師との結婚は、当時の女性としての成功のイメージを伝えている。グレードアップしていく住まいを、ショールームのように美しく管理し、世間に引けをとらない暮らしぶりを追求する姿は、「自己実現」から眼を逸らして家族のために生きようとした五〇年代の女性の価値観を代表している。彼女が夫の実家のあるローズデール（トロントのダウンタウンの北に位置する）に住みたがったのは、そこがカナダ随一の高級住宅街として名を馳せるからだ。その願いを聞き入れようとしなかった父親には、母への愛情がなかったからと娘は考えるが、読者には階級格差を乗り越えて愛されることを望んだ女性の悲哀が伝わってくる。

　母親の価値観は、娘の名付けにも表われている。ジョーンの名は、ハリウッド女優ジョーン・クロフォード（一九〇四―七七）に因む。細身で美しい容姿と、スクリーンでは男たちを魅惑しつつ成功を手に入れるヒロインの役柄を、一人娘のロールモデルにしている。そんな理想のイメージから逸脱し、肥満児へと成長していく娘に対し、母親はダンスのレッスンで軌道修正を図ろうとした。当時、ハリウッドのミュージカルが人気で、七歳の娘にダンスを習わせるのは時流にかなっていたと語られている。

　「ダンシング」は、作家アトウッドではお馴染みの「自己実現」の比喩であり、ダンス教室に通わせることは、次世代への期待を表わす。ところが、ダンスが大好きで、バレリーナに憧れるジョーンを待ちうけていたのは、肥満児ゆえの容赦ない現実だった。発表会に向けて、蝶《ちょう》の舞を練習していた「私」だったが、リハーサルで蝶の衣装を身につけた姿は「巨大芋虫」(46)さながらだった。ダンス教師は、母親の目配せに応えるかのように、一番優秀な生徒に、特別な役を用意することにしたと告げ、本番前のジョーンに、急遽《きゅうきょ》「モスボール（防虫剤）」(47)の役を言い渡す。決まった振り付けもない「怒りと破壊のダンス」(49)は喝采を浴びるが、母親が暗に繰り返した「それにしても、モスボールと結婚しようなんて人がいるかしら」(50)との問いかけは、「自己実現」の足をひっぱる価値観として、ジョーンの無意識に沈潜《ちんせん》していったと考えられる。

次に母親が目を向けたのは、娘の精神面での成長を託す場としての「ブラウニー」である。これはイギリス発祥の「ガールガイド」(ガールスカウト)カナダ支部の一つで、公式ウェブサイトによると、「ブラウニーズ」は、七歳、八歳の女子を預かる年齢別プログラムの名称である。「神、君主、祖国への義務を果たし、他人を助け、ルールを守る」のを理念としている。ジョーンの母親らしいところは、引っ越し先の校区のブラウニーではなく、より良い地域にある支部への越境入会を画策したことにある。八歳の娘が見知らぬ土地でアウトサイダーになる可能性より、自らの上昇志向を優先させるという価値観が働いている。遠くまで足を延ばす娘は、物騒な「渓谷」に架かる橋を渡らねばならないが、母親は采配を振るって三人の連れをあてがうことで、辻褄をあわせている。

トロントの地勢を特徴付けている「渓谷」は、アトウッドの『キャッツ・アイ』(一九八八)をはじめ、多くのカナダ文学の作品に登場する。そこは、無秩序に植物が蔓延《はびこ》り、不審者が徘徊《はいかい》する都市の暗部である。『レディ・オラクル』では、不器用な肥満児ジョーンが、年長の少女たちの虐めの標的となり、生贄《いけにえ》として捧げられた場所である。橋のたもとに目隠しで縛り付けられたジョーンは、感じの良い男性に助けられ、帰りの遅い娘を心配して迎えに来た母親に引き渡される。この男性が以前にラッパ水仙のブーケを持っていた男と同一人物なのかどうか、ジョーンは幼心を悩ませる。八歳の少女のナイーヴな視点から語られる「ラッパ水仙の男」(64)のエピソードは、物珍しいものとして即物的に描かれるが、語りは、年長の少女たちの悲鳴とともに露出狂の出現を読者に伝えている。母親は、事なきを得たことで、娘の不用心をなじるばかりだが、「綱を解いてくれた男の人は、救援者それとも悪漢？　もっと不可解な考えとして、同一人物ってこともありえる？」(64)という疑問は、その後男性を判断する基準として、さらに創作のモチーフとしても繰り返される。ちなみに、カナダのブラウニーには、「私は正直で親切たらん」という掟があるが、ジョーンは、その後、学校では級友たちの良き相談相手の役割を果たしながら、内心では「二心のあるモンスター」(97)を自認するようになる。それは、世間体にこだわる母親が誘発した皮肉な成り行きだ。

経済繁栄を謳歌した一九五〇年代のカナダ社会は、日本の高度経済成長期のように、家庭から父親を奪うことにもなった。ジョーンの父親は、復員後も仕事人間で、不在の代償を、衣食住のレベルアップで補償するばかりだ。母親は、自分の規範からことごとく逸脱し、挑戦するかのように食べ続ける娘のことで、夫の無関心を口汚く非難するが、無駄な抵抗にしかならない。肥満が限界まできて、自分の意志で減量を始めた娘に対し、母親は喜ぶどころか逆上する。深酒をして情緒不安定になっていった母親は、家を出ると告げる娘に対し「神様はあなたのことを決してお許しにならないから」(239)と口走り、果物ナイフで娘に切りかかる。ジョーンはその夜、家出をするが、父親はまだ病院にいてやはり不在である。

前半生を語り終える第二部は、こう締めくくられる。「母が神様のことを口に出すに及んで、私は頭がおかしいと判断した。母は私を日曜学校に無理やり行かせたくせに、信心深い女性であった試しがなかったからだ」(129)。語りは、「自己実現」の思いを抑圧して娘にはけ口を求めた母親を、風刺の槍玉《やりだま》にしているが、母親が縛られていた、いわば「父権的イデオロギー」から、ジョーン自身が自由になれるかどうかは別問題である。誰からも感謝されず、努力が報われることのなかった母親は、亡くなった日、「霊体」となってロンドンにいるジョーンの前に現われる。一九四九年のフォーマルな装いで泣き濡れる姿は、書き手となった語り手ジョーンが、世間が求める女性の身体と抑圧された心とのギャップを表現する表象に他ならない。

3　新しい女性のパイオニア――叔母と「私」

豊かな暮らしを享受し、五〇年代カナダの一側面を体現する母親に対し、対照的な人物像を示す叔母ルーは、いかなる文化的価値と結び付くだろうか。大柄ででっぷりした体型を気にかける様子もなく、その住まいには家具や物が脈絡《みゃくらく》なく散乱している。スリムで美しい母親は、叔母が結婚していないから辛くて欲求不満なのだと決めつけ、娘と会わせたがらない。語りは、見栄えのする母親こそ、その思い込みが呪縛となって母親を不幸にしていると告げている。叔母は、実際のところ、十九歳で狂おしい恋をして、影のある背の高い美男と結婚したが、夫はギャンブル好きが嵩《こう》じて、異国で野垂れ死んだかもしれないとのこと。

好きな男と結ばれず、エリート男性の妻の座を得た母に対して、叔母自身は最愛の男が去ったあと、働く女性になることを選択している。国内企業の広報部の部長職につく叔母は、女性の社会進出が始まった五〇年代のパイオニア的存在といえる。さらに中年になっても気のおけないボーイフレンドがいるというのは、この時代では新しい、結婚の形態を取らない男女関係を実践していることになる。

形にこだわった母親に対し、自己実現という実をとった叔母との関わりから、ジョーンは二つのことを知らないうちに学んでいると考えられる。一つは、現代社会で女性が心穏やかに生きていくには、逃避が必要だということ。そして「書く」行為には、秩序、合理性との対極にある、非合理への感性が問われるということ。前者は、大衆文化と結び付いた映画館通いでの実感であり、後者は、文化的多様性の一環としてカナダに登場した新興宗教と関わりから生まれた課題だといえる。

叔母は、よく姪のジョーンを映画に連れ出した。そして、どれだけ泣かせてくれるか、クリネックスティシューの量で映画をランク付けした。ジョーンは、大っぴらに泣くことのできる映画館でのひとときは、辛い現実を忘れさせてくれる至福の時間だったと回想している。とりわけ、バレエダンサーがキャリアと夫との間で葛藤する『赤い靴』[5]に心酔するが、感情移入して、カタルシスを味わいながら、いつの間にか、ロールモデルとして自分の人生に取りこんでいるのがわかる。ジョーンはジレンマに見舞われるたびに、自分と引き比べているからだ。そして、自分がロマンスの世界に逃避して癒される一方で、相談相手として級友たちと接しているうちに、いかに女性たちが城や王子様のいる虚構の世界に逃避願望を抱いているか身をもって実感する。ロマンスは、社会通念に縛られて生きる女性たちに束の間の解放感を与えてくれるというわけだ。

母親は社交目的で英国国教会に通い、娘には日曜学校を強要した。ジョーンにとって教会は退屈な場所でしかなかったが、叔母に誘われて通うようになった新興宗教の「ジョーダン・チャペル」[6]は、ジョーンに映画を見る時と同じ「不信の停止」('suspension of disbelief') (114) を発動させるエキサイティングな空間だった。そこは、いかがわしさに満ちていながら、降霊術者レダ[7]のお告げが人々を慰めるコミュニティでもあった。叔母自身、行方知れずの夫と交信できる可能性に賭けているようなとところがある。レダはジョーンに向かって、背後に「霊体」がついていると告げる。白襟の濃紺スーツに白手袋をした女性が、心配して何かを伝えようとしているというのだ。それは一九四九年当時の母親の出で立ちで、生霊らしかったが、ジョーンは不信を表明する。それが、本音でなかったことは、その後の「霊体」との邂逅《かいこう》が、示すとおりである。

レダは、ジョーンには天賦《てんぷ》の才があるから、「自動書記」('the Automatic Writing')[8]の訓練をすべきであり、その「大いなる力」(115)は、磨き方を誤ると危険が伴うと警告する。高校生のジョーンは訳がわからず、恐怖心からチャペル通いを辞めてしまうが、彼女から、合理的判断では理解できない不可思議なものに対する感性を引き出し、後に前衛詩「レディ・オラクル」を執筆させるきっかけとなったのは、このいかがわしい宗教団体である。言い換えれば、母親の背景にあるアングロサクソン的文化が形骸《けいがい》化している一方で、雑多で無秩序に見える、多文化主義的なあり方が、創造性を内包するのだとする見方が成り立つ。実際、超自然が存在するかどうか、ジョーンの語りから判断することはできないが、その曖昧さこそ、ポストモダニズム的な「決定不能性」を示す一例をなしている。

レダに託されたカナダの多文化志向は、後にジョーンとアーサーが結婚式を挙げた「パラダイス・メイナー」で、遺憾《いかん》なく発揮されている。そこは、宗教を否認するアーサーがイエローページの「宗派間共通」(209)の項目で見つけた結婚式場で、レダが別名で営業しており、こう言うのだ。「当社は異教徒間の婚姻を専門にしております。こちらでは、ユダヤ教、カトリック、五種類のプロテスタント、仏教、クリスチャン・サイエンス、シュプリーム・ビーイング、いずれの組み合わせにも対応しておりますが、当社オリジナルもございます」(213)。牧師の資格証明書を当代の首相とのツーショット写真と並べて飾る、胡散《うさん》臭い女性レダの正体が何であるのかは不明だが、戯画的に多文化主義国家カナダの肖像の一端を示していることは確かだ。

4　一九六〇年代ロンドン――ジョーンをめぐる男たち①

叔母の遺言に記された減量の条件をクリアし、スリムな身体と二千ドルの遺産を手にしたジョーンは、リセットした人生において、どのような形で二人の女性が示した文化を引き継いでいるだろうか。また、いかなる諸々の文化が様相を呈することになるのか。ジョーンが出会った男たちとの関わりから見えてくるはずだ。一人目の男性は、彼女がロンドン暮らし六週間目に出会った亡命貴族の通称ポール。バスから落ちたジョーンに手を差し伸べ、下宿先まで送り届け、怪我の手当てをしてくれた。英国社会の偏狭さを体現する大家が、男連れの借家人に立ち退きを迫ると、渡りに船とばかり、ポールの住まいに引っ越す成り行きは、新しい自由な女性の選択とは言いがたい。四十歳すぎの伯爵を無害と思い込むほど、イノセントだったにすぎず、ルームシェアすることが愛人になることとは思いもよらない。要するに「肥満という過剰な肉体を脱いだとき、ジョーンはその肉体が絶縁体、繭の役目を果たしていたことに気づく」（平林、二〇〇六：六四）エピソードになっているのだ。

パジャマ姿のポールを迎え入れたジョーンの対応は、かつて母親とダンス教師ミス・フレッグが採った文化的ストラテジーだった。抜け出せない状況に陥ったら、悪あがきするより、自分から進んでしたふりをしないと、馬鹿げて見えるとして体裁を繕《つくろ》う方法である。ジョーンはそんな自分を「ミス・

フレッグ症候群の犠牲者」(157)と自嘲気味に呼ぶ一方で、人並みになれたことを喜んでいる。ポールの方は、自由奔放な美大生を相手にしているつもりだったのが、生娘だったことにショックを受ける。ポーランドの伯爵だった彼の価値観からすれば、相手が良き結婚へのチャンスを失ったことを意味するからだ。罪悪感の欠如を野蛮の印と考え、女性の人生は子供と縫い物だと公言するところは、まさにヨーロッパのキリスト教伝統文化の体現者たりえる。

ジョーンが自活の手段を見出したのは、母親以上に秩序志向の強いポールとの気づまりな同棲《どうせい》中である。銀行勤めの彼の書斎には、皮表紙の重厚な本に混じってずらっと並ぶ「ナース小説」があった。それはトルストイに憧れて作家を目指した彼が、失意のうちに経済的理由で手を染めることになった「逃避文学」だったが、遺産も底をつきかけていたジョーンにとって、見習うべき生き方を示唆したことになる。ポールがナース小説を専門にするにあたって、「メイヴィス・キルプ」という女性名をペンネームにし、出版社から指示された大筋に沿ってひと仕事すると百ポンドという条件は、一九四九年にカナダで誕生した、「ハーレクイン・エンタープライズ」のパロディでもあり、男性名で小説を書いたヴィクトリア朝の女性作家ジョージ・エリオット(一八一九―八〇)の逆ヴァージョンを提示している。一九七〇年代には、大衆ロマンスに対する厳しい批評が現われたとの指摘にもあるように(Rao 140)、結婚でハッピーエンドを迎えるハーレクイン・ロマンスが「永遠の愛」を売り物にするのに対し、「エリート文学は愛をシニカルに扱う」(Hubbard 179)との時代思潮を背景にしている。ちなみにハーレクイン・ロマンスは現在も健在で、多数の女性執筆陣を抱え、世界九十四カ国、二十五の言語に翻訳され、恋愛小説の代名詞ともなっている。

二十世紀中葉は、「書くこと」が男性の特権とは限らなくなった時代だが、ジョーンがゴシック小説をロマンスの選択肢として選ぶことには、作家的な意味合いが含まれる。十八世紀後半に大衆文学として出発したゴシック小説は、フェミニズム批評の隆盛とともに再評価され、文学史上に位置づけられるようになったが、アトウッドが『レディ・オラクル』を執筆した七〇年代は、まだ評価が定まってはいなかった。言い換えれば、ジョーンは自分の作品が「安っぽく軽薄」であり、「真面目な作家を気取ったことはなかった」(169)と意識してしまう文化的背景が潜んでいるのだ。日本の「オタク文化」が大手を振って輸出されるようになった二十一世紀初頭との時代的隔たりを感じさせる。

かつて肥満の現実から目を背けてロマンスを愛読していたジョーンが、思い立ってからコスチューム・ゴシック作家になるのに時間はかからない。手本となる歴史ロマンスを読み返し、博物館でコスチュームの時代考証を踏まえれば、ロマンスお決まりの筋書きを脚色していくだけで済んだからだ。コスチュームを挿《す》げ替えるだけで、登場人物が類型化されて立ち現われるとするジョーンの合理主義は、「書くこと」が孕む非合理性、多義性に目を背けていることになる。ジョーンは、「肥満児」から「スリム美女」へと「肉体」の衣を着替え、叔母の名を借り「ルイザ・デラコート」をペンネームにして、通俗ロマンス作家に成り上がる。ポールに偽りの顔をみせながらも、実質上、経済的自立への道を歩み出したことになる。

作者アトウッドは、ヒロインのジョーンと亡命貴族ポールとの出会いを、騎士が女性を救出するという宮廷恋愛風のパロディに仕立てているが、夫となるアーサーは、ゴシック風サスペンスの延長線上に登場する。愛人暮らしの傍ら、コスチューム・ゴシックで稼ぐようになったジョーンだが、執筆中の『愛から逃れて』(*Escape from Love*)の筋書きを頭の中でリハーサルをしながらハイドパークを散歩していたとき事故が起こる。ジョーンは、政治パンフレットを配る男性の、人を呼び止める仕草が、ヒロインに魔の手を伸ばす「ゴシックの悪漢」によるものととっさに妄想し、悲鳴を上げて転倒、相手に怪我を負わせることになる。「バイロン卿を思わせる宿命的な理想主義者、憂愁を湛える闘士」(9)(174)としてジョーンの目に映った優男は、ロマンス作家の感性にふさわしい恋愛の対象に違いない。彼が自分と同じカナダ人だったという事実を、見逃せる欠点と語る一節は、ポールが彼女のことをアメリカ人じゃなくカナダ人だと知ってがっかりする場面と呼応し、主流文化から外れたカナダの辺境性を自嘲的に茶化している。

ジョーンの図書館通いは、コスチューム・ゴシック執筆に関する調査が目的だったが、今や図書館は男の信奉する思想家の書物をあさる場となり、「情欲でくらくらする」(175)状態が、知的活動の動機付けになっている。ジョーンは、アーサーの信奉対象が変わるたびに学ぶ理論は、何であれ好きになれない。彼女は、男性思想家に対して次々勝手な妄想を膨らませて学習の苦痛を紛らわせるが、この逃避的対策は、伝統的なロマンスとはほど遠い、風刺喜劇的な二人の関係を皮肉っている。

「かわいい女」を例証するかのように、相手の色に染まろうとするジョーンの涙ぐましい努力は、「主体性」を発揮できない女性たちの一例をなしている。何と言っても、コスチューム・ゴシックの執筆は、ジョーンの「主体性」の証とは言いにくい。彼女は結婚後も、肥満児の過去を隠蔽し続けながら、大衆小説家であることを知的パートナーに対する恥だと考え、「書くこと」はジョーンにとって、ポール同様、逃避の慰み、基本的には金欠状態から脱するサバイバルの手段そのものだ。母親は、玉の輿《こし》結婚で手に入れた夫の階級にふさわしくあろうと努め、欲求不満の人生を歩んだ。娘は、叔母の導きとポールとの出会いで、現実逃避の方法を身に付けたため、「主体性」の核となる「自己実現」への思いを抑圧していることに気づかないのだ。その抑圧した思いはやがて、コスチューム・ゴシックの筋書きが、お決まりのコースから逸脱し始める現象に、自動書記で仕上げた詩篇「レディ・オラクル」へと結実する。

アーサーというネーミング自体、作者の文化的な風刺精神が表われている。言わずと知れた中世騎士物語の英雄、アーサー王のイメージに、カナダ的コンテクストを上書きしている。アーサーに、英雄的な一面があるとすれば、それは、聖杯さながら「真実の道」(178)を探求し続ける一点に尽きる。対するヒロインの方は、「まったく道なし」であり、二人の関係は、大義が優先される父権社会と、そのイデオロギーを助長するかのような女性の「生」を映し出している。英国社会で原水爆禁止運動に熱中していたアーサーの現実は、二年経っても「周辺部」で、政治パンフレットを配るしか出る幕がない。語り手の「それはおそらく彼がカナダ人だからなのだ」(178)との理由付けは、読者の失笑を買う。夫婦関係でアーサー王との類似性をみると、妻グィネヴィアの「不義密通」という裏切り行為が当てはまる。帰国後アーサーの妻となったジョーンは、円卓の騎士ランスロットをもじったような、バイロン風の出で立ちの男と密会するようになる。アーサー王の場合と異なり、アーサーが妻の浮気に気づいていたかどうかは、謎として読者の「読み」に委ねられている。

5　一九六〇年代カナダ――ジョーンをめぐる男たち②

ジョーンの父親が経済的繁栄の五〇年代カナダを代表したとすれば、哲学専攻で政治運動に携わるアーサーは、六〇年代に高まったナショナリズムの時代を反語的に伝える役割を担っている。失意のうちに帰国したアーサーは、拒否していた親からの経済援助を受け、トロント大学に復学、カントで博士論文を書くことになるが、思想遍歴を経て、彼が自分を取り戻すのは、カナダの左翼雑誌『リサージェンス』の寄稿者として関与する時間だ。語りは、「合衆国の文化的帝国主義」について、国の将来について机上の空論を闘わす様子を、「社会主義者の特色をそなえたナショナリズムなのか、それともナショナリズムの特色をそなえた社会主義者なのか」(244)と茶化している。

アーサーは、急進論者であることをアピールするかのように、妻に良妻賢母を求めず、左翼雑誌の編集長マーリーンを「プラトニック・ラヴの理想像」だと公言する。彼女が同志のサムと不倫関係にあることや、妻が結婚前に男性関係があったらしきことも問題にしない。形式上、伝統的な価値観から自由に見えるアーサーだが、実は、ジョーンが「嘘とアリバイの残念な寄せ集め」(224)をカモフラージュするために採った、相手のすべてを受容するストラテジーを、真に受けた形で当てにしている。つまり、アーサーは西洋社会の父権制度が求めた聖母マリア的な女性像、一方的な無私の愛を内奥では求めているのだ。ジョーンが、既婚詩人として「自己実現」を果たすようになっても、進歩的な夫として応援するどころか、無関心を決め込んでいるようなところがある。かつてポールが「女神のボディ」(149)と崇めたジョーンの身体は、落ち込む時期のアーサーには、ベッドはサメだらけの海さながら、しがみ付くための「大きなゴムボート」(207)に喩えられている。

アーサーから妻を寝取った、自称詩人ロイヤル・ポーキュパインは、カナダ通の読み手の眼には、一番娯楽性豊かな登場人物と映ることだろう。彼の言動は、カナダ的事象に満ちている。彼は「ロイヤリスト」[10]を自認し、彼の奇妙なペンネームは、郵政事業の「ロイヤル・メイル」や、国家警察「ロイヤル・カナディアン騎馬警察」に倣《なら》ったものであり、カナダのシンボルは「ビーバー」より「ポーキュパイン」（ヤマアラシ）の方がふさわしいとの本人のこだわりからきている。動物の死骸をフリーザーのショーケースに入れて展示する彼の芸術は、本人曰《いわ》く「具体創造詩("Con-create poetry")、私は創造性をコンクリート製にする者だ」(256)とある。具体的な生き物の死骸で詩的イメージを伝えるというコンセプトなのだろう。彼の展示会の外では、ＳＰＣＡ（動物虐待防止協会）がピケを張って抗議しているが、「連中は肝心なことがわかっちゃいない。私は動物を踏みつぶすわけじゃない。リサイクルしてるだけなんだから、問題なかろう」(257)との文言は、アトウッド自身の環境への問題意識を反映しているようだ。彼がジョーンの話題作「レディ・オラクル」を評するのに引き合いに出すのは、マクルーハン[11]など、当時の文化人である。彼がパーティ会場でジョーンに近づいたのは、彼女がゴージャスな赤毛の「時の人」であり、「この上なくセクシーな肘」(257)をした人妻だからという。

テレビ出演や文化人向けパーティへの出席で公人となったジョーンにとって、ケープを羽織ったロイヤル・ポーキュパインは、耽溺《たんでき》するゆとりのなくなったロマンスの世界を、地で行かせてくれる相手であることがわかる。マーリーンが浮気の発覚で政治亡命者然と転がりこんできたアパートはキャンプ場と化し、詩篇が世間で取り沙汰されるなか、ジョーンは夫とイタリアで休暇を過ごすが、帰国後すぐにロイヤル・ポーキュパインに連絡してしまう。休暇を終えたアーサーは、夜間の「カナダ文学」の教壇に立ち、左翼雑誌の連中の方もひと段落するが、彼が発する「灰色のオーラ」(273)はジョーンを苛立たせる。この「灰色のオーラ」というのは、女性が「自己実現」を果たすことに対する男性の鬱屈した思いを表現しているようだ。

一方、ロイヤル・ポーキュパインは、ジョーンの「十九世紀雑学への興味」に対して「文化的漂積物へのオブセッション」(271)といった、お互いの趣味を尊重し合うことのできる相手であり、彼が住まいにしている倉庫では、ジョーン念願のワルツを踊るパートナーとして存在価値をみせる。公的生活にも夫婦の日常にもうんざりしているジョーンには、バイロン風の芸術家は、理想を投影できる「ありがたい逃避先」(273)そのものだ。「自己実現」の比喩であるダンシングを、愛する男性と続けることは、ジョーンにとって、『赤い靴』のジレンマを解消して幸福を手に入れる究極のイメージである。問題は、夫とは魅惑のワルツを踊れないことだ。ロイヤル・ポーキュパインといる間、夫は「影の薄い亡霊」のように感じられ、アーサーといる間は、愛人の方が「私の捏《でっ》ち上げたロマンスから立ち現われた白日夢」(276)のように思えるのは、「愛」と「自己実現」を両立させたいという女性の願望が、ジレンマに陥るしかないことを表わしている。ジョーンは「自己不信」に苦しまざるを得ない。

ジョーンの手前勝手な二重生活は、愛人が嫉妬して夫にとって替わろうと思い始めると、破綻するのは目に見えている。駆け落ちを持ちかける愛人は、一緒に朝ご飯を食べて日刊紙『グローブ・アンド・メイル』を読むといった、普通の生活を共有したいという。ジョーンの「ヒースクリフは誰も彼も、変装したリントンなのか」[12](287)との嘆きは、ロマンスと結婚生活の日常は両立するはずがないとの認識に他ならない。芸術家の愛人がケープと白手袋を脱ぎ棄て、ジーンズに「ホンダ」の文字が入ったTシャツ姿で、商業アーティスト、チャック・ブルーワーとして再登場したとき、彼のロマンスの役どころは完璧に消滅する。髪を切り、髭を剃《そ》ってアーサーのような身なりをすれば、新しい夫に早変わりできると考えるのは、女性のロマンス願望の強さを理解できない男性のナイーヴさを揶揄していることになるが、同時にジョーンの致命的な性癖を暴いてもいる。

逃避的な二重生活の破綻とともに、「肥満レディ」の夢想が息を吹き返す。かつて連れ立って出かけた展示フェア会場で、叔母が避けた「フリーク・ショー」の小屋には、「世界一太った女」がいて、ジョーンは子供心に椅子に座って編み物をする姿を思い描いたのだった。級友たちの優しい「おばさん」を演じていた日々、ジョーンは授業中、「肥満レディ」の夢想に浸った。スパンコールのついたピンクのタイツ、フワフワの短いピンクのスカートに繻子《しゅす》のバレエシューズ、頭にはキラキラのティアラという出で立ちだ。それは少女の夢とフリークとしての現実が合体した表象である。

チャックの元を去り、夫にすべてを打ち明けるつもりで帰宅したジョーンは、夫がオリンピックのテレビ中継に夢中で、カナダのフィギュアスケートのペアが転倒する場面を背後で見ているうち、「肥満レディ」が「世界一細い男」(291)とペアで滑り出す。妄想が暴走を始め、空中にピンクのバルーンのように浮かぶ「肥満レディ」を銛《もり》打ちで爆破するとのアナウンスが聞こえ、混乱したジョーンは告白の決意を引っ込める。それは、夫に見られてはならない「作家として人としての彼女を表わす否定的自己像」(Jensen 46)であり、欺瞞《ぎまん》の人生を続けるしかないとする無意識が映し出した映像ではなかろうか。

「時の人」となったジョーンが引き寄せるのは、セクシーな女性詩人と懇《ねんご》ろになりたがる男連中に限らない。パーティー会場には、有名人を食い物にしようと企む怪しげな文化人もいる。モントリオールの詩人フレーザー・ブキャナンを名乗り人脈を広げる男は、彗星《すいせい》の如く登場した前衛詩の作者を格好の餌食《えじき》とする。彼は、ジョーン・フォスターの習作を収集する過程でコスチューム・ゴシック作家ルイザ・デラコートの存在を知り、ロイヤル・ポーキュパインとの浮気の証拠を集めていた。彼が立ち上げて潰《つぶ》れた文芸誌『リジェクト』の名称が示すとおり、自分の才能を世間に拒絶されたとの逆恨みは、金と権力を手にしていると信じるセレブを、商売のタネとしている。フレーザー・ブキャナンは、一九五〇年代後半から発展を遂げていくマスメディア文化の光と影を演出する装置の働きをしている。彼は、今でいうセレブを悩ませるパパラッチ的な人物だが、まだ長閑《のどか》な時代を反映してか、彼の武器は、仕入れた情報をメモした黒革の手帳であり、印税をピンはねするといった個人交渉の次元に留まっている。

文化人紛いの集り屋は、ジョーンが「女性特有の手練手管」(308)を武器に「レディ・オラクル」を出版したものと決めつける。ジョーンの方は、こと交渉に至って、文字どおり「女性性」をチラつかせて男をバーに誘い、アパートで応じる振りをして黒革の手帳を奪い取るのだ。とはいえ、ジョーンの嘘偽りの人生は、有名人の特ダネ帳を逆手に取って事態を好転させるどころではなくなっている。チャックと別れた翌日から、無言電話や黒い紙片、動物の死骸が届くようになっており、誰の仕業《しわざ》か突き止めることもできない。時を同じくして、ビジネスマンとして成功した亡命貴族のポールがジョーンを探し当て、詩篇の出版を称え、共産主義者と結婚して不幸せそうな彼女を救い出そうと提案する。彼女はノスタルジーを覚えながら、騎士道精神はカナダの現実には通用しないと判断するのだ。

世間から認められても、夫からの敬愛を得ることもなく、逃避の慰みは潰え、不気味な嫌がらせが続き、ジョーンの人生は混迷を極める。夫アーサーが、妻の浮気を知って自分を脅しているのかもしれないと思い至ったとき、恐怖に駆られたジョーンが思いつくのは、その人生に終止符を打つことだった。ジョーンが「文化ヒロイン」のアイデンティティを抹消《まっしょう》せんとする行為は、マスメディアが祭り上げた人格が独り歩きして、本来の人格を脅かす恐怖を例示している。ジョーンを偽装水死に追い込んだ事態に、アーサーが関与していたのかどうかについては不明である。語りはあくまでも、「ラッパ水仙の男」の事件で少女の心に刻まれた「男は救援者か悪漢か、表裏一体なのか」との自問と響き合う形で、「不確定性」へと落とし込んでいる。

6　ゴシック空間からの逃走とパロディの結末

『レディ・オラクル』の外枠をなす第五部は、来し方への旅を一巡した形で、第一部の舞台、テレモトでの語りを引き継いでいる。破綻をきたした人生をやり直すのに選んだ場所が、休暇でアーサーと過ごした同じアパートであること自体、ジョーンの囚われぶりを伝えている。イタリアの因習文化は、変装し別人となってやってきて、服を家の土台の割れ目に埋め込んだ異邦人を、「邪眼《じゃがん》」を持つ不吉な人物と判断する。風刺喜劇風に語られた過去は、ここでは様相を変え、ゴシック的な恐怖装置として提示されている。汚染されたオンタリオ湖の臭いが染み付いた死に装束は、身体を生やし、「肥満レディ」「私の亡霊」「私の天使」(341)となって、ジョーン自身の混濁《こんだく》した意識の中で合体する。ジョーンは、偽装水死に成功した当初、「もうアーサーに私の人生をコントロールさせる心配はない、これだけ遠く離れているのだから。今は別人、ほとんど別人」(22)と考えた。イタリアの因習的なコミュニティで四面楚歌《そか》になっても、バルコニーに出て「これからは、自分だけのために踊ろう」(355)と呟き踊る「私」がいた。けれども、ガラスの欠片《かけら》という現実の断片が、ジョーンに「本物の赤い靴、踊ったことで罰を受けた足」(355)をもたらす。キャリアか愛か、どちらかしか選べないジレンマに見舞われ、愛されなくなる恐怖「この不自然な恐怖」を克服して踊ったら、父権社会のイデオロギーが女性を戒《いまし》めるとおりの結果となったのだ。足から血を流すジョーンは「男の選択を間違っていたのか」と自問し、「いずれにせよ踊る女ではいられなかった」(355)と語る。実際のところ、ジョーンは男に合わせて被る仮面を隠れ蓑にして、現実とファンタジーの世界を住み分け、詩篇「レディ・オラクル」の中で、抑圧していた自己を「抑圧された女としての母の怒りを、娘が継承する」(平林、二〇〇六：六六)形で投影し、「自己実現」を果たしたのではなかったか。

第一部で執筆中のコスチューム・ゴシックとして登場した『恋につきまとわれて』は、語り手の自己欺瞞が暴かれるなか、ロマンスの慣習を逸脱していく。穢《けが》れなきヒロイン、シャーロットが、陰のある伯爵レドモンドの新しい妻としてハッピーエンディングを迎えるはずの物語は、水死させた妻フェリシアが「巨大な肥満女性」(342)となって姿を現わし、夫に愛を乞うて問いつめるうちに、レドモンドをアーサーと呼びかける始末だ。挙げ句の果てに、ゴシック・ロマンスの定番、危険な「迷路」

には、中央広場が出現し、四人のレドモンド夫人が一堂に会してフェリシアを出迎える。ドアの向こうで両手を広げるレドモンドを「変装した殺し屋」と知るフェリシアは、アーサーと呼びかけ、男の「君を救い出そう。ずっと二人でワルツを踊ろう」(363)との甘い囁《ささや》きに、身を投げ出しそうになる。踏みとどまって拒絶すると、男の顔から肉が削《そ》げ落ち、骸骨《がいこつ》が女の喉元に両手を伸ばす。

この妄想場面を遮《さえぎ》る形で登場するのがジョーンの物語を彩る最後の男である。彼女が玄関を開けるなりチンザノのボトルで殴り付けたのは、見知らぬレポーターだった。アーサーとの馴れ初めを反復するかのような出会いのパターンは、『レディ・オラクル』の結末として何を意味するだろうか。『レディ・オラクル』の最終章は、過去形の語りが現在形に変わり、すべてをリセットするかのように、現在の「私」が今後の予定について語っている。ジョーンの狂言水死に加担し殺人容疑で収監されたサムとマーリーンに責任を感じて帰国し、アーサーにも真実を話そうとの彼女の決断に、初期の批評(Thomas 161-62)はヒロインの成長を読みとっているが、コミカルな口調に戻った語りは、やはり自己暴露のアイロニーを仕掛けずにはおかない。

ジョーンは、犠牲者の男を「彼の鼻にはそそられないけれど、包帯姿の男って、ちょっとしたもの」(366)と評し、帰国するまでの猶予《ゆうよ》期間、「看病する女」の役どころを演じ始めている。病院近くの安宿から見舞いのために日参しているというのだ。バイロン風ではない容姿を見逃そうというのは、アーサーとの出会いで、英国出身でないのに眼をつぶったのと同じ思考であり、歴史物のゴシック・ロマンスから鞍替《くらが》えして、ポールが手がけた現代ロマンス「ナース小説」のヒロインを演じることに、新たな逃避先を見出している。

同じ生き方を繰り返してしまうヒロインをめぐる作者との「文化的な共犯」(Godard 5) を通し、読者は、心身ともに男性からの称賛を得られなければ幸せにはなれないとの女性たちの思い込みが、二十世紀中葉になっても支配的な、文化的イデオロギーの呪縛であると嗅ぎ取ることができる。女性たちの逃避志向は、願望を叶えにくい現実の裏返しなのだ。十九世紀のジェイン・オースティンは、元祖ゴシック・パロディ『ノーサンガー僧院』(一八一七)において、現実と虚構を混同するヒロインを痛い目に遭わせ、成長させた。アトウッドの場合はどうか。作家となったジョーンは「書く」ことで過去の亡霊を悪魔払いし、蒙昧《もうまい》から目覚めたはずだったが、帰国までの一週間はロマンス気分に浸ろうというのである。二十世紀中葉カナダの女性作家は、パロディ尽くしの物語の結末で、教養小説の伝統自体を脱構築している。

一九五〇年代から七〇年代にかけてのカナダと旧世界の一端を舞台にした『レディ・オラクル』は、アトウッドが、七二年出版の『サバイバル』で、「まだ意識化されていなかった」(アトウッド/上野二八八)国民文学のアイデンティティを知らしめたという、そんな時代の産物だ。ヒロインの称賛願望は、女性作家ならではの「カルチュラルコロニーというコンプレクス」(アトウッド/津島 一七二)を映しているのではないだろうか。『レディ・オラクル』は、二十一世紀の読者の眼には、辺境カナダの文学を担う新進気鋭の女性作家が、主流文化を揶揄しつつ、カナダ性をちりばめた文化の万華鏡であるように映る。

◉注

（1）この作品を小説ジャンルの一種として読み解くアプローチを列挙する。（1）ゴシック・パロディ、（2）ロマンス、（3）現代の寓話、（4）コメディ、（5）教養小説、（6）芸術家小説、（7）ピカレスク小説、（8）社会的神話。

（2）英語では'Intertextuality'。どんなテクストも他のすでに存在しているテクストとの関係なしには読むことができないとする、構造主義ならびポスト構造主義の用語。明確な一例として、ヴィクトリア朝の詩人アルフレッド・テニソン（一八〇九―九二）の短詩「シャロットの佳人」（"The Lady of Shallot"）は、語り手のヒロイン、ジョーンの前衛詩「レディ・オラクル」の原典をなしており、フェミニズム批評では必ず引き合いに出されるテクストである。他に眼につく言及としては、お伽話の「青ひげ」、「人魚姫」、児童文学の『不思議の国のアリス』、『赤毛のアン』、ディズニーの『くじらのウィリー』を挙げることができる。

（3）「地震」を意味するイタリア語で、架空の街の名称。窪田の「〈アンチ・ゴシック〉という名のパロディ」では、トロントに手を加えたアナグラム（Toronto → Torromoto → Terremoto）と解釈している。「単に生きる場所を変えるだけでは、結局同じことであるということを、このトロント／テレモトという名前が示している」（窪田　一六六―六七）。

（4）本章では、Margaret Atwood, *Lady Oracle* (Toronto: McClelland and Stewart, 1998)を使用テクストとしている。

（5）ここでは一九四八年のイギリス映画『赤い靴』を指しているが、原作はアンデルセンの童話『赤い靴』。伝記作家・詩人のローズマリー・サリヴァンは、アトウッドの伝記の表題に同名を使っている（*The Red*

Shoes Margaret Atwood Starting Out, 1998)。サリヴァンは女性が'her art'と'love'のどちらかを選ばなければならないとする父権的イデオロギーを、アトウッドが拒否するに至る形成期の作家を描き出している。

(6)イギリスのロマン派詩人、サミュエル・テイラー・コールリッジ(一七七二—一八三四)が、「不信の停止」として最初に使った用語であるが、二十世紀後半頃から、楽しみを優先して虚構の世界の不備については眼をつぶるといった意味で使われている。

(7)「レダ」の名称は、ギリシア神話に由来する。スパルタの王妃レダは、白鳥に変身したゼウスの策略で身ごもり、夫とゼウスの子として二つの卵を同時に産み落とすことになる。キャロル・C・ベランが「神話上の先祖のように霊的な存在と人間をつなぐチャンネル」(Beran 23)と述べているように、ジョーンを導く役割を果たしている。

(8)心理学の用語で、憑依《ひょうい》されて自分の意識とは無関係に動作を行なってしまう現象などを指す。レダの方法というのは、蝋燭の明かりのみで鏡を覗き込み、トランス状態で記述した文言がメッセージとなるというもの。

(9)イギリスの詩人で、本名はジョージ・ゴードン・バイロン(一七八八—一八二四)。一七九八年に十歳にして、男爵だった大伯父の死後、爵位を継いでおり、「バイロン卿(Lord Byron)」という呼び名が定着している。バイロンは、長詩『チャイルド・ハロルドの巡礼』(一八一二)で、一躍有名になり「ある朝目覚めてみると有名になっていた」と豪語している。ロマン派の詩人の中でも、社交界の寵児として、ひときわ華麗で浮名を流したことでも知られる。彼の詩に登場するヒーローたちの多くは、詩人自身をモデルにしており、反抗的で憂愁を湛え、人知れず罪にさいなまれている。詩人の肖像画が示すロマンティックな美貌と相まって、「バイロニック・ヒーロー」といえば、女性たちが夢想する男性の典型と考えられる。語り手ヒロインのジョーンにとって、男性が「バイロン的」「バイロン風」であることはひと目惚れの前提条件となっているが、作者アトウッドは、ジョーンの性癖をパロディ化し、女性たちの逃避願望を茶化す材料にしている。また、次章で取り上げるジェイン・アーカートの『ワールプール』においても、ヒロインのフリーダが少女の頃に空想した男性像も「バイロニック・ヒーロー」だったとある。

(10) 元来は、アメリカ独立戦争で革命側に反対してイギリスを支持した植民地の住民を指したが、カナダ史では、カナダに避難し、英系カナダの基礎を造った人々を指して「ロイヤリスト」と呼ぶ。

(11) マーシャル・マクルーハン(一九一一―八一)は、カナダの英文学者・文明評論家。「メディアこそがメッセージである」の標語で知られるメディア研究の先駆者。『メディアの理解』(一九六四)で、「グローバル・ヴィレッジ」という概念を強調した。これは、電子メディアにより独自の伝搬と同時多発性を帯びた混迷の世界像であった。メディアを「ホット」(高精細度・低参加度=ラジオ・映画・活字・写真・レクチャーなど)と「クール」(低精細度・高参加度=電話・テレビ・漫画・スピーチなど)に分類するなど、巧みな言説によって一九六〇年代の北米で注目された(『カナダ豆事典』宮澤 一二八―一二九参照)。マクルーハンの名は、アトウッドが一九六〇年代のカナダの風潮をイメージ化する記号といえよう。ちなみに本書の主要引用文献としている『カナダ的想像力』(Staines, ed., 1977)には、マクルーハンの論考「カナダ――ボーダーラインケース」(McLuhan 226-48)が収録されている。

(12) エミリー・ブロンテ(一八一八―四八)の『嵐が丘』(一八四七)への言及。ここでは、ヒロインのキャサリンが抱く、孤児で情念のロマンティック・ヒーロー、ヒースクリフと、上流階級のエドガー・リントンとの二人への思いを下敷きにしている。

第九章　女性ゴシック〜ジェイン・アーカート『ワールプール』
——ゴシック的呪縛「家庭の天使」と「死の混沌」

1　ジェイン・アーカートの歴史小説とゴシック性

英系カナダの文学は、地域ごとの展開を示す一方で、オンタリオをその中心地域として発展してきた。本書第Ⅰ部「序論」においては、英系カナダ文学をめぐる背景事情を探り、第Ⅱ部「コロニアル作家の選択」では、リチャードソンの『ワクースタ』とムーディの『未開地で苦難に耐えて』をそのルーツとして考察した。前章では、二十世紀中葉のオンタリオ、中核都市トロントを作品世界の中心に据えた『レディ・オラクル』を、カナダ文化の宝庫として読み解いた。本章では、十九世紀末のオンタリオ、ナイアガラ地域を舞台にした歴史小説『ワールプール』(1)（一九八六）を取り上げ、現役女性作家が、英系カナダ文学の時空を、いかに深化させているかを跡づけたい。

作者ジェイン・アーカート（一九四九—）は、数々の受賞歴を誇る(2)、世界的に有名なカナダ人作家である。彼女の小説は世界各国で翻訳されているが、日本では知られざる作家の一人だ。デビュー作『ワールプール』は欧米各国で出版され、一九九二年にフランスの文学賞「ベスト外国文学作品賞」をカナダで初受賞している。アーカートは、ターナーの『文化を想像する』（一九九五）においてはカナダという新世界を描く作家として、ハーブ・ワイルの『過去形で語る』（二〇〇七）では歴史小説家として取り上げられている。同時に、アーカートの作品世界が見せるゴシック性は、その作風を評する特徴の一つに数えられる。

シュガーズは、『カナディアン・ゴシック』で、アーカートの歴史小説『アウェイ』（一九九三）のゴシック性を指摘し、この小説が「カナディアン・ポストコロニアル・ゴシックに付きまとうジレンマを舞台化している」(Sugars, 2014: 170) と要約している。『ワールプール』以外の歴史小説では、第四作目となる『アウェイ』を含め、「現在の物語が、過去と織り合わされているか、平行線をなすパターンをたどっている」(Coulter, 2010: 37)。他方、『ワールプール』は、十九世紀末の、ひと夏に起こった出来事が時系列で描かれており、物語の外枠をなすように、「プロローグ」と「エピローグ」に、同時代のヴィクトリア朝詩人ロバート・ブラウニング（一八一二―八九）を登場させている。

エドワーズは、『ゴシック・カナダ』の中で、ゴシック研究のキーワードの一つ、「崇高」（'sublime'）を切り口に『ワールプール』のゴシック性を論じている。かつてノージーは、主流のリアリズム小説の範疇から外れた一連の小説を「暗いゴシシズムの流れ」(Northey 3) と称し、『ホーンティッド・ウィルダネス』を著わした。四半世紀後エドワーズは、リアリズム小説も含め、「明確な国家的アイデンティティがなく、断片化した主体性ばかり」(Edwards xiv) というカナダ的恐怖の表象を『ワクースタ』

からオンダーチェの『アニルの亡霊』（二〇〇〇）に至るまで探っている。十八世紀末に超自然と恐怖を旗印に英国で登場したゴシック小説は、時空を広げて更新を続け、アメリカと似て非なるカナダで、新たなゴシック性を獲得していったようである。同時に、怖いもの見たさの読者を楽しませた元来のゴシック小説は、カナダでも批評理論の適用に耐えうる文芸作品と、娯楽向けのホラーやサイコ・スリラーなどへ分化していったと考えられる。

「崇高」は、規範的なゴシック用語の一つであるが、『ワールプール』の舞台は、まさに「崇高」と呼ぶにふさわしい。大瀑布《だいばくふ》を下ったナイアガラ川の激流が突き当たって方向転換する淀みの大渦は、「崇高な地勢的混沌」(24)であり、断崖の高みから深淵を覗き込む者に畏怖の感覚を呼び起こす。このように素朴な崇高効果をよそに、エドワーズは「崇高」の理論(3)を援用し、「崇高」をカナダ的アイデンティティの断片化への恐怖に結びつけた。マーリーン・ゴールドマンは「『ワールプール』の崇高を翻訳する」において、「崇高のコンセプトを異国の地に移す衝撃」(Goldman, 2005: 86)という観点から論じている。本章では、「死」を崇高の源泉と位置づけ、女性性ゆえのゴシック的呪縛をめぐって論を進める。さらに「恐怖の王者」たる「死」と向き合う女性が、本来のゴシックが孕む「文化的価値の転倒」によって呪縛から開放へ向かう道筋を明らかにしたい。

2 『ワールプール』の舞台背景

『ワールプール』の枠をなす「プロローグ」の舞台は、イタリアのヴェネツィアである。一八八九年十二月、死期を悟った七十七歳の老詩人ブラウニング[4]は、過去の栄光を反芻する一方で、P・B・シェリー[5]（一七九二―一八二二）の眼で世界を眺める己を呪いつつ、夭折した詩人の劇的な死に焦がれながらヴェネツィアの迷路を行く。シェリーに対する愛憎半ばするジレンマに陥り、詩人の脳裏には、シェリーの亡霊が付き纏って離れない。『ワールプール』まさに、創作にまつわる「ジレンマ」と「ゴシック」の時空から始まっている。

ナイアガラの物語は主として二人の女性フリーダとモード、詩人パトリック、軍事歴史家デイヴィッドを視点的人物にして全知の視点から語られる。一八八九年初夏から夏の終わりにかけて、イタリック体で挿入されるフリーダの日記の日付が、断片的な語りの道標になっている。一八六七年の自治領成立を経て、一八八五年に初の大陸横断鉄道の開通により、鉄の鎖が「海から海へ」広がるカナダ自治領を実現させて間もない時代である。未開地を背後に、ナイアガラ地域はアメリカとの国境を護《まも》る連邦の前哨《ぜんしょう》地として、また大瀑布の観光地として、土地の人々に近代的な生活を提供していたことがわかる。メインストリートでは、配置転換で赴任してきたデイヴィッド・マクドゥーガル少佐がキックズホテルに仮住まいし、軍事歴史家として「一八一二年戦争」の勝利の立証に血道をあげている。ホテルの向かいには、カナダ初という葬儀屋「グラディ父子商会」三代目の未亡人モード[6]が家業を引き継ぎ、自閉症らしき口を閉ざした息子と暮らす。

デイヴィッドの妻フリーダは路面電車を利用して、新居の建設予定地ワールプールハイツにやって来る。夏の間、夫の所有地に設けたテント小屋で寝起きするためだ。ロバート・ブラウニングの詩を読み、日記に向かい、眼下のワールプールに見入る。野の花を採集しにやってきた詩人パトリックは、フィールドグラス（小型双眼鏡）の向こうに美しい女の姿を発見し、秘かな楽しみを見出す。彼は、オタワに事務員の仕事と妻を残し、羽振りのよい叔父夫婦の農家で休養中だが、歴史講演会でデイヴィッドと知り合い、ホテルとテント小屋を訪れるようになる。彼らを、それぞれにゴシック的なオブセッションの虜に仕立てているのは、ブラウニングの時代、つまりヴィクトリア朝という枷《かせ》である。「収集と所有という時代の病」「光学と博物学のマニアたるヴィクトリア朝」（高山　四五―五〇）はナイアガラの地に生きる人々をも駆り立てる。

カナダの詩人パトリックは、夜な夜なワーズワース、コールリッジ、ブラウニングを読み、詩的インスピレーションを求めて、植物採集用のフィールドグラスを手に林間を彷徨《さまよ》う。カナダでワーズワースの水仙なんて見つかりっこないと夫を馬鹿にする妻の言葉は、彼のオブセッションの無益さを物語る。デイヴィッドは「クイーンストン・ハイツの戦い」で英雄的な最期を遂げたブロック将軍(7)（一七六九―一八一二）と、英軍を救ったカナダ史のヒロイン、ローラ・シコードに心酔し、カナダの歴史専用の博物館を夢見ながら戦闘の記述に拘泥《こうでい》するが、出口が見えるはずもない。一方、女性たちは自らのオブセッション以前に、ヴィクトリア朝詩人コヴェントリー・パトモア（一八二三―九六）の描いた「家庭の天使」という理想の女性像に縛られており、女性ゴシック小説は「家庭領域がヒロインを閉じ込め抑圧する牢獄として表現される内的な語り」（ジャンコヴィック　三六）だとする側面を例証している。

夫とその両親を疫病《えきびょう》で同時に失ったモードは、二年間「コートールド製喪服」を身に着けて喪に服すのを由緒ある家庭婦人の義務と考える。ナイアガラの物語は、この喪服生地のルーツの記述から始まっている。十九世紀後半の英国ハルステッドで秘密裏に従業員を搾取《さくしゅ》して生産された「本クレープ」は、「女性の身体を鎧《よろい》のようにすっぽり覆い」「こすれて首筋を傷つけ、両脇を突き上げ」「四肢に絡みつき、両肩にヤスリをかけ」「肋骨《ろっこつ》が休憩しようものなら、背骨を苦しめ」「たえず墓土と悲しみの臭いがした」(15) とある。カナダの女性にとっても、英国製高級ブランドの喪服は、恐怖の自縄《じじょう》自縛《じばく》装置の役割を果たしているのだ。夫亡き後も、葬儀屋を司るモードは、まさに「死の館の天使」(Van Herk 15) である。

3　フリーダの呪縛――「家庭の天使」と逃避の行方

フリーダは、歴史資料室のごときホテルの部屋を出てワールプールハイツへ向かう際、夫からパトモアの『家庭の天使』の本を手渡される。「ブラウニングに危険な恋心を抱いている」(27) と夫の目に映る妻に、家庭婦人のあるべき姿を自覚させるためである。デイヴィッドは実際、女性を監禁し服従を強いる典型的なゴシック暴君ではない。フリーダ自身、「世が世なれば、火炙り刑になったところだ」(125) とあるように、世間から魔女のイメージを付与されているが、夫は変わり者の妻を大切に扱い、妻のお気に入りの地所に夢の新居を計画中だ。しかしそれは、フリーダが一八一二年戦争のヒロイン、ローラ・シコードと似ているがゆえの寛容さであることがうかがい知れる。

パトリックを話し相手にカナダ独自の歴史記述の必要性を説くデイヴィッドは、軍事歴史家になったきっかけと結婚の動機について語る。学生時代ローラが夢に現われ「思い知らせておやり、思い知らせておやり」(72 傍点は原文イタリック) と告げたという。デイヴィッドに言わせれば、アメリカの数多の歴史書は一方的な戦勝記述に終始しており、帝国の歴史家には植民地の領土合戦は他人事でしかない。両者によって葬られた過去を記述するのが彼の使命と相成ったのだ。一八一四年まで続く英米戦争さなかの一八一三年初夏、シコード一家がアメリカ兵に宿舎を提供しているおり、英軍への奇襲攻撃計画の密談を聞きつけ、ローラは三〇キロの道程を一人十八時間歩き続け、傷病兵の夫に代わりビーバーダムに駐留中のフィッツギボン中尉に、秘密の情報を伝えた。

デイヴィッドは、勇気あるローラの「開拓者精神といったようなもの」(74)を妻になる女性に見出したわけではない。フリーダが夢に出てきたヒロインと姿形がそっくりだったからだ。彼は、研究にかこつけて妻に当時のローラを彷彿とさせるコットンの粗末な服装をさせたがる。フリーダはある夜、そんな夫に「私があの服を着た時のあなたの眼付きったらないわ」(41)と苦言を呈す。議論の果てにデイヴィッドは「選べるものなら、どっちがいいかね。パトモアの妻か、ローラか」(43)と「究極の選択」を冗談交じりに提示する。これは、自由な行動と発言を許容されているフリーダが、実は二重の呪縛に絡めとられていることを示している。夫婦は結局、ローラとフィッツギボン中尉をめぐるデイヴィッドの妄想が仮装趣味に転じたような一夜を過ごす。

夫は限りなくやさしかったが、それでも短期決戦の勝ち戦に臨む男のように、妻を求めた。フリーダは敵の軍勢に奇襲された町のように、夫のなすがままに身を横たえていた。〔中略〕彼女は裸足でテントの外に出た。ひんやり湿った草を踏んで土手までやってきた。月明かりの中、眼下にはワールプールが、その向こうにはナイアガラ川の急流が見えた。自分でも嘘をついたことはわ

かっていた。本当はパトモアの妻なんて、家庭の天使なんてまっぴらだ。金輪際《こんりんざい》、ご免こうむりたい。(44)

征服者による奇襲という直喩は、植民者と被植民者の関係を喚起し、フリーダが「他人のまなざし」によって、「自分では望まないアイデンティティを押し付けられる存在」(本橋　七四)であることをイメージ化している。もとよりヴィクトリア朝の「所有」文化は「女性の身体は経済的安定や保護と引き替えに男性に与えられるもの、父親や夫の所有財産であり」、「女性は自分の身体を他者、すなわち自分にとって見知らぬものとみなすにいたる」(ジャンコビック　二九)という「他者性」を女性に課す。フリーダが以前の住まいに「詩人コーナー」を設け、英国の詩人たちの肖像画や詩集を飾って、詩人たちが織りなす言葉の世界が、世話をする夫との生活よりリアルに感じられたのは、身体の従属に対して精神がカウンターバランスを取るための、逃避的オブセッションではなかったか。

フリーダは、夫から噂で聞いた詩人が、自分を眺め、切り落とした自分の髪を集めてポケットに忍ばせた青年だと知り、パトリックが夫の友人としてテント小屋を訪れるようになると、それまでの現実逃避的な人生をリセットしようとする様子を見せる。「体中の細胞、頭の中のシナプスの隅々にいたるまで詩人が眼の前に現われるのを要求していた。これまで詩を読み、夢想してきたのは、ひとえに彼の到来に備えてのことだったのだ」(126)とあるように、フリーダは今や心身両面で、生身の詩人を求めているのがわかる。日記にも、パトリックが森から姿を見せて、自分に話しかけ、身体に触れてほしいと告白している。少女の頃空想した「バイロニック・ヒーロー」を詩人に投影しているわけではない。彼女の変化は、自分と同じようにワールプールに魅入られた詩人の魂を理解し、触れ合いたいと願う女性の健全な恋心ゆえに他ならない。

ところが、詩人パトリックとの関係においても、フリーダは「主体性」を否定される女性の恐怖と苦悩に直面することになる。パトリックは、フィールドグラスから覗き見ていた女のことを、デイヴィッドから妻の話として聞き出したとき、「夢見る女」「ワールプールをメタファーとみる女」「女はランドスケープそのものかもしれない」(91)との印象を受け、最初のイメージが固まったものと考える。しかし、女を眼の前にし、夫婦の日常生活が染みついたやり取りを耳にしたとき、「この女は何者なのだ、この人妻は」と訝《いぶか》り、「自分の物語」のいるべき場所に、イメージをコントロールできるフィールドグラスの中へ連れ戻したいと願う。彼は「視る」経験を重ね「所有」したはずの「絵」の中の女と、現実の女とのギャップに苛立っているのだ。そしてフリーダが交流を求め、自分に興味があったから覗き見していたはずと詰め寄ったとき、パトリックは幻想を打ち砕いた女を森に置き去りにする。フリーダは、詩人との出会いと、これまでの自分と決別する時が一致するものと考えたが、結局、夫が鍵を握るアイデンティティの牢獄を脱出し、オブセッションからも解放される代わりに、新たな牢獄が待ち受けるという、ゴシック的恐怖に直面しなければならないのである。

4　モードの呪縛――「死の館の天使」と「死の混沌」

エドマンド・バークは、ゴシック物語の心理学的根拠を示したことで知られる。彼は同時代の美学者と異なり、「崇高」を恐怖という観点から捉え、主体の自己保存さえ脅かしかねない「死」を崇高の源泉「恐怖の王者」とみなした。「崇高の恐怖は直接的であってはならない。さもなければ〝喜び〟はその体験から得られない」(ミルバンク　二九五)という但し書きは、ゴシック物語と恐怖の快楽を求める読者との関係を明らかにしている。ゴシック物語は、拷問やレイプ、亡霊や吸血鬼がらみの異常な死を典型とするが、同時に、「人は死ぬべく運命づけられているという基本的事実にも触れている」(ブロンフェン　一四三)。いずれにせよ、ゴシック物語は読者に「身代わりの死の経験」を提供しながら、人は必ず死ぬものという「知」を遠まわしに表現している。その意味では、「死」が全編に充満する『ワールプール』は、超自然の助けを借りずとも、ゴシック性を湛える驚異の物語であるに違いない。物語には、「死」の数々、「死」をめぐる想念、「死」と折り合いをつけなくてはならない人々のゴシック的オブセッションが描かれている。

物語に登場する死亡者のリストから何が見えてくるだろうか。まず、モードの夫とその両親は二年前、葬儀屋という職業柄、接触した死体から伝染病に感染し同じ日に亡くなっている。当時、看護に専念したモードだったが、こんな記憶が蘇る。幼い息子が三つの部屋の戸口で両目を見開き、断末魔の痙攣《けいれん》が始まった姿を凝視するのを黙認せざるをえなかったこと。同時に、顔が緑や赤や紫色に変わり死んでいく三者を「チャールズは観念し」「義母は欲求不満を起こし」「義父は自分でコントロールできないものに激怒した」(18)と三様の性格と結びつけて観察したこと。その時、「脳の半分は死の恐怖に凍りついたが、もう半分は、面白がって注意を怠《おこた》りなかった」(18)ことや、呼吸が途絶える瞬間をカウントダウンしたことを思い出す。彼らの「身代わりの死」は、「死」の突発性、「死」の穢れ、

「死」から「生」への不可逆性を物語っていよう。

モードは、早世した少女たちを「私の小さなお友だち」(122)と呼んで死を弔《とむら》うのを常とするが、従業員のサムが葬式を担当した少女の噂話として語るエピソードは、ゴシック的な女性の悲哀を描いている。少女の両親は、結核で死期が迫った娘を、婚約していた食料雑貨店の息子と無理やり結婚させる。牧師が呼ばれ、ウェディングドレスとベールを病床についたままの娘に被せるようにして式が執り行なわれた。と同時に、少女は息を引き取ったという。出棺の日サムは、少女の母親が「嫁入り道具」と言い張り、棺に色とりどりの美しいドレスを詰め込むのを目撃する。重い棺を教会へ、墓地へと運んだベテランの荷馬ジーザス・クライストでさえ動揺していた、馬だって感情があるのだからと報告する。モードはサムの話が一日中頭を離れず、こんな感慨に耽《ふけ》る。

主よ、人は常に何かの衣装を身につけることを求められて、別人のようなってしまうのではありませんか。この凍りついたように動かぬ少女は、花嫁衣裳を着せられるや否や、亡くなって、それより先にはゆけませんでした。少女の名を覚えている人もいなくなって、結婚と死を同時に迎えた少女のエピソードの中で、彼女は、永遠に花嫁のまま留まるのですね。(132)

ローラ・シコードのコットンのコスチュームがフリーダの望まぬアイデンティティの牢獄を象徴したように、花嫁衣裳は、早すぎる「死」と折り合いをつけるため両親が娘を永遠に閉じ込めようとしたアイデンティティの牢獄に他ならない。そしてそれは、二年間身体中を拘束する喪服によって、模範的な未亡人というアイデンティティに支配されていたことをモードに自覚させる働きをしている。

葬儀屋「グラディ父子商会」では、ナイアガラならではの「死」にも対応しなくてはならない。自殺や事故による溺死者は言うに及ばず、「急流狙い打ち」と呼ぶ夏の見世物で生き残りに失敗する挑戦者の死は、登場人物、ひいては読者の心に波風を立てる。ナイアガラの景観は、崇高美を提供する一方で、ワールプールの岸辺を溺死体の漂流地にしている。語りは、「夏恒例のスタントマン」(100)の棺桶を密かに用意する葬儀屋の様子、「危険な探求の旅」(105)をめぐって議論するデイヴィッドとフリーダ、現地に陣取る人々の様子を伝える。メガフォンの男が声高に述べる口上からは、建前の背後に隠された人間のサディスティックな欲望が透けて見える。[8]

皆様、ただ今より、驚くべき勇気がなせる技、死を恐れぬスペクタクルをご覧いただきます。〔中略〕この若者は、自家製のボートで、大自然の猛威、この激流の威力に挑戦するのです。「マイティ・ムース」と呼ぶボートは、若者自ら、我が太古の森で射止めた、あの強く見事な動物の皮と角で作成したものです。(109)

文字どおりのレベルでは、英国の港町グリムズビーからやってきた挑戦者が、カナダの先住民の真似事をして臨み、結局大自然の猛威に屈するエピソードである。他方、功名心に駆られた若者を祭り上げながら、「目前に迫る悲劇」(108)をひと目見ようとする観客はといえば、死刑執行が見世物であった時代の群衆と何ら変わりない。進水から十分で頭部を失いムース〔ヘラジカ〕の皮と角にがんじがらめになって流れゆく姿を、安全を保証された場所から、「血に飢え、好奇心むき出し」(118)で目撃するという構図は、ゴシック小説と読者の関係を暗示している。アン・ラドクリフが分類した二種類の恐怖で、崇高なものが味あわせる畏怖と驚異の感情が「テラー」で、グロテスクなおぞましさで「魂を縮ませ、凍らせる」のが「ホラー」(菅田　二〇〇六)であるとすれば、人間の飽くなき欲望が御膳立てするスペクタクルは、「ホラー」を生み出す恐怖装置の役目を果たしていよう。

陸軍士官として事後処理にも立ち会ったデイヴィッドは、出る幕がないとの無力感に襲われる。彼の罪悪感は、これまで流血の戦闘体験をすることなく、戦場をひたすら英雄行為の舞台として記述してきたのではないかという懸念を映し出す。彼は淀みに漂う、動物と見まがうグロテスクな死骸に、初めて「死の混沌」を実感したのではないだろうか。高みの見物人なのは、帝国の歴史家と変わりないが、デイヴィッドはナショナリズムの罠に陥って妄想の世界に住む囚人でもある。

5　時代の病——「収集と所有」vs「ゴシック的逸脱」

英国でゴシック小説が誕生した背景には、「一八世紀啓蒙主義や合理主義に対して想像力や感情、それもその過剰な横溢が求められるという、文化的価値の転倒」があり、「ゴシックの混沌には生命の横溢、野放図な奔放さあり、それは理性を重んじる新古典主義の一八世紀に欠けたもの」(杉山　八)であった。ナイアガラの物語は、モードが体現する「収集と所有という時代の病」と、それを突き崩す、「子供」の「ゴシック的逸脱」という形を取って文化的価値の転倒を表現している。

ナイアガラ行政当局は、頼みの観光産業を維持するのに、グラディ父子商会に一体十五ドルで「不快で目障りな物」(145)をすみやかに撤去する仕事を委託していた。「オールドリヴァーマン」の異名をとる老人が漂流地の岩場で「浮流死体」を吊り上げ、一体につきウイスキーボトル一本で葬儀屋の下請け業務の一端を担った。家業を引き継いだモードは、遺体の記録簿にラベルを張り、「ナイアガラ川、ワールプール等で発見された遺体の人相書」(39)と記す。遺留品の断片から終わりのない無益な身元確認作業を行なうなかで、服装や所持品から立ち現われる故人の最期の日に思いを馳せ、遺品を収集する。

モードは自分だけの伝説コレクションを、言葉としてノートに書きつけ、遺留品の形でホールの外れの戸棚にしまっておいた。こうやって彼女は秩序を保っていた。それは自分の周りにある死の混沌から何らかの意味を紡ぎ出す方法なのだった。(146)

モードは、戸棚を「私のミュージアム」(83)と呼んだが、「収集と所有」のオブセッションこそ、「死の混沌」に取り巻かれて「生」を営む者が見出したカウンターバランスの方途《ほうと》であるに違いない。彼女の亡夫にとって、それは蜘蛛《くも》のコレクションであったろう。モードに「秩序」を希求させる、もう一つの「混沌」は物言わぬ息子の「開かずの心」(55)である。食卓に並ぶ食器や食べ物の名称を一つ一つ告げながら食事をするのが日課だったが、息子を庭に連れ出したある日、モードはネーミングの行為が果てしない徒労であることに怒りを覚え、目の前にない事物の名称を並べ立てる。そして相変わらず何の反応も示さない息子にモードの怒りは爆発する。髪をつかんで顎を引き上げ、もがく子の上瞼《うわまぶた》を二本の指で引っ張り開け、「燃える球体の中心」(56)を直視させて、"SUN!"と連呼する。我が子が「恐怖で追い詰められた動物」(57)のような呻《うめ》き声で発した"S-a-a-w-n"という音が、生まれて初めての言葉となる。この衝撃の場面は、有名なヘレン・ケラーのエピソードを想起させる。片手に受けた井戸水とサリヴァン先生がもう一方の手の平に綴った'W-A-T-E-R'という一語が融合《ゆうごう》し、ヘレンの閉ざされた魂を解放する啓示の瞬間だ。

しかし、口を開くようになった息子は、「シニフィアン」(意味するもの)と「シニフィエ」(意味されるもの)[9]との対の関係を前提とする「まやかし」の秩序に与《くみ》しない。目の前にある状況とは無関係の言葉を発し、母親を「恣意的な言葉」(137)で疲れさせ、やがて耳にしたことのある語句や文を、口調、声音もひっくるめランダムに再現するようになる。その語彙の広がりと多様性、無作為ぶりは、「ゴシックの混沌」「生命の横溢」「野放図な奔放さ」となって秩序志向に揺さぶりをかけている。

言葉に現われたゴシック性は、事物に対しても、その過剰ぶりを発揮する。モードはある朝、家中のありとあらゆる小物が、「子供の奇怪な趣向」(182)を満足させるかのように分類されているのを発見する。「家の中が荒らされ、家庭がパズルになってしまっていた」(182)との驚きの感想は、それぞれの用途に応じて置かれていた道具や、思い出や記念の品が、個別の意味を剥奪《はくだつ》されて、いくつもの雑多な集合体と化してしまったことを告げている。そしてモードの「ミュージアム」にも解体作業が及ぶ。それぞれの人生の遺品は「身元証明」のラベルを剥がれ、靴の空き箱に、形状や材質によって十把《じっぱ》一絡《ひとから》げに集められていた。モードの頭の中で、幾多の事物と記録が浮遊する。夢想から目を上げたとき、戸口で自分を見つめている息子の姿があった。

背中から光を受けた息子の髪は、輝かしい光輪のように見えた。薄暗い戸棚のところにいるモードには、我が子こそ光の所有者であって、これまで暗い壁であったのは自分の方だと了解した。〔中略〕今や、息子によって、彼女を取り巻くあらゆる事物、彼女が目録を作成したあらゆる遺物が、その恐ろしい力を失っていた。「夢をみている」と彼は母親に言った。スツールから立ち上がりながら、母親は、「夢をみている」と、同意の言葉を述べた。両手で触れると、息子の髪は温かく、柔らかで、生きているように感じられた。(193)

この場面は、モードが「死の混沌」の呪縛から、憑きものが落ちたように解放される啓示の瞬間を描いている。ずっと「目に見えない壁」(56)のように心を遮断していた息子が、過剰な反応で母親と向き合い、悪魔払いをしてのけたことになる。そして注目すべきは、鸚鵡《おうむ》返しの言葉の洪水で母親を悩ませた息子が、「シニフィアン」と「シニフィエ」が見事に対応する進行形の動詞を自ら口にしていることだ。「光」のなかに生身の姿を見せた彼自身、「ワールプール」の象徴する「混沌」、無秩序の繰り返しの渦から逃れる兆しを見せているのではないか。

6 「死の混沌」から「生の混沌」へ

『ワールプール』は、自治領カナダが英本国ヴィクトリア朝の影を引きずっていた時代、それぞれのオブセッションに取り憑かれた男女が「ワールプール」とともに生きる物語であった。「エピローグ」で水辺の死を夢想しながら息を引き取るブラウニングの凡庸な最期が、時代の終焉期を暗示するとともに、夏の終わりが、彼らの人生の方向を指し示すようにみえる。息子の閉ざされた心が、母親の与かり知らぬ所で、「奇跡的な変容」(138)を遂げるように、彼らの人生のターニングポイントも、「劇的アイロニー」の手法で、読者にのみ明かされる。カナダの詩人マーガレット・エイヴィソン(一九一八―二〇〇七)の詩の一節「誰にでもワールプールを泳ぐ時がやってくる」というエピグラフが、ここに至って、登場人物の「生」を照らす言葉として意味を帯びてくる。[10]

ずっと「ワールプール」と向き合い、支配する者たちと対峙してきたフリーダは、今や黙って、苦痛と怒りを紙片に書き付ける。九月の初日、新居が形をなし始めた頃、フリーダは家を出る。彼女は、ローラ・シコードが六十五年間、同じ家で暮らしながら、「未開地へのひとり旅」を夢見ていただろうなどと誰にもわかるまい、「大切なのは伝言じゃない。歩くこと。旅。出発」(197)と日記に記す。「文学による女性の発言の全歴史を、〝歩く〟という比喩によって語ることができる」(モアズ 二一六)とすれば、フリーダこそ、男にしか許されなかった「旅」を通して、パトリックには叶わなかった「新世界カナダ」を描くという難題に立ち向う可能性を秘めているように思われる。

パトリックは、女へのオブセッションを断ち切り、ワールプールを泳ぎ渡るという「長年の憧れ」(198)をついに実行する。彼にとって「ワールプール」は「創造性の混沌」であり、水中に身を沈めることが詩的探求と重なるからだ。彼は、「秩序だったヨーロッパの景観とカナダの未開地との乖離《かいり》」(Turner 98)に戸惑い、デイヴィッドに言わせれば「短くて、松の木ばかり登場する」(106)人間不在の詩を書いていたのだが、文字どおりカナダの自然に黙らされたことになる。彼の溺死[11]は、ブラウニングの憧れた「シェリーの恐るべき死体」(7)「水辺に死す贅沢」(214)と呼応するが、そのロマン主義的な探究は、実のところ「サバイバル」の壮大なドラマを演じたいと願うカナダ的探求にすり替わっている。

パトリックは、かつて冬の森に分け入り、その力を記録しようと試み、半時間で妻と暖炉の元へ逃げ帰ったことがあった。彼はようやくワールプールという「壮大な劇場」(198)の縁で、恐怖心に打ち勝ち、「男の挑戦」を実行したわけなのだ。周到な準備もなく頭の中で思い描いただけのサバイバルが成功するはずもない。オールドリヴァーマンが釣り上げた溺死体が、無傷で美しく、モードの目には「亡くなった子供」(209)のように見えたのは、彼の未熟さをアイロニカルに暗示している。

初期ゴシック小説には、暗い呪縛的情念で女性を恐怖に陥れた暴君は罰せられ、正統なる者たちによって世の秩序が回復するというパターンがみられるが、独りよがりな妄執《もうしゅう》で妻を閉じ込めていたデイヴィッドは、フリーダの決意を知る読者が見守るなか、異常事態にきりきり舞いし、一切の威信を失くした姿を曝け出す。妻の失踪をアメリカ人観光客か米軍の仕業と決めつけて憤りの涙を流し、翌日大捜索の末たどり着いた葬儀屋で、パトリックの遺体と対面したとき、モードの前で再び涙を見せる。語りはここで、血肉を伴わない仮想空間に安住していたデイヴィッドを、アイロニーの餌食にしている。

「こんなにお若いのに」とモードは同情を込めて言った。「悲劇としか言いようがありませんね。ご親戚ですか。どなたにご連絡すればよろしいかしら」

「彼女の居場所はわからんのです」とマクドゥーガルが応えた。「連絡方法すら思いつかない」(207-08)

モードの故人への同情と身元確認の質問に対して、ちぐはぐなデイヴィッドの応答は、彼が「拉致された妻」というシナリオしか思い描けないことを示している。彼の涙も、友人パトリックを失った悲しみからというより、取り残された夫の自己憐憫の悔し涙であることがわかる。庁舎内の小さな博物館で落ち着きを取り戻すデイヴィッドの最後の姿は、「生と死の混沌」たる「ワールプール」と向き合おうとしなかった男の無味乾燥な人生を表現していよう。

ナイアガラの物語が最終的に提示しているのは、「収集と所有」による「秩序の欺瞞」に翻弄されていた女たちが、呪縛から解放され、「生の混沌」を受け入れるという、新しい文化価値の可能性であるように思われる。モードは、喪服と「死を哀悼するのに取っておいた物」(209)をすべて処分する。秋の花を散りばめた黄色いドレスを身につけた母親は、我が子の「過剰という逸脱」によって呪縛から解放された。我が道を行こうとするその姿は、フリーダの過酷な旅の人生とも軌を一にしている。

◉注

（1）この作品は日本語の翻訳がなく、ジョージ・ギッシング（一八五七―一九〇三）による同名の小説 *The Whirlpool* が『渦』（太田訳、一九八九）の表題で邦訳されているため、ここでは『ワールプール』の訳語を当てている。比喩として「渦」を用いたギッシングとは異なり、この作品は十九世紀のナイアガラ地域を舞台にしており、ナイアガラ川に実在する大渦は、「ワールプール」として日本の旅行案内書にも紹介されている。本章では、Jane Urquart, *The Whirlpool* (Boston: Godine Publisher, 1990) を使用テクストとしている。

（2）三作目の長編小説『アウェイ』（一九九三）は、ベストセラーになり一九九四年にオンタリオ州政府の「トリリウム・ブック賞」(Trillium Book Award) を受賞した。同年アーカートは、カナダ人女性が書いたすぐれた散文に贈られる「マリアン・エンゲル賞」(Marian Engel Award) をダブル受賞、一九九七年には『下描きをする人』で、カナダではもっとも権威ある「カナダ総督文学賞」を受賞した。アーカートは、人気小説家として知られるが、アトウッドと同じく、最初の小説『ワールプール』出版前の一九八二年に、詩人としてデビューしている。L・M・モンゴメリの伝記を執筆していることや、マンローの短編集『犬猿の仲』（二〇〇二）に「あとがき」を寄せるなど、アーカートは現役作家として文芸方面を中心に活躍中である。

（3）ゴシック文学、批評に影響を与えたとされる古典では、紀元後一世紀頃にギリシアで書かれた文体論『崇高について』（作者不詳であるが、長年ロンギノス作とみなされていた）、イギリスの政治家かつ思想家のエドマンド・バークの『崇高と美の観念の起源に関する哲学的考察』（一七五七）、ドイツの哲学者、イマヌエル・カント（一七二四―一八〇四）の『美と崇高の感情に関する観察』（一七六四）が知られている。詳しくは、桑島『崇高の美学』参照。また、エドワーズは『ゴシック・カナダ』において、ジュリア・クリステヴァの「崇高の深淵」をキーコンセプトとして援用し、スザンナ・ムーディが『開拓地の生活』で「ナイアガラ大瀑布」を評した「孤独の崇高」を引き合いに出している。

（4）イギリス・ヴィクトリア朝の詩人で、テニソンと比肩される。ロンドンの裕福な銀行家の家庭に生まれ、学識豊かな父から教育を受けた。シェリーの詩に熱中し、二十一歳で処女詩集を出したが売れず、難解な『ソーデロ』（一八四〇）により当代の文人たちを驚かせるに至った。三十四歳で年上の女性詩人エリザベス・バレット（一八〇六―六一）と駆け落ち結婚し、愛妻に先立たれるまでの十五年間をフィレンツェで暮らした。その間に「ドラマティック・モノローグ（劇的独白）」の形式で書いた『男と女』（一八五五）を出版、当地で入手した十七世紀ローマ殺害事件の裁判記録は、後年ロンドンで執筆した大作『指輪と本』（一八六八）の素材となっている。晩年はヨーロッパを渡り歩いた末に、最後の詩集が刊行された日にヴェネツィアで客死した。上田敏（一八七四―一九一六）は、ブラウニングが長編劇詩『ピッパが通る』（一八四一）の中で、通りすがりにピッパが口ずさむ一節を、「春の朝《あした》」と題する一篇の詩として訳出し、訳詩集『海潮音』（一九〇五）に収録している。「時は春、日は朝《あした》、朝は七時、（中略）、神、そらに知ろしめす。すべて世は事も無し」の詩句は、日本人にもなじみがあるが、モンゴメリは『赤毛のアン』の結末で、最後の二行を引用している。

（5）イギリスのロマン派運動時代（ワーズワスとコールリッジの共著『叙情歌謡集』出版の一七九八年に始まり、スコットの死んだ一八三二年に終わったとされる）において、シェリーは、ロマン派の後半期をバイロン、キーツ(一八九五―一九二一)と共に代表する。中でも、ブラウニングの傾倒ぶりにもあるように、シェリーは詩的想像力の権化として、若い読者の心をつかむことで知られる。南英サセックスの大地主の家に生まれ、オックスフォード大学在学中に『無神論の必然性』(一八一一)を出版配布して退学処分を受けた。十六歳の少女ハリエットと駆け落ち結婚したが、革命思想家ウィリアム・ゴドウィン(一七五六―一八三六)に私淑すると、その娘メアリと恋仲になり、身重のハリエットを棄てて、メアリと出奔した。ハリエットが一九一六年に投身自殺したのち、メアリと正式に結婚したが、二年後にイギリスを去った。シェリーは、同時代を生きたバイロン、キーツとも親交を深めており、その交流にまつわるエピソードも多い。一九二二年、ヨットで嵐に見舞われ、イタリアの西海岸で溺死した。叙情詩「西風の賦《ふ》」(一九一九)や「ひばりに寄せて」(一九二〇)が、訳詩としてなじみがあるが、詩劇『鎖を解かれたプロメテウス』(一九二〇)、キーツの死を悼んだ『アドネイス』(一九二一)、詩論『詩の擁護』でも有名。さらに、二度目の妻となったメアリ・シェリー(一七九七―一八五一)は、古典ゴシック小説『フランケンシュタイン』(一八一八初版)で知られるが、シェリー自身にもゴシック作品『ザストロッツィ』(一八一〇)や、『チェンチ一族』(一八一九)がある。『増補改訂版 ゴシック入門』では、メアリ、シェリー共に、ゴシック作家の大項目に名を連ねている。

(6)アーカートは二〇〇二年のインタヴューで、女性登場人物モードはアーカートの夫(画家トニー・アーカート)の祖母がモデルであることを明かしている(Wyile, 2007収録)。本人は、結婚前に亡くなっていたが、未亡人になってからもナイアガラで葬儀屋を営んでいたらしい。ナイアガラ川から引き揚げられた遺体について記録した祖母のノートの発見が、『ワールプール』執筆の誘因になったという。

（7）一八一二年戦争（英米戦争）で、アッパー・カナダのイギリス軍を指揮した。ナイアガラに近いクイーンストン・ハイツの戦いで、二千人余りのイギリス兵、民兵、先住民を率い、彼自身は戦死したが、圧倒的に優勢なアメリカ軍を敗走させた。翌年夏に再び北上したアメリカ軍はヨーク（現在のトロント）を一時占拠したが、ナイアガラ半島での戦闘で敗北して撤退する。この戦闘で、アッパー・カナダの農婦ローラ・シコードは、米軍士官からもれ聞いた情報を三〇キロ先のイギリス駐屯地まで歩きぬいて通報し、のちにブロックとともに、一八一二年戦争の救国者に祭り上げられた（木村編『カナダ史』第四章、木村　一三〇―三一参照）。ちなみに、戦場跡のクイーンストン公園には、ブロック将軍のモニュメントがそびえ立ち、近くには、ローラ・シコードの記念碑もある。また、丘の下にあるローラ・シコードの家が記念館として公開され、観光名所の一つとなっている。さらに、ローラの雄姿は、一九九二年のカナダの記念切手にも描かれている。

（8）「航行基準六」という最高難度の激流を対岸のアメリカ領土まで渡ろうという挑戦は、歴史上「ナイアガラ渓谷命知らずのスタント大会」と呼ばれ、多くの観客を集めたらしい。一九一一年の「ナイアガラ公園条例」で、スタント行為は禁止されるようになった。現在は、「ホワイト・ウォーター・ウォーク」という遊歩道が、ナイアガラ大瀑布からワールプールまでの激流の間際に設けられ、安全な場所から「崇高」な景観を楽しむことができる。また「ワールプール・エアロ・カー」（ケーブルで吊り下げられたゴンドラ）に乗れば、七六mの上空からワールプールを眼下に見下ろすことができる。

（9）フランス語の「シニフィアン」と「シニフィエ」は、スイスの言語学者フェルディナン・ド・ソシュール（一八五七―一九一三）の「記号」の定義における二つの基本的な要素である。「シニフィアン」は、記号の知覚可能で伝達され得る物質的な部分である。それは、音声、表記、単語を構成する文字の集合、のいずれかである。これに対して、「シニフィエ」は、読者もしくは聞き手の中で形成される記号の概念的な部分である。ソシュールにとってはシニフィアンとシニフィエの関係は、記号に表された外的な実体に左右されず、その関係は恣意的で、しかも慣習的なものなのである（チルダーズ／ヘンチィ編『コロンビア大学　現代文学・文化批評用語辞典』三七一参照）。

（10）息子（'the child'）の変容には、パトリックとの出会いが関わっている。藪から棒に、"Man," "The man," "Oh, the man" (136-37) と七回も唱える子の言葉は、母親には「恣意的単語」としか感じられないが、読者には二人が顔見知り関係を築き、連想ゲームのような言葉のやりとりをしたパトリックのことを言わんとする思いが伝わってくる。次にパトリックを見かけた子は "Man, man, man" (167) と声を上げながら走り寄り、また言葉遊びを始め、そのなかで詩人から「他者」との対話で "You" と "I" が逆転する言葉の仕組みを教わり、"Now I am going." というパトリックの一文に対して "Now you are going." と応じている。エドワーズは、子供の「広がる言葉の恣意性」を取り上げ、「気高さが決して言葉にならないのと同じように、少年の発話、まったくのナンセンスは、いかに言葉という装置がランドスケープを規定できないかを例証している」とし、さらにパトリックに詩的インスピレーションを感じさせる子供との言葉遊びの場面を「そうすることで、子供はアイデンティティと主体性の言葉を錯綜させている」「子の言葉のコーパスには、命が宿っていないことを明かしている」「社会の構成員やカナダ的自己を表明する道にはつながらない」(Edwards 37-39)（傍線筆者）と結論づける。言葉の恣意性に関する指摘は自明のこととしても、「子供」を『ゴシック・カナダ』の論旨に合わせて役割を限定するのは、断片の集積、細部の積み重ねから醸成される「驚異」に対する一般読者の「感性」を否定することになるのではないか。作者アーカートは、モードが身元不明の美しい死体を眺める場面で、劇的アイロニーによる静かなる大団円を用意している。

子供は、ゆっくり慎重に、「マン」という言葉を二回繰り返し、それからひと言「泳ぐ」と告げた。彼は片手を死体の袖口の方へ伸ばしたが、モードは息子を自分の温かい身体に、しっかりと引き寄せた。(210)

母親には息子の内なる思いは不明だが、子供自身初めて言葉を交わした人物を描写し、触れようとする姿は読者の感動を呼ばずにおかない。

(11) パトリックの死の真相は不明だが、アンナ・ブランチカラスは、アーカートがシェリーの『アドネイス』に描かれた死への引喩を行なっているとし、自殺説をとっている (Branch-Kallas 92)。筆者がテクストを精読した限りでは、パトリックの死は、シェリー自身の事故死と呼応する一方で、カナダ的な負け犬の死だとする見方が妥当であるように思われる。

あとがき

本書は、現在、日本では顧みられない作家や作品が、英系カナダ文学ひいては新興国家カナダを理解するには欠かせないことを改めて検証したものである。宗主国イギリスから枝分かれした英系カナダ文学のあり方を探るにあたっては、「ジレンマ」と「ゴシック」という通底音に耳を傾けた。そして英系カナダ文学の展開のなかでランドマークとなる作家や作品、カナダへの理解を深めてくれる作品群を取り上げた。

筆者が中年にさしかかった頃、英文学からカナダ文学に転向したのは、研修先として選んだカナダで衝撃を受けたからだ。勤務先で一九九三年度に在外研修の機会を得たとき、堅苦しそうなイギリスと物騒なUSAを避け、一年の滞在を楽しむためにも、英語圏では一段と快適そうなカナダに決めたのだった。修士論文の頃から取り組んでいた、英国のノーベル賞作家ウィリアム・ゴールディング（『蝿の王』の作者）の研究にひと区切りつけるつもりだった。そんな当初の目的を投げ出してしまうほどに、現地で出会ったカナダ文学は魅力的だった。そして英米とは異なる、知られざる国カナダに好奇心をかき立てられた。

ウォルポールの造語で言う'serendipity'（偶然から予想外の発見に導かれること）の発現が、筆者をカナダ文学に開眼する方向に導いてくれた気がしてならない。複合的なトロント大学の中でも、客員研究員として、ヴィクトリアカレッジ内のノースロップ・フライセンター (Northrop Frye Centre) に所属したのが発端だった。フライが本書に頻出する結果となったのも、本書の副題をなす「ジレンマ」を初めて実感したのも、ＮＦセンターでのことだった。トロント滞在中に、母校の英文学科に寄せた便りは、'A Canadian Dilemma'という見出しで、会報の記事になっている。フライに関連した部分を中心に抜粋して、カナダ文学開眼の原点となった一九九三年当時の心境を振り返っておきたい。

ＮＦセンターはフライが亡くなる三年前の一九八八年に、ヴィクトリアカレッジの人文科学研究の振興を図るべく設立された、まだ新しい研究部署ですが、どうも予算の都合で規模拡大をはかれないままでいるらしく、世界各地からの研究者を受け入れる大部屋と化しているようです。それでもカナダ国籍でセンターのフェローに選ばれると個室と月八千ドルの研究費が支給されると聞きました。

ＮＦセンターのもう一つの悩みは、第三世界、つまりヨーロッパ先進国と合衆国以外の国々からしか研究者が集まらないことだと小耳にはさみました。成り上がり先進国の日本は数の内に入っていません。私の場合、母校がトロント大学と提携しているお陰でセンターに紛れ込んでいる訳ですが、そこで出会う先生方はお国では第一人者といった感じです。数々の文学作品を翻訳している北京大学の所長と、ルーマニア出身でフライの翻訳家かつ文芸評論家の先生とランチを同席した時の話では、二人ともNFセンターからの短期助成金を当てにしてバカンスにやって来たそうで、フライはポストモダンではないと批判しながら、三千ドルで四ヵ月食いつないでおいででした。

〔中略〕*Northrop Frye Newsletter* を読んでいて、フライの日記の一節が目に留まりました。「これほど尊敬されながら孤立しているのはなぜだ。私が現役批評家の誰よりも批評を真剣に捉えているからなのか」(1993 Summer)。文芸批評の移り変わりの早さを思い知らされます。〔中略〕視聴覚図書館で八一年収録のフライの *The Great Code: The Bible and Literature* の講義や、三十巻に及ぶセミナーやインタヴューのビデオを視聴するにつけ、文学を学ぶ者を途方に暮れさせるような批評家ではなく、あくまでも私たちに指針を与えずにはいられないといった真摯な教師としてのフライの姿勢に胸を打たれます。

現代カナダ文学の授業ばかり、いろんなカレッジに出向いて聴講しています。未知の作品をワクワクしながら読むのは学部の杉山〔洋子〕ゼミ以来です。「偶然の成り行きで成立した」と言われるカナダという国で、その歴史的、地理的条件が文学作品にどのような影を落としているのか、フライの「百パーセントのカナダ人は考えられない」「ハイフン付き」というカナダ人のメンタリティは、いかに描かれているのか等々興味はつきません。

夏場は社会見学にも励んでいてマーガレット・アトウッドのワークショップに行き当たり、写真を撮らせてもらいました。フライの教えを受けた目下カナダではナンバーワンの女性作家、詩人、評論家です。（関西学院大学英米文学会『会報』第七二号、一九九三年、七頁）

現地入りした当初は、ひたすら巨大図書館に通ってゴールディングの文献研究に勤しみ、隣接したスポーツセンターの五〇mプールで息抜きをするだけの、ひっそりとした研修生活を送っていたが、記事に登場するルーマニアの先生のひと言が、筆者の生活を一変させたのだった。「カナダの文学を知らずに帰るのはもってのほか」と喝を入れられ、連れ立って手近な「カナダ文学」の講座を聴講するようになった。結局、ご本人は途中でギヴアップ、筆者一人で開講時期がまちまちだった三つの「現代カナダの小説」の講座に通い、各講座につき十二、三冊ある課題図書を読破していった。さらに視聴覚図書館では、フライのビデオの他に、*Origins: A History of Canada* という十六巻の映像でカナダの歴史についても学ぶようになっていた。最終巻の最後の一コマには、カナダ太平洋鉄道代表のドナルド・スミスが、カナディアン・ロッキーの山中で労働者たちに囲まれ、最後の犬釘《いぬくぎ》を打ち込む様子が映しだされていた。一八八五年、東西間を「鉄の鎖」で結び付けたこの時をもって初めて国家が統一されたとする感動的な映像だった。カナダ文学とカナダに興味津々になっていたなか、ラジオからゴールディングの訃報が流れてきた。現役で活躍中だった作家の死は、今思えば、その後カナダ文学へ傾倒していく分岐点となったようだ。

本書ではお馴染みのフライ、アトウッドに続き、W・J・キース先生との出会いが、カナダ文学に転向する決め手となった。秋から始まったキース先生の「現代カナダの小説」の課題図書の一冊目が『テイ・ジョン』だった。夏の終わりに出かけたカナダ西部への旅から戻って手にした『テイ・ジョン』は、見てきたばかりのカナディアン・ロッキーを舞台にした小説だった。夜を徹して一冊の文学作品を読み通したのは何年ぶりのことだったろう。この物語は、虚構の文学作品も、その国の風土と歴史の産物であるという、当たり前の事実を実感させてくれた。そして課題図書が与えた感動もさることながら、キース先生は、カナダ文学研究者、評論家ならではの切り口で、作家の個性が生み出した作品世界の魅力を、受講生に語り伝えてくださった。

一年間のカナダ研修後、さっそく日本カナダ文学会、日本カナダ学会に入会し、阪神・淡路大震災に見舞われた一九九五年の暮れに訳著『テイ・ジョン物語』を上梓した。当時『図書新聞』の書評で「これがカナダ文学だ」「物語の虚構性を問題視した文字どおりの傑作」として紹介されたが、実際のところ、手にした読者は数えるほどしかいなかったろう。カナダ文学の研究に打ち込めたのも七、八年のことで、その後、勤務先の改組で、英語教育に膨大な時間とエネルギーを費やさざるを得なくなった。二年半は社会人入学で大学院にも通い、英語教育の研究にも携わった。確かに英語教育研究はニーズが高い分野で、授業の実践報告をすれば大勢の人が集い、何かと声もかかったが、現場の授業はさておき、研究となると、頭ではなく心がカナダ文学を求めていたようだ。両親介護の数年を経て、細々と読み続けていたカナダ文学の研究を本格的に再開したが、気がつくと、現役引退まで残すところわずかになっていた。中年になってからカナダ文学に転向したうえ、中断時期が長かったせいで、本書では取り上げる時間的ゆとりがなかった作家や作品も多い。

日本カナダ文学会の会員として、筆者は年齢的には第二世代に該当するが、研究キャリア的には新参者だった。一九九〇年代半ば当時は、浅井晃先生が第二代会長を務め、前会長で創設メンバーの堤稔子先生、第二世代の、現会長でアトウッド翻訳家でもある佐藤アヤ子先生をはじめ、「まえがき」で触れた平林美都子先生や藤本陽子先生がご活躍中だった。筆者は、お目にかかることのなかった、初代会長の平野敬一先生による一九七〇年代の論文や著書をはじめ、「序論」で列挙した論文や研究書からカナダ文学について多くを学んだ。カナダの友人 Liping Geng と Mina Arakawa には、トロント大学の図書館でコピーした参考文献を送ってもらった。グローバル化した現在、原典でも参考文献でも容易に手に入るようになった。創設三十四年目を迎えた日本カナダ文学会においては、同時代の文学を現地カナダで研究してきた若手の会員が増えている。筆者は生き証人的な立場から、多忙な年月の間も唯一の拠り所だった、日本カナダ文学会の足跡を、本書の「序論」で語り伝えさせてもらった。

本書の執筆にあたっては、日本カナダ文学会会員による文献ばかりでなく、日本カナダ学会編『カナダ豆事典』や『史料が語るカナダ』をはじめ、カナダ関連のガイドブック、歴史、地理など専門書を大いに活用させていただいた。勤務先でひと頃担当した「教養ゼミナール」でカナダをトピックにして以来、カナダに関する蔵書は増え続けている。また、「ゴシック」関連の参考文献としては、筆者自身メンバーだった読書会「ゴシックを読む会」による共著『古典ゴシック小説を読む』と共訳『増補改訂版　ゴシック入門』から数多く引用させてもらった。芦屋の杉山洋子先生のご自宅で、楽しく充実した時間を共にした仲間に感謝の気持ちを伝えたい。本書で扱ったアトウッドの『レディ・オラクル』とアーカートの『ワールプール』は、読書会で輪読したカナダ文学作品だった。

本書の趣旨を理解し出版を引き受けてくださった竹内淳夫社長、敏腕ぶりを発揮してくださった編集部の真鍋知子さんに、心より感謝申し上げたい。真鍋さんの、執筆者の意向に寄り添いつつ妥協しないプロの流儀には深く感銘を受けた。地道な研究をまとめた本書が、英系カナダ文学のいわば「基礎研究」としての役割を果たすことを願っている。

二〇一六年十月

長尾知子《ちかこ》

◉初出一覧

【第Ⅰ部】

第一章　「カナダ文学におけるカナダ事情――Canadian Dilemmas の背景」『大阪樟蔭女子大学研究紀要』第三号（二〇一三年）二九―三九。◉全面改訂

第二章　◉書き下ろし

【第Ⅱ部】

第三章　「*Wacousta; or The Prophecy: A Tale of the Canadas* ――ゴシック・ロマンスへの挑戦」『カナダ文学研究』第八号（二〇〇〇年）五―二〇。◉全面改訂

第四章　「新たなスザンナ・ムーディー像を求めて――カナダ作品と伝記的背景」『カナダ研究年報』第三四号（二〇一四年）一―一八。◉加筆修正

【第Ⅲ部】

第五章　◉書き下ろし（以下の論文および邦訳書「解説」の情報を含む）

「Howard O'Hagan's *Tay John*: Voices in the Canadian Rockies」『英米文学』第三九巻第一号（一九九四年）一三三―四八。

「『テイ・ジョン』について」『テイ・ジョン物語』長尾知子訳（大阪教育図書、一九九六年）二八六―九六。

第六章　◉書き下ろし（以下の論文と邦訳書「解説」「注釈」の情報を含む）

「Howard O'Hagan の世界――naming, possession, wilderness を中心に」『カナダ文学研究』第五号（一九九五年）三〇―四六。

「ハワード・オヘイガンとカナダ事情をめぐって」および「注釈」『テイ・ジョン物語』一七三―八五、二七三―八五、二九七―三二八。

「ハワード・オヘイガンとカナダ的想像力をめぐって」『カナダ研究年報』第一七号（一九九七年）五〇―六五。

「Canadianism in Howard O'Hagan's Fiction: 'Straight line' vs. 'Curve'」『人間科学研究紀要』第六号（二〇〇七年）一―一二。

第七章　「シンクレア・ロスの時空とジレンマの構図――*As for Me and My House* から *Sawbones Memorial* まで」『カナダ文学研究』第二二号（二〇一四年）一一―三〇。　◉加筆修正

【第Ⅳ部】

第八章　「Margaret Atwood, *Lady Oracle* を読む――文化の諸相：一九五〇～七〇年代カナダ」『大阪樟蔭女子大学研究紀要』第一号（二〇一一年）二九―三九。　◉全面改訂

第九章　「Jane Urquart, *The Whirlpool* を読む――「家庭の天使」と「死のカオス」：ゴシック的呪縛をめぐって」『カナダ文学研究』第一六号（二〇〇八年）四九―六五。　◉全面改訂

ケンブリッジ版 カナダ文学史

978-4-7791-2151-7 C0098(16.08)

C. A. ハウエルズ&E-M. クローラー編／堤 稔子・大矢タカヤス・佐藤アヤ子 日本語版監修

先住民作家からマンロー、アトウッドまで、英仏両語の作品を網羅した本格的カナダ文学史 *The Cambridge History of Canadian Literature* (2009) の完訳。国際的に活躍する 31 人の執筆陣によるカナダ文学・文化研究に必携の専門書。地図、詳細な年表・索引付。　B 5 判上製　12000 円＋税

「辺境」カナダの文学

978-4-88202-494-1 C0098(99.02)

創造する翻訳空間　平林美都子著

「普遍」の名のもとでの支配的な文化規範に挑戦する「辺境」カナダの文学。「翻訳という戦略」をもとにジェンダー、人種、国籍、テクストの絶対性を疑い、書き換えることにより、新しい文化／文学を創造していく現代カナダの作家たちに迫る。『スザナ・ムーディーの日記』等。四六判上製　2200 円＋税

言葉のうるわしい裏切り

978-4-7791-1859-3 C0098(13.04)

評論集・カナダ文学を語る　ロバート・クロウチ著／久野幸子訳

アトウッド、オンダーチェらを擁する現代カナダ文学の本質を、物語るように、詠うように論じた異色の文学論。カナダ文学という豊饒なる世界が浮かび上がる。カナダのプレーリー(平原) 地方を代表する作家ロバート・クロウチ、初の日本語版。　四六判上製　3800 円＋税

マーガレット・アトウッド

978-4-7791-1356-7 C0098(08.11)

【現代作家ガイド⑤】　伊藤 節編著／岡村直美・窪田憲子・鷲見八重子・宮澤邦子著

カナダを代表するストーリーテラー、アトウッドを味わいつくすために必読のパーフェクトガイドブック。長編全作品・短編・批評・詩の解説、インタビュー、作家経歴、キーコンセプトの数々から、その魔術的物語の全貌を検証する。　A 5 判並製　3000 円＋税

マーガレット・アトウッド論

978-4-7791-1683-4 C0098(11.11)

サバイバルの重層性「個人・国家・地球環境」　大塚由美子著

アトウッドの多彩な活動の根底に流れる「サバイバル」というキーワードが初期小説群においてはメインプロットの裏側に巧妙に隠された形で描かれていたことを解明し、同時に三つのサバイバル——個人(人間)、国家共同体、地球環境——が彼女の本質と指摘する。　四六判上製　2500 円＋税

コーラス・オブ・マッシュルーム

978-4-7791-2131-9 C0097(15.06)

ヒロミ・ゴトー著／増谷松樹訳

カナダに生きる日系人家族三世代の女たち。日本語しか話さない祖母と日本語がわからない孫娘が、時空を超えて語り出す——マジックリアリズムの手法で描く、日系移民のアイデンティティと家族の物語。コモンウェルス処女作賞ほか受賞の「日系移民文学」の傑作。　四六判上製　2800 円＋税

◉著者紹介◉
長尾 知子（ながお・ちかこ）
大阪樟蔭女子大学教授
関西学院大学文学部英文学専攻博士後期課程満期退学
関西学院大学言語コミュニケーション文化研究科修士課程修了
著書：『英語教育学大系 第11巻 英語授業デザイン――学習空間づくりの教授法と実践』（共著、大修館書店、2010）、『ことばと認知のしくみ』（共著、三省堂、2007）、『高等教育における英語授業の研究――授業実践事例を中心に』（共著、松柏社、2007）、『古典ゴシック小説を読む――ウォルポールからホッグまで』（共著、英宝社、2000）、『英文学点描――森安綾先生退官記念論文集』（共著、書肆季節社、1991）
訳書：コーラル・アン・ハウエルズ／エヴァ＝マリー・クローラー編『ケンブリッジ版 カナダ文学史』（共訳、彩流社、2016）、マリー・マルヴィーロバーツ編『増補改訂版 ゴシック入門』（共訳、英宝社、2012）、マーガレット・アトウッド詩集『ほんとうの物語』（共訳、大阪教育図書、2005）、ハワード・オヘイガン『テイ・ジョン物語』（訳著、大阪教育図書、1996）

英系《えいけい》カナダ文学研究《ぶんがくけんきゅう》――ジレンマとゴシックの時空《じくう》

2016年11月30日 発行　　定価はカバーに表示してあります

著者 長尾知子
発行者 竹内淳夫

発行所 株式会社 彩流社
〒102-0071 東京都千代田区富士見2-2-2
電話 03-3234-5931 FAX 03-3234-5932
http://www.sairyusha.co.jp
sairyusha@sairyusha.co.jp
印刷 モリモト印刷㈱
製本 ㈱難波製本
装幀 桐沢 裕美

落丁本・乱丁本はお取り替えいたします
Printed in Japan, 2016 © Chikako NAGAO, ISBN978-4-7791-2260-6 C0098

◉索引◉

【ア行】

アイデンティティ　5, 20, 33, 39, 51, 52, 56, 59, 60, 106, 123, 125, 130, 137, 157, 163, 170, 216, 219, 226, 227, 232, 233, 235, 236, 248
アイデンティティ・クライシス　52, 56, 59
アーカート、ジェイン　Urquhart, Jane　5, 32, 55, 194, 222, 225-49
　『アウェイ』*Away*　226, 244
　『下描きをする人』*The Underpainter*　244
　『ワールプール』*Whirlpool*　5, 32, 55, 194, 222, 225-49
アトウッド、マーガレット　Atwood, Margaret　1, 2, 5, 17, 19, 20, 21, 32, 33, 34, 36, 50, 52-53, 54, 55, 57, 59, 66, 73, 90, 98, 107, 109, 115, 120, 144, 146, 147, 148, 154, 155, 157, 158, 162, 163, 165, 170, 194, 195-223, 244
　『浮かびあがる』*Surfacing*　50
　『オリクスとクレイク』*Oryx and Crake*　195-96
　「カナダの怪物たち」"Canadian Monsters"　57
　『奇妙なこと』*Strange Things: The Malevolent North in Canadian Literature*　165
　『キャッツ・アイ』*Cat's Eye*　53, 201
　『洪水の年』*The Year of the Flood*　196
　『サバィバル——現代カナダ文学入門』*Survival: A Thematic Guide to Canadian Literature*　34, 90, 107, 144, 154, 163, 219
　『スザナ・ムーディーの日記』*The Journal of Susanna Moodie*　19, 90, 107, 111, 170
　『第二の言葉』*The Second Words: The Selected Critical Prose*　33
　『ダブル・ペルセポネ』*Double Persephone*　195
　『寝盗る女』*The Robber Bride*　20, 53
　『またの名をグレイス』*Alias Grace*　56
　『マッドアダム』*MaddAdamm*　196
　『レディ・オラクル』*The Lady Oracle*　5, 32, 53, 194, 195-223, 225
アメリカン・ゴシック　4, 43, 47, 52, 60, 70, 72
アレン、ウォルター　Allen, Walter　2, 29
逸脱　109, 121, 122, 196, 200, 202, 210, 217, 237, 243
インディアン　37, 47, 51, 70-71, 73, 74, 75, 79, 82, 84, 87, 127, 128, 129, 135, 137, 138,

139, 144, 145, 146, 148, 162, 163, 164, 165
ウィーブ、ルーディ　Wiebe, Rudy　27, 120
ウィルダネス・ゴシック（辺境のゴシック）53, 54, 56
ウォルポール、ホレス　Walpole, Horace　43-44, 66, 68, 76, 81, 82, 83
『オトラント城』*The Castle of Otranto*　43, 44, 45, 46, 68, 69, 70, 74, 76, 81, 84
英系カナダのゴシック（カナディアン・ゴシック）　42, 49, 52, 53, 54, 55, 56, 60, 61, 64, 87, 226
英米戦争 → 1812 年戦争
エドワーズ、ジャスティン　Edwards, Justin　4, 51, 56, 59, 64, 226-27, 245, 248
エモン、ルイ　Hermon, Louis　155
『白き処女地』*Maria Chapdelaine*　155, 156
エンゲル、マリアン　Engel, Marian　55, 244
オースティン、ジェイン　Austen, Jane　219
『ノーサンガー僧院』*Northanger Abbey*　219
オステンソウ、マーサ　Ostenso, Martha　50, 155
『ワイルド・ギース』*Wild Geese*　50, 155
オヘイガン、ハワード　O'Hagan, Howard　5, 24, 31, 32, 52, 57, 118, 119-42, 143-65
『木は孤独の友』*Trees Are Lonely Company*　164
『ジャスパー駅で列車に乗り込んだ女』*The Woman Who Got On at Jasper Station*　145, 152, 158, 164
「木は孤独の友」“The Trees Are Lonely Company”　153, 155, 159
「警告」“The Warning”　153, 155, 159
「ジャスパー駅で列車に乗り込んだ女」“The Woman Who Got On at Jasper Station”　155
「白馬」“The White Horse”　151-54
「花嫁の渡り初め」“The Bride's Crossing”　148-49
「冬山」“A Mountain Journey”　158
「罠猟師イトウ・フジカ」“Ito, Fujika. The Trapper”　153
『スクール・マームの木』*The School-Marm Tree*　140, 145, 155, 158, 159-63
『テイ・ジョン』*Tay John*　5, 31, 52, 118, 119-42, 143, 144-47, 149, 151, 153-54, 157-62
『未開地の男たち』*Wilderness Men*　145-148, 149, 151, 158, 164
「黒い影」“The Black Ghost”　149-50, 153-54
「モンタナ・ピート求愛談」“Montana Peter Goes Courting”　150-51

オンダーチェ、マイケル　Ondaatje, Michel　1, 17, 19, 120, 121, 125, 227
『アニルの亡霊』*The Anil's Ghost*　227
『イギリス人の患者』*The English Patient*　17
『家族を駆け抜けて』*Running in the Family*　19

【カ行】

開拓　21, 24, 25, 32, 59, 90, 91, 94, 95, 101-02, 105, 106, 108, 118, 128, 139, 145-47, 149, 157, 161, 162, 164, 189, 231
家庭的なゴシック　54
カナダ総督文学賞　22, 28, 35, 168, 187, 195, 244
カナディアン・ゴシック → 英系カナダのゴシック
キース、W. J.　Keith, W. J.　24, 26-27, 30, 33, 34, 121, 128, 151, 160
犠牲者　2, 76-79, 154, 160-62, 207, 218
騎馬警察　118, 131, 136, 144, 145, 147, 148, 163-64, 184, 212
ギブソン、グレイム　Gibson, Graeme　55
『十一名のカナダ人小説家』*Eleven Canadian Novelists*　55
キャラハン、モーリー　Callaghan, Morley　27, 119, 120, 167, 168
ギャラント、メイヴィス　Gallant, Mavis　27
クーパー、ジェイムズ・フェニモア　Cooper, James Fenimore　29, 68, 71, 73
『モヒカン族の最後』*The Last of the Mohicans*　29, 68, 85
クリンク、カール・F.　Klink, Carl F.　22, 36, 88, 89, 106, 107
グロウヴ、フレデリック・フィリップ　Grove, Frederick Philip　25-26, 119, 120, 147, 157
『沼沢地の開拓者』*Settlers of the Marsh*　147
『大地の実り』*Fruits of the Earth*　147
『二世代』*Two Generations*　119
クロウチ、ロバート　Kroetsch, Robert　120, 167, 189
『言葉のうるわしい裏切り』*The Lovely Treachery of Words*　189
クロージャー、ローナ　Crozier, Lorna　170
『取り柄――ベントレー夫人詩集』*A Saving Grace The Collected Poems of Mrs. Bentley*　170
ケベック　20, 21, 24, 37, 38, 39, 67, 81, 149
コーエン、マット　Cohen, Matt　55
コガワ、ジョイ　Kogawa, Joy　17

『失われた祖国』*Obasan*　17
国民文学　3, 4, 18, 22, 30, 48, 51, 106, 118, 144, 145, 219
ゴシック・パロディ　219, 220
ゴシック・ロマンス　45, 48, 61, 196, 217, 218
古典ゴシック小説　4, 16, 41, 42, 43, 45, 46, 47-49, 69, 73, 79, 246
ゴトー、ヒロミ　Goto, Hiromi　17
『コーラス・オブ・マッシュルーム』*Chorus of Mushrooms*　17
ゴドウィン、ウィリアム　Godwin, William　46, 246
『ケイレブ・ウィリアムズ』*Things as They are; or The Adventure of Caleb Williams*　46
ゴールドマン、マーリーン　Goldman, Marlene　60, 64, 227
コロニアル作家　31, 53, 68, 85, 89, 225
コンテンポラリー・カナディアン・ゴシック　53
コンラッド、ジョゼフ　Conrad, Joseph　121
『ロード・ジム』*Lord Jim*　121

【サ行】
サザンオンタリオ・ゴシック　55-56
サーストン、ジョン　Thurston, John　97, 108, 109, 114, 115
サバイバル　2, 19, 55, 129, 158, 180, 188, 209, 242
死　4, 59, 75, 76, 77, 84, 85, 105, 123, 129, 138, 148, 152-53, 154, 158-60, 184, 227, 228, 230, 233-34, 235-43, 245, 246, 249
ジェイムズ、ヘンリー　James, Henry　25, 29
シェリー、パーシー・ビッシュ　Sherry, Percy Bysshe　194, 228, 242, 245-46, 249
シェリー、メアリ　Sherry, Mary　46, 246
『フランケンシュタイン』*Frankenstein; or, The Modern Prometheus*　46, 51, 246
シモンズ、スコット　Symons, Scott　55
シュガーズ、シンシア　Sugars, Cynthia　52, 56, 60-61, 64, 226
女性ゴシック　45, 46, 60, 61, 229
シールズ、キャロル　Shields, Carol　55, 115
『スワン』*Swan*　55
新カナダ文庫　22, 23, 36, 86, 89, 100, 120, 168, 188
崇高　45, 47, 58, 62, 72, 73, 104, 130, 157, 226-27, 234, 236, 237, 244-45, 247
ステインズ、デイヴィッド　Staines, David　24, 26, 28, 50, 143, 222

【タ行】

【ナ行】

【ハ行】

バイロン、ジョージ・ゴードン　Byron, George Gordon　209, 210, 213, 218, 221-22, 246
ハウェルズ、コーラル・アン　Howells, Coral Ann　21, 53-54, 76, 98, 187
バーク、エドマンド　Burke, Edmund　62, 233, 244
バーニー、アール　Birney, Earl　57, 60, 61
　『アイス・コッド・ベルまたはストーン』*Ice Cod Bell or Stone*　57
　「キャン・リット」"Can. Lit."　57
バフチン、ミハイル　Bakhtin, Mikhail　122
バーフット、ジョーン　Barfoot, Joan　56
　『暗闇のダンス』*Dancing in the Dark*　56
ピクチャレスク　47, 61-62, 72-73, 157
フィー、マージェリー　Fee, Margery　119, 121, 143-45, 197
フィードラー、レズリー　Fiedler, Leslie　4
フィンリー、ティモシー　Findley, Timothy　35, 55, 56, 115
　『ヘッドハンター』*Headhunter*　56
フライ、ノースロップ　Frye, Northrop　1, 22, 24, 33, 36-37, 57, 59, 60, 70, 72, 88, 107, 128, 130, 136, 141, 145
ブラウニング、ロバート　Browning, Robert　194, 226, 228, 229, 230, 241, 242, 245, 246
ブラウン、チャールズ・ブロックデン　Brown, Charles Brockden　46, 47, 48, 60, 70, 71, 72
　『ウィーランド』*Wieland and Memoirs of Carwin the Biloquist*　46, 47
　『エドガー・ハントリー、あるいは夢遊病者の回想』*Edgar Huntly; or, Memoirs of a Sleep Walker*　46, 47, 48, 71
プラット、E. J.　Pratt, E. J.　163
　『最後の犬釘に向かって』*Towards the Last Spike*　163
プレーリー　189
プレーリー・ゴシック（平原州のゴシック）　54
ブロンテ、エミリー　Brontë, Emily　222-23
　『嵐が丘』*Wuthering Heights*　222-23
フロンティア　2, 24-25, 71, 145
ヘイリー、アーサー　Hailey, Arthur　19, 28
ベックウィズ、ジュリア・キャサリン　Beckwith, Julia Catherine　49
　『聖アースラ尼僧院、またはカナダの尼僧の実生活』*St Ursula's Convent; or, The Nun of Canada*　49

ベックフォード、ウィリアム　Beckford, William　46
　『ヴァセック』*Vathek: An Arabian Tale*　46
辺境のゴシック → ウィルダネス・ゴシック
亡霊　4, 5, 51, 52, 55, 57-61, 187, 198, 213, 217, 219, 227, 228, 234
ホジンズ、ジャック　Hodgins, Jack　120
ポストコロニアル（批評）、ポストコロニアリズム　2, 36, 56
ポストコロニアル・ゴシック　56, 226
ポストモダン（批評）、ポストモダニズム　1, 36, 52, 100, 109, 121, 131, 151, 157, 196, 205
ホーソーン、ナサニエル　Hawthorne, Nathaniel　25, 29, 47
　『七破風の家』*The House of the Seven Gables*　29
ホッグ、ジェイムズ　Hogg, James　46, 49
　『義とされし罪人の回想と告白』*The Private Memoirs and Confessions of a Justified Sinner*　46, 49
ホラー　42, 46, 47, 55, 76, 227, 237
ポリドーリ、ジョン・ウィリアム　Polidori, John William　46
　『ヴァンパイア』*Vampyre, A Tale*　46
ポンティアック　Pontiac　71, 74, 77, 78, 82, 87
ポンティアックの反乱（ポンディアック戦争）75, 84, 87

【マ行】
マクルーハン、マーシャル　McLuhan, Marshall　222
マクレガー、ゲール　McGregor, Gail　51, 64, 73, 115, 157
マクレナン、ヒュー　MacLennan, Hugh　27, 120, 167, 168
　『気圧計上昇』*Barometer Rising*　27
　「少年少女がウィニペグで出会う、それがどうしたって？」"A Boy Meets a Girl in Winnipeg and Who Cares?"　27
マジックリアリズム　57, 125
マーシャル、トム　Marshal, Tom　56
　『チェンジリング――二重の遁走』*Changelings: a Double Figure*　56
マチューリン、チャールズ・ロバート　Maturin, Charles Robert　47
　『放浪者メルモス』*Melmoth the Wanderer*　47
マリタイム・ゴシック（沿海州のゴシック）　55
マンロー、アリス　Munroe, Alice　1, 17, 27, 53, 54, 55, 59, 244

『犬猿の仲』*No Love Lost*　244
『短編選集』*Selected Stories*　55
ムーディ、スザンナ　Moodie, Susanna　4, 19, 26, 31, 32, 36, 53, 54, 55, 58-59, 66, 68, 86-87, 89-115, 118, 157, 170, 225, 245
『開拓地での生活』*Life in the Clearing vs. the Bush*　89, 94, 102-03, 105, 107, 109, 245
『彼ら以前の世界』*The Life Before Them*　110
『フローラ・リンゼイ』*Flora Lindsay*　94, 104, 109
『未開地で苦難に耐えて』*Roughing It in the Bush*　4, 31, 36, 53, 55, 58-59, 66, 86-87, 89-115, 170, 225
メティス（メイティ）148, 164-65
メトカーフ、ジョン　Metcalf, John　23
モダニズム　57, 121
モリソン、トニ　Morrison, Toni　47
『ビラヴド』*Beloved*　47
モワット、ファアレイ　Mowat, Farley　19
モンゴメリ、L. M.　Montgomery, L. M.　18-19, 28, 244, 245
『赤毛のアン』*Anne of Green Gables*　18-19, 220, 245

【ヤ・ラ・ワ行】

幽閉　155, 156, 161
幽霊／幽霊不足のジレンマ　50, 57-61, 75
ラウリー、マルカム　Lowry, Malcolm　143-44
『火山の下』*Under the Volcano*　144
ラドクリフ、アン　Radcliff, Ann　45, 46, 58, 61, 66, 69, 72, 73, 76, 88, 237
『イタリア人』*The Italian*　46
『ユードルフォの謎』*The Mysteries of Udolpho*　45, 46, 69, 72, 73, 76, 88
リー、スカイ　Lee, Sky　163
『残月楼』*The Disappearing Moon Cafe*　163
リアリズム　4, 25, 47, 57, 83, 119-20, 125, 138, 147, 157, 160, 226
リーヴ、クレアラ　Reeve, Clara　46
『イギリスの老男爵』*The Old English Baron*　46
リエル、ルイ　Riel, Louis　148, 164, 165
リチャードソン、サミュエル　Richardson, Samuel　45

『パメラ』*Pamela, or Virtue Rewarded*　45
リチャードソン、ジョン　Richardson, John　4, 26, 31, 32, 36, 44, 48-49, 51, 54, 55, 66, 67-88, 225
『カナディアン・ブラザーズ、あるいは予言の成就――英米戦争の物語』*The Canadian Brothers; or The Prophecy Fulfilled : A Tale of the Late American War*　81, 85, 88
『遠ざかって、あるいはパリのサロン』*Ecarté; or The Salons of Paris*　68
『ワクースタ、あるいは予言――両カナダの物語』*Wacousta; or The Prophecy: A Tale of the Canadas*　4, 5, 26, 31, 36, 49, 50, 51, 53, 54, 55, 66, 67-88, 225, 226
ルイス、マシュー　Lewis, Matthew　45, 66, 69, 76
『修道士』*The Monk*　45-46, 61, 69, 76
連邦結成　23, 54, 96, 99, 100, 114
牢獄　51, 154, 229, 233, 235
ロス、シンクレア　Ross, Sinclair　5, 31, 32, 54, 57, 118, 120, 167-91
『医師のメモリアル』*Sawbones Memorial*　169, 178, 181-87, 189, 191
『井戸』*The Well*　169, 178-81, 188, 191
『黄金の渦』*The Whirl of Gold*　169, 178-81, 188, 191
『昼間のランプ、その他の物語』*The Lamp at Noon and Other Stories*　169, 188, 190
「昼間のランプ」"The Lamp at Noon"　171-72, 187, 188, 190
「ペンキ塗りたてのドア」"The Painted Door"　175, 188, 190
『レース、その他の物語』*The Race and Other Stories*　169, 188, 190
「彼を殺した鉢植え」"The Flowers that Killed Him"　188, 191
「ジャグとボトル」"Jug and Bottle"　188, 191
「スパイク」"Spike"　188, 191
「兵舎にバイオリンの音」"Barrack Room Fiddle Tune"　188, 191
『私と私の家に関しては』*As for Me and My House*　5, 31, 54, 118, 168, 169, 170-78, 187, 188, 189, 190
ローレンス、マーガレット　Laurence, Margaret　27-28, 35, 39, 188
『石の天使』*The Stone Angel*　28, 35
『神の戯れ』*A Jest of God*　28, 39
ワトソン、シーラ　Watson, Sheila　50, 120
『二重の鈎針』*The Double Hook*　50

◉カナダの歴史（略年表）◉

1000 頃	北米へ最初に上陸した西洋人はヴァイキングだった。
1497	イタリア人ジョン・カボット、カナダ東岸上陸、イギリスの領土権を主張。
1534	フランス人ジャック・カルティエ、セントローレンス湾沿岸のフランスの領土権を主張。
1583	ニューファンドランド島が英国最初の海外植民地となる。
（1600 年代	フランス人、イギリス人、毛皮の交易で抗争。先住民の間の対立を利用、同盟を結ぶ。）
1608	サミュエル・ド・シャンプラン、ケベック砦を建設、交易所を設立。
1627	フランスの北米植民地「ヌーヴェル・フランス」を統治・開発のためヌーヴェル・フランス会社設立。
1663	ヌーヴェル・フランス、フランス国王直轄地となる。
1670	ロンドンの交易商人がハドソン湾会社設立。ハドソン川流域の交易権を所有。
1753~63	フレンチ・（アンド）・インディアン戦争（英仏間の植民地抗争の一つ）。
1755	忠誠の誓いを拒んだアカディア人がノヴァスコシアから追放され、アカディア人の約半数が消滅。
1756	ヌーヴェル・フランスと英植民地との間で 7 年戦争勃発。最初は仏優勢。
1759	「アブラハム平原の戦い」で、ケベック陥落。翌年モントリオール陥落、ヌーヴェル・フランス消滅。
1763	パリ条約で 7 年戦争終結。フランスは北米大陸の大半の領土をイギリスに割譲。ヌーヴェル・フランス、ケベック植民地と改称され、ケベックが首府に。
1763-65	ポンティアック戦争（オタワ族長ポンティアック率いる諸部族連合の戦い）。
1774	ケベック法制定。植民地内での仏語使用とローマカトリック信教が公認される。
1775	アメリカ革命軍ケベック植民地を攻撃、敗退。
（1776	アメリカ独立宣言）
1783	アメリカ合衆国と英領北アメリカの境界決定。米国独立戦争で英国を擁護したロイヤリスト（王党派）の難民が、ノヴァスコシア、プリンス・エドワード島、ケベックに入植。

1791　ケベック植民地はアッパー・カナダ(現オンタリオ州)、ロワー・カナダ(現ケベック州)植民地に分割。

(1803~15　ナポレオン戦争)

(1800年代　移民が盛んになり、イギリス、スコットランド、アイルランドから到着。)

1812~14　1812年戦争(英米戦争)勃発、アメリカ軍、カナダに進攻。五大湖の海上戦や米国によるヨーク(現トロント)攻撃の末、カナダ侵略計画は失敗に終わる。

1837　ロワー・カナダおよびアッパー・カナダでの反乱。

1841　アッパー・ロワー両カナダ連合植民地成立。首府はキングストン。

1857　ヴィクトリア女王、オタワを連合カナダの首府に選定。

1858　ブリティッシュ・コロンビアでゴールドラッシュ開始。

(1861~65　アメリカ南北戦争)

1867　英領北アメリカ法、7月1日発効。連邦結成により、カナダ自治領(Dominion of Canada)誕生[7月1日が「ドミニオン・デイ」(連邦結成記念日)と制定される]。カナダ・イースト(現ケベック州)、カナダ・ウェスト(現オンタリオ州)、沿海諸州(ニューブランズウィック、ノヴァスコシア)の4州。

1869　「レッドリヴァー反乱」、メティスを率いたルイ・リエル、臨時政府樹立。

1870　マニトバ州、ノースウェスト準州、連邦に加入。

1871　ブリティシュ・コロンビア州、連邦に加入。

1873　北西部騎馬警察(カナダの国家警察 the Royal Canadian Mounted Police の前身)創設。

プリンス・エドワード・アイランド州、連邦に加入。

1874　ロシアからメノナイト教徒の第一陣がケベックに到着。

1877　初の日本人移民、カナダに到着。

1885　「ノースウェスト反乱」、リエルの処刑。

カナダ発の大陸横断鉄道、カナダ太平洋鉄道(CPR)完成。

1889　ヴァンクーヴァーに日本領事館開設。

1898　ユーコン準州成立。

1905　サスカチュワン州とアルバータ州、連邦加入。

1907　ヴァンクーヴァー暴動、日本人街・中国人街襲撃される。

1908　日本人移民に関する「ルミュー協定」成立。

1911　第二の大陸横断鉄道、グランド・トランク太平洋鉄道(GTP)完成。

1914　イギリス、対独宣戦布告。カナダ、第一次世界大戦に参戦。
1919　カナダ国営鉄道（CNR）成立。
1921　「カナダ作家協会」設立。
（1929　世界恐慌）
1937　「カナダ総督文学賞」始まる。
1939　第二次世界大戦（~45）に参戦。カナダ軍は伊、仏、ベルギー、オランダ、大西洋、香港で戦う。
1942　カナダ政府、対日系人政策を発表。
1947　日系カナダ人に対する退去命令撤回。
1949　ニューファンドランド州、連邦に加入。北大西洋条約調印。
カナダの国名から自治領（Dominion）が外れる。
英領北アメリカ法修正、カナダ、完全な主権を獲得。
1950　カナダ軍朝鮮戦争に派兵。
1951　アメリカとの共同防衛条約締結。日本との正式通商開始。
1953　エリザベス二世即位、カナダの元首となる。
1957　「カナダ文化振興会」設置。「新カナダ文庫」の出版開始。
1960　ケベック州で「静かな革命」の開始。インディアンに連邦参政権を与える。
1962　トランスカナダ・ハイウェイ完成。
1964　メープルリーフの新国旗を制定。
1965　ケベック＝フランス文化協定調印。
1967　カナダ建国百周年。モントリオール万博開催。
1969　カナダ公用語法成立。
1971　世界で初めて多文化主義政策を導入。
1977　新市民権法公布、カナダ人は英臣民たることを停止。
1980　カナダ国歌、「オー・カナダ」と決定。
1982　カナダ新憲法公布。「ドミニオン・デイ」を「カナダ・デイ」に改称。
1983　カナダ統計局、総人口 2500 万人と発表。
1988　カルガリーで冬季オリンピック開催。
1992　カナダ、米国、メキシコが北米自由貿易協定（NAFTA）を締結。
1995　ケベック州民投票の結果、わずか 1% の差で独立が否決。
1999　ヌナヴト準州創設。先住民が多数を占めるカナダで最初の準州。
2010　ヴァンクーヴァーで冬季オリンピック開催。
2015　総人口 3599 万人。

◉引用・参照文献◉

Allen, Walter. *Tradition and Dream: The English and American Novel from the Twenties to Our Time*. London: Phoenix House. 1964.『20世紀の英米小説』渥美昭夫・渥美桂子訳、荒地出版社、1980年.

Anonymous, "Advertisement for the First Edition." Moodie, *Roughing It in the Bush*. Ed. Peterman. 343.

Anonymous. "The Backwoods of Canada." *The Literary World*, 285 (1852). Moodie, *Roughing It*. Ed. Peterman. 404.

Atwood, Margaret. *Double Persephone*. Toronto: Hawkshead P, 1961.

——. *Journals of Susanna Moodie*. Toronto: Oxford UP, 1970.『スザナ・ムーディーの日記——マーガレット・アトウッド詩集』平林美都子/久野幸子/ベヴァリー・カレン訳、国文社、1992年.

——. *Surfacing*. Toronto: McClelland and Stewart, 1972.『浮かびあがる』大島かおり訳、新水社、1993年.

——. *Survival: A Thematic Guide to Canadian Literature*. 1972. Toronto: House of Anansi P, 1991.『サバィバル——現代カナダ文学入門』加藤裕佳子訳、御茶の水書房、1995年.

——. *Lady Oracle*. 1976. Toronto: McClelland and Stewart, 1998.

——. "Canadian Monsters." *The Canadian Imagination*. Ed. Staines. 97-122.

——. *Hand's Maid's Tale*. 1981. London: Vintage, 1996.『侍女の物語』斎藤英治訳、新潮社、1990年.

——. "Canadian American Relations: Surviving the Eighties." *Second Words*. Toronto: House of Anansi P, 1982. 371-92.

——. *Cat's Eye*. Toronto: McClelland-Bantam, 1989.

——. *The Robber Bride*. 1993. Toronto: Penguin Random House Canada, 2010.『寝盗る女』(上・下)、佐藤アヤ子・中島裕美訳、彩流社、2001年.

——. *Strange Things: The Malevolent North in Canadian Literature*. 1995. London: Oxford UP, 2004.

——. *Alias Grace*. Toronto: McClelland-Bantam, 1996.『またの名をグレイス』(上・下)、佐藤アヤ子訳、岩波書店、2008年.

——. *The Blind Assassin: A Novel*. New York: Random House. 2001.『昏き目の暗殺者』

鴻巣友季子訳、早川書房、2002 年.
——. *The Year of the Flood*. New Work: Random House. 2009.
——. *MaddAdamm*. New York: Random House. 2013.
——. *Oryx and Crake; The Year of the Flood; MaddAddam (The MaddAddam Trilogy)*. Boston: Anchor, 2014.『オリクスとクレイク』畔柳和代訳、早川書房、2010 年.
Austen, Jane. *Northanger Abbey*. 1817. London: Penguin Classics, 2003.『ノーサンガー・アベイ』中尾真理訳、キネマ旬報社、1997 年.
"Backwoods Mythology." Rev. of *Tay John*. *Times Literary Supplement* 18 (March 1939): 166.
Ballstadt, Carl. ed. *Roughing It in the Bush or Life in Canada*. Montreal: McGill-Queen's UP, 1995.
Benson, Eugene, and William Toye. eds. *Oxford Companion to Canadian Literature*. 2nd Edition. Toronto: Oxford UP, 1997.
Bentley, D. M. R. "Psychoanalytical Notes upon an Autobiographical Account of a Case of Paranoia: Mrs Bentley in Sinclair Ross's *As for Me and My House*." *University of Toronto Quarterly* 73-3 Summer. 2004: 862-85.
Beran, Carol C. "George, Leda, and a Poured Concrete Balcony: A Study of Three Aspects of the Evolution of *Lady Oracle*." *Canadian Literature* 112 (1987): 18-38.
Birney, Earle. "Can. Lit." *The New Oxford Book of Canadian Verse in English*. Eds. Margaret Atwood and Robert Weaver. Oxford: Oxford UP, 1983. 116.
Blakemont, A. J. *The Gothic: 250 Years of Success: Your Guide to Gothic Literature and Culture*. Dark Romantic Worlds, 2014.
Blodgett, E. D. "Canada if Necessary..." Ed. Cammile R. La Bossière. *Context North America: Canadian/U.S. Relations*. Ottawa: U of Ottawa P, 1994. 145-61.
Bomarito, Jessica. *The Gothic Literature: A Gale Critical Companion*. Farmington Hills: Gale Cengage Learning, 2006.
Botting, Fred. *Gothic Second Edition*. New York: Routledge, 2014.
Branch-Kallas, Anna. *In the Whirlpool of the Past: Memory, Intertextuality and History in the Fiction of Jane Urquhart*. Torun: Wydamnictwo Uniwersytetu Mikolaja Kopernika, 2003.
Braz, Albert. "Fictions of Mixed Origins: *Iracema*, *Tay John*, and Racial Hybridity in Brazil and Canada." *AmeriQuest*. Electronic publication, 2013: 10. 1-9.
Brian, R. P. "Rev of *School-Marm Tree*." *University of Toronto Quarterly* 47 (1978):

331-32.

Briggs, Charles Frederick. "Preface to *Roughing It in the Bush*." Moodie, *Roughing It in the Bush*. Ed. Peterman. 344.

Brown, Charles Brockden. *Wieland; or The Transformation. Am American Tale*. 1798. New York: Penguin. 1991.『ウィーランド』志村正雄訳、国書刊行会、1986年.

——. *Edgar Huntly; Or Memoirs of a Sleep-Walker*. 1799. New York: Penguin, 1988.『エドガー・ハントリー』八木敏雄訳、国書刊行会、1979年.

Buma, Michael. "John Richardson's Unlikely Narrative of Nationhood: History, the Gothic, and Sport as Prophecy in *Wacousta*." *Studies in Canadian Literature* 36. 1 (2011): 143-62.

Cameron, Barry. "Theory and Criticism: Trends in Canadian Literature." Gen. ed. W. H. New, *Literary History of Canada: Canadian Literature in English*, Vol. IV. Toronto: U of Toronto P, 1965. 108-32.

The Canadian Encyclopedia Second Edition vol 1 A-Edu. Edmonton: Hurting P, 1988.

Canadian Postal Archives: https://www.collectionscanada.gc.ca/postal-archives/080608_e.html

Cayley, David. "Canadian Culture." *Northrop Frye in Conversation*. Toronto: House of Anansi P, 1992. 213-51.

Coulter, Myrl. "Aberrant, Absent, Alienated: Reading the Maternal in Jane Urquhart's First Two Novels, *The Whirlpool* and *Changing Heaven*." Eds. Elizabeth Podnieks and Andrea O'Reilly. *Textual Mothers/Maternal Texts: Motherfood in Contemporary Women's Literature*. Ontario: Wilfred Laurier UP, 2010. 31-45.

Crozier, Lorna. *A Saving Grace: The Collected Poems of Mrs. Bentley*. Toronto: McClelland and Stewart, 1996.

Currie, Noel Elizabeth. "From Walpole to the New World: Legitimation and the Gothic in Richardson's *Wacousta*." *Hungarian Journal of English and American Studies* 6. 2 (2000): 145-59.

Davidson, A. E. "Being and Definition in Howard O'Hagan's *Tay John*." *Études Canadiennes* 15 (1983): 137-47.

——. "Silencing the Word in Howard O'Hagan's *Tay John*." *Canadian Literature* 110 (1986): 30-44.

A Dictionary of Canadianism on Historical Principles. Toronto: Gage Educational Publishing Company, 1967.

Diehl-Jones, Charlene. "Telling Secrets: Sinclair Ross's *Sawbones Memorial*." Ed. John Moss. *From the Heart of the Heartland The Fiction of Sinclair Ross*. Ottawa: U of Ottawa P, 1991. 81-90.

Douglas, James. "The Present State of Literature in Canada." Thurston, *The Work of Words*. 121.

Duffy, Dennis. *A Tale of Sad Reality: John Richardson's* Wacousta. Toronto: ECW Press, 1993.

——. *A World Under Sentence: John Richardson and the Interior*. Toronto: ECW Press, 1996.

Early, L. R. "Myth and Prejudice in Kirby, Richardson, and Parker." *Canadian Literature* 81 (1979): 24-36.

Edwards, Justin. *Gothic Canada: Reading the Spectre of a National Literature*. Toronto: U of Toronto P, 2005.

Estok, Simon C. "An Eccocritical Reading, Slightly Queer, of *As for Me and My House*." *Journal of Canadian Studie*s 44-3. 2010: 75-95.

Fee, Margery. "Howard O'Hagan's *Tay John*: Making New World Myth." *Canadian Literature* 110 (1986): 8-27.

——. ed. *Silence Made Visible: Howard O'Hagan and* Tay John. Toronto: ECW Press, 1992.

——. "A Note on the Publishing History of Howard O'Hagan's *Tay John*." *Silence Made Visible*. Ed. Fee. 85.

——. "Canonization of Two Underground Classics." *Silence Made Visible*. Ed. Fee. 97-109.

——. *The Fat Lady Dances: Margaret Atwood's* Lady Oracle. Toronto: ECW Press, 1993.

Fenton, William. "The Past and Mythopoesis." *Re-Writing the Past: History and Origin in Howard O'Hagan, Jack Hodgins, George Bowering and Chris Scott*. Rome: Bulzoni, 1988. 15-64.

Fiedler, Leslie A. *Love and Dearh in the American Novel*. 1960. New York: Dalkey Archive, 1998.『アメリカ小説における愛と死——アメリカ文学の原型 I』佐伯彰一・井上謙治・行方昭夫・入江隆則訳、新潮社、1989 年.

Frank, Frederick S. "*The Castle of Otranto*: A Gothic Story." *Survey of Modern Fantasy Literature*. Ed. Keith Nelson. Englewood Cliff: Salem, 1989. 29-47.

Frye, Northrop. "Conclusion to a Literary History of Canada." *The Bush Garden: Essays on the Canadian Imagination*. Toronto: House of Anansi, 1971. 213-51.

——. *Anatomy of Criticism*. 1957. Princeton: Princeton UP, 1974.

——. "Haunted by Lack of Ghost." *The Canadian Imagination*. Ed. Staines. 22-45.

——. "Sharing the Continent." *Divisions on a Ground: Essays on Canadian Culture*. Toronto: House of Anansi, 1982. 57-70.

——. *The Great Code: The Bible and Literature*. 1983. Harmondsworth: Penguin Books, 1990.

Gibert, Teresa. "'Ghost stories': fictions of history and myth." *The Cambridge History of Canadian Literature*. Eds. Howells and Kröller. 478-97.「亡霊の物語《ゴースト・ストーリーズ》——歴史と神話のフィクション」『ケンブリッジ版　カナダ文学史』530-49.

Gibson, Graeme. *Eleven Canadian Novelists*. Toronto: House of Anansi, 1973.

Girls Guide of Canada Official Website: https://www.girlguides.ca/web/

Glickman, Susan. *The Picturesque & the Sublime The Poetics of the Canadian Landscape*. Montreal & Kingston: McGill-Queen's UP, 1998.

Godard, Barbara. "Telling it over again: Atwood's Art of Parody." *Canadian Poetry* 21, Fall/Winter, 1987. 1-30.

Godeanu-Kenworthy, Oana. "Creole Frontiers: Imperial Ambiguities in John Richardson's and James Fenimore Cooper's Fiction." *Early American Literature* 49. (2014): 741-70.

Goldman, Marlene. "Translating the Sublime *The Whirlpool*." *Jane Urquhart Essays on Her Work*. Ed. Laura Ferri. Toronto: Guernica, 2005. 83-114.

——. "You Can Never Go Home Again." *Canadian Literature* 198 (2008): 179-80. Web. 10 January 2012.

——. *DisPossession: Haunting in Canadian Fiction*. Montreal: McGill-Queen's UP, 2012.

Goto, Hiromi. *Chorus of Mushrooms*. Toronto: The Women's Press, 1997.『コーラス・オブ・マッシュルーム』増谷松樹訳、彩流社、2015 年.

Granofsky, Donald. "The Country of Illusion." *Silence Made Visible*. Ed. Fee. 109-26.

Gray, Charlotte. *Sisters in the Wilderness*. Toronto: Viking, 1999.

Grove, Frederick Philip. *Settlers of the Marsh*. Toronto: McClelland and Stewart, 1925.

——. *Fruits of the Earth*. Toronto: McClelland and Stewart, 1933.

——. *Two Generations*. 1939. (out of print)

Hardmann, Frederick. "Forest Life in Canada West." *Blackwood's Edinburgh Magazine* 71, 437 (March 1852), Moodie, *Roughing It*. Ed. Peterman. 401.

Hingston, Kylee-Anne. "The Declension of a Story: Narrative Structure in Howard O'Hagan's *Tay John*." *Studies in Canadian Literature* 30. 2 (2005): 181-92.

Hinz, E. J. and J. J. Teunissen. "Who's the Father of Mrs. Bentley's Child?" *Sinclair Ross's* As for Me and My House *Five Decades of Criticism*. Ed. David Stouck. Toronto: U of Toronto P, 1991. 148-62.

Hogle, Jerrold E. *The Cambridge Companion to Gothic Fiction*. Cambridge: Cambridge UP, 2002.

Howells, Coral Ann. "M. G. Lewis, *The Monk*." *Love, Mystery, and Misery: Feeling in Gothic Fiction*. London: Anthlope, 1979. 62-79.

——. "Canadian Gothic." *The Routledge Companion to Gothic*. Eds. Spooner and McEvoy. 105-14.

——. "The 1940s and 1950s: signs of cultural change." *The Cambridge History of Canadian Literature*. Eds. Howells and Kröller. 289-311.「1940年代および1950年代——文化的変化の兆し」『ケンブリッジ版 カナダ文学史』337-58.

Howells, Coral Ann, and Eva-Marie Kröller. eds. *The Cambridge History of Canadian Literature*. Cambridge: Cambridge UP, 2009.『ケンブリッジ版 カナダ文学史』日本カナダ文学会訳、彩流社、2016年.

Hubbard, Rita. "The Changing-Unchanging Heroines and Heroes of Harlequin Romances 1950-1979." *The Hero in Transition*. Eds. R. B. Brown & M. W. Fishwick. Ohio: Bowling Green UP, 1983. 171-80.

Hutcheon, Linda. *The Canadian Postmodern*. Toronto: Oxford UP, 1988.

——. *Splitting Images: Contemporary Canadian Ironies*. Toronto: Oxford UP, 1989.

Jensen, Emily. "Margaret Atwood's *Lady Oracle*: A Modern Parable." *Essays on Canadian Writing* 33, Fall, 1986. 29-49.

Jones, D. G. *Butterfly on Rock: A Study of Themes and Images in Canadian Literature*. Toronto: U of Toronto P, 1970.

Keith, W. J. Rev. of *SMT & JS*. *Canadian Forum*. June-July (1978): 28.

——. *A Sense of Style: Studies in the Art of Fiction in English Speaking Canada*. Toronto: McClelland and Stewart, 1989. 34-38.

——. "Third World America: Some Preliminary Considerations." *Studies on Canadian Literature*. Ed. Arnold E. Davidson. New York: Modern Language Association of America, 1990. 5-17.

——. *An Independent Stance: Critical Direction*. Toronto: The Porcupine's Quill, 1991.

——. *Canadian Literature in English* (Revised and Expanded Edition) Volume One. Erin: The Porcupine's Quill, 2005.

Klink, Carl F. "A Gentlewoman of Upper Canada." *Canadian Literature* 1 (1959): 75-77.
——. ed. "Introduction." *Roughing It in the Bush*. Toronto: McClelland and Stewart, 1962. ix-xiv.
——. et al., eds. *Literary History of Canada: Canadian Literature in English*. 2nd edn. 3 vols. Toronto: U of Toronto P, 1976 [1965]. Vol. IV: William H. New et al., eds., Toronto: U of Toronto P, 1990.
Kogawa, Joy. *Obasan*. Toronto: Lester and Orpen Dennys, 1981. 『失われた祖国』長岡沙里訳、二見書房、1983 年.
Laurence, Margaret. *The Stone Angel*. 1964. Toronto: McClelland and Stewart-Bantam, 1997. 『石の天使』浅井晃訳、彩流社、1998 年.
——. *A Jest of God*. 1966. Toronto: McClelland and Stewart, 1971.
Le Fustec, Claude. *Northrop Frye and American Fiction*. Toronto: U of Toronto P, 2015.
Lee, Sky. *The Disappearing Moon Cafe*. Vancouver: Douglas & McIntyre, 1990.
Lesk, Andrew. "Something Queer Going on Here: Desire in the Short Fiction of Sinclair Ross." *Esssays on Canadian Writing* 61 (Spring 1997): 129-41.
——. "On Sinclair Ross's Straight(ened) House." *ESC* 28. 2002: 65-90.
Lewis, Matthew. *The Monk*. 1796. Oxford: Oxford UP, 1991.
Literary Archives Canada. *Susanna Moodie Chronology*: https://www. collectionscanda. gc.ca/moodie-trail/027013-2102-e.html
Lowry, Malcolm. *Under the Volcano*. 1947. New York: Penguin Books, 1971.
Lyndsay, Charles. "Misinterpretation." *The Toronto Examiner*, 16 June 1852. Moodie, *Roughing It*. Ed. Peterman. 405.
MacGillivray, J. R. "Letters in Canada: Fiction." Rev. of *Tay John*. *University of Toronto Quarterly* 9 (1939-40): 299.
MacLennan, Hugh. *Barometer Rising*. Toronto: Collins, 1941.
——. *Scorchman's Return*. Toroto: Macmillan, 1960.
Maillard, Keith. "An Inverview with Howard O'Hagan." *Silence Made Visible*. Ed. Fee. 1992. 21-38.
Marquis, T. G., "English-Canadian Literature." Thurston, *The Work of Words*. 5.
Mathonen, P. M., and Matti Savolainen, eds. *Gothic Topographies: Language, Nation Building and 'Race.'* Farnham: Ashgate Pblishing, 2013.
Matthews, S. Leigh. "The New World Gaze: Disguising 'the Eye of Power' in John Richardson's *Wacousta*." *Essays on Canadian Writing* 70 (2000): 135-61.

McGregor, Gail. *The Wacousta Syndrome: Explorations in the Canadian Langscape*. Toronto: U of Toronto P, 1985.

McLuhan, Marshall. "Canada: The Borderline Case." *The Canadian Imagination*. Ed. Staines. 226-48.

Metcalf, John. *What is A Canadian Literature?* Guelph: Red Kite P, 1988.

Moodie, Susanna. *Roughing It in the Bush*. 1852. Ed. Michel A. Peterman, Norton Critical Edition. New York: W. W. Norton & Company, 2007.

——. "Introduction to the 1871 Edition: Canada. A Contrast." *Roughing It*. Ed. Peterman. 344-51.

——. *Roughing It in the Bush or Life in Canada*. 1852. (Carlton Library Series 1988). Ed. Carl Ballstadt. Motreal: McGuill-Queen's UP, 1999.

——. *Life in the Clearing versus the Bush*. 1853. Toronto: McClelland and Stewart, 1989.

——. *Flora Lyndsay Or, Passages in an Eventful Life II*. 1854. Memphis: General Books, 2010.

——. *Susanna Moodie: Letters of a Lifetime*. Eds. Carl Ballstadt, Elizabeth Hopkins, and Michael A. Peterman. Toronto: U of Toronto P, 1985.

Moodie, Susanna & John. *Letters of Love and Duty: The Correspondence of Susanna and John Moodie*. Eds. Carl Ballstadt, Elizabeth Hopkins, and Michael A. Peterman. Toronto: U of Toronto P, 1993.

Morgan, Henry. "Mrs. Moodie." *Sketches of Celebrated Canadians, and Persons Connected with Canada*. Quebec: Hunter Rose, 1862. 752-54.

Moss, John. *Patterns of Isolation in English Canadian Fiction*. Toronto: McClelland and Stewart, 1974.

Mulvey-Roberts, Marie. *The Handbook to Gothic Literature*. Basingstoke: Palgrave Macmillan, 1998.『ゴシック入門——123の視点』ゴシックを読む会訳、英宝社、2006年.

——. *The Handbook of the Gothic*. 2009.『増補改訂版　ゴシック入門』金崎茂樹・神崎ゆかり・菅田浩一・杉山洋子・長尾知子・比名和子訳、英宝社、2012年.

Munroe, Alice. *Selected Stories*. London: Vintage. 1997.

——. *No Love Lost*. Toronto: McClelland and Stewart, 2003.

New, William H. *A History of Canadian Literature*. London: McMillan, 1989.

Northey, Margot. *The Haunted Wilderness: The Gothic and Grotesque in Canadian Fiction*. Toronto: U of Toronto P, 1976.

O'Hagan, Howard. *Tay John*. 1939. Toronto: McClelland and Stewart, 1989.『テイ・ジョン物語』長尾知子訳、大阪教育図書、1996 年.
——. *Wilderness Men*. New York: Double Day, 1958.
——. *The Woman Who Got On at Jasper Station*. 2nd ed. Vancouver: Talonbooks, 1977.
——. *The School-Marm Tree*. Vancouver: Talonbooks, 1977.
——. *The Trees Are Lonely Company*. Vancouver: Talonbooks, 1993.
O'Hagan, Thomas. "Canadian Women Writers." Thurston, *The Work of Words*. 5.
Ondaatje, Michael. "O'Hagan's Rough-Edged Chronicle." *Canadian Literature* 61 (1974): 24-31.
——. *Running in the Family*. 1982. Penguin Random House, 2011.『家族を駆け抜けて』藤本陽子訳、彩流社、1998 年.
——. *The English Patient*. Toronto: McClelland and Stewart, 1992.『イギリス人の患者』土屋政雄訳、新潮社、1996 年.
——. *Anil's Ghost*. Toronto: McClelland and Stewart, 2000.
Ostenso, Martha. *Wild Geese*. 1925. Toronto: McClelland and Stewart, 1989.
Peterman, Michael A. *Sisters in Two Worlds: A Visual Biography of Susanna Moodie and Catherine Parr Trail*. Toronto: Doubleday Canada, 2007.
Punter, David. ed. *A Companion to the Gothic*. Malden: Blackwell Publishers, 2000.
Radcliff, Ann. *The Mysteries of Udolpho*. 1794. Oxford: Oxford UP, 1991.『ユードルフォの謎 II ——抄訳と研究』惣谷美智子訳著、大阪教育図書、1998 年.
——. *The Italian. or The Confessional of the Black Penitants*. 1797. Oxford: Oxford UP, 1992.『イタリアの惨劇 I・II』野畑多恵子訳、国書刊行会、1978 年.
Rao, Eleanor. "Margaret Atwood's *Lady Oracle*: Writing against Notions of Unity." Ed. Colin Nicholson. *Margaret Atwood Writing and Subjectivity*. London: Macmillan, 1994. 133-52.
Richardson, John. "Appendix: Introduction to the 1851 Edition." *Wacousta; or The Prophecy: A Tale of the Canadas*. Ed. Douglas Cronk. 1832. Center for Editing Early Canadian Texts Series 4. Ottawa: Carlton UP, 1987. 581-85.
——. *The Canadian Brothers; or, The Prophecy Fulfilled: A Tale of the Late American War*. 1840. Literature of Canada, Poetry and Prose in Reprint No. X. Toronto: U of Toronto P, 1974.
Robinson, Jack. "Myth of Dominance Versus Myths of Recreation in *Tay John*." *Studies in Canadian Literature* (March 1989): 169.

Ross, Sinclair. *As for Me and My House*. 1941. Toronto: McClelland and Stewart, 1989.
——. *The Well*. 1957. Edmonton: University of Alberta P, 2001.
——. "The Lamp at Noon." "The Painted Door." *The Lamp at Noon and Other Stories*. 1968. Toronto: McClelland and Stewart, 2010. 1-14, 111-35.
——. *Whirl of Gold*. 1970. Edmonton: University of Alberta P, 2001.
——. *Sawbones Memorial*. 1974. Edmonton: U of Alberta P, 2001.
——. "Barrack Room Fiddle Tune." "Jug and Bottle." "Spike." "The Flowers that Killed Him." *The Race and Other Stories*. 1982. Ottawa: U of Ottawa P, 1993.
Savolainen, Matti and Christos Angelis. "The 'New World' Gothic Monster: Spatio-Temporal Ambiguities, Male Bonding and Canadianness in John Richardson's *Wacousta*." *Gothic Topographies*. Eds. Mathonen and Savolainen. 217-33.
Scobie, Steven. *Signature Event Cantext*. Edmonton: NeWest P, 1989.
Sikora, Tomasz. "'Murderous Pleasures': The (Female) Gothic and the Death Drive in Selected Short Stories by Margaret Atwood, Isabel Huggan and Alice Munro." *Gothic Topographies*. Eds. Mathonen and Savolainen. 203-16.
Smith, A. J. A. ed. *The Canadian Experience: A Brief Survey of English-Canadian Prose*. Toronto: Gage Educational, 1974.
Snodgrass, Mary Ellen. *Encyclopedia of Gothic Literature. The Essential Guide to the Lives and Works of Gothic Writers*. New York: Library of Congress Cataloging-in-Publication, 2005.
Spooner, Catherine, and Emma McEvoy. eds. *The Routledge Companion to Gothic*. New York: Routledge, 2007.
Staines, David. ed. *The Canadian Imagination: Dimensions of a Literary Culture*. Cambridge: Harvard UP, 1977.
——. "Introduction Canada Observed." *The Canadian Imagination*. Cambridge: Harvard UP, 1977. 1-21.
Stouck, David. *Major Canadian Authors*. 2nd Edition. Lincoln: U of Nebraska P, 1988. 15-28.
——. "Cross-Writing and the Unconcluded Self in Sinclair Ross's *As for Me and My House*." *Western American Literature* 34 (2000): 434-47.
——. *As for Sinclair Ross*. Toronto: U of Toronto P, 2005.
——. "Appendix: Interview with Sinclair Ross, 1971." "Collecting Stamps Would Have Been More Fun" *Canadian Publishing and the Correspondence of Sinclair Ross,*

1933-1986. Edmonton: U of Alberta P, 2010. 259-72.
Sugars, Cynthia. *Canadian Gothic: Literature, History and the Spectre of Self-Invention*. Cardiff: U of Wales P. 2014.
Sugars, Cynthia, and Gerry Turcotte, eds. *Unsettled Remains: Canadian Literature and the Postcolonial Gothic*. Waterloo: Wilfrid Laurier UP, 2009.
Sullivan, Rosemary. "The Forest and the Trees." *Ambivalence: Studies in Canadian Literature*. Eds. Om P. Juneja and Chandra Mohan. New Delhi: Allied Publishers, 1990. 39-47.
——. *The Red Shoes Margaret Atwood Starting Out*. Toronto: Harper Flamingo Canada. 1998.
Tanner, Ella. *Tay John and the Cyclical Quest*. Toronto: ECW Press, 1990.
Taras, David, Beverly Rasporich, and Eli Mandel, eds. *A Passion for Identity: An Introduction to Canadian Studies*. Scaborough: Nelson Canada, 1993.
Thomas, Clara. "Lady Oracle: The Narrative of a Fool-Heroine." *The Art of Margaret Atwood: Essays in Criticism*. Eds. A. E. Davidson and C. N. Davidson. Toronto: House of Anansi, 1981. 159-75.
Thomson, Douglass H., Jack G. Voller and Frederick S. Frank, eds. *Gothic Writers: A Critical and Bibliographical Guide*. New York: Greenwood Pub Group, 2001.
Thurston, John. *The Work of Words: The Writing of Susanna Strickland Moodie*. Montreal: McGill-Queen's UP, 1996.
Todorov, Tzvetan. *The Fantastic: A Structural Approach to a Literary Genre*. Tran. Richard Howardk. 1975. New York: Cornel UP, 1993.『幻想文学論序説』三好郁朗訳、東京創元社、1999年.
Trail, Catherine Parr. *The Backwoods of Canada*. 1836. Toronto: McClelland and Stewart, 1989.
Turcotte, Gerry. *Peripheral Fear: Transformations of the Gothic in Canadian and Australian Fiction*. Brussels: P. I. E. Peter Lang, 2009.
Turner, Margaret E. *Imagining Culture: New World Narrative and the Writing of Canada*. Montreal: McGill-Queen's UP, 1995.
Urquhart, Jane. *The Whirlpool*. Boston: Godine Publisher, 1990.
——. *Away*. Toronto: McClelland and Stewart, 1993.
——. *The Underpainter*. Toronto: McClelland and Stewart, 1997.
Van Herk, Aritha. "Urquhart, Jane. *The Whirlpool*: Review." *Brick* (31 Sep. 1987): 15-17.

Walpole, Horace. "Preface to the Second Edition." *The Castle of Otranto*. 1764. New York: Macmillan, 1963. 19-24.『オトラントの城』井出弘之訳、国書刊行会、1983 年.
Watson, Sheila. *The Double Hook*. 1959. Toronto: McClelland and Stewart, 1991.
Weaver, Emily. "Pioneer Canadian Women. III. Mrs. Trail and Mrs. Moodie: Pioneers in Literature." Thurston, *The Work of Words*. 5.
Winter, Kari J. "Sexual/Textual Politics of Terror: Writing and Rewriting the Gothic in the 1790s." *Misogyny in Literature: An Essay Collection*. Ed. Katherine Ann Ackley. New York: Garland, 1992. 89-103.
Wyile, Herb. "Confessions of a Historical Geographer Jane Urquhart." *Speaking in the Past Tense: Canadian Novelists on Writing Historical Fiction*. Waterloo: Wilfred Laurier UP, 2007. 79-103.
Zichy, Francis. "The 'Complex Fate' of the Canadian in Howard O'Hagan's *Tay John*." *Essays on Canadian Writing* 79 (2003 Spring): 199-225.
——. "Crypto-, Pseudo-, and Pre-Postmodernism: *Tay John*, *Lord Jim*, and the Critics." *Essays on Canadian Writing* 81 (2004 Winter): 192-221.
浅井晃『カナダ文学案内——小説を中心に』文芸広場社、1982 年.
——『カナダの風土と民話』こびあん書房、1992 年.
——「John Richardson 作——*Wacousta* におけるゴシシズム」『カナダ文学研究』創刊号、1986 年. 55-68.
——『現代カナダ文学——概観・作家と作品・資料』改訂版、こびあん書房、1991 年.
——『カナダ先住民の世界——インディアン・イヌイット・メティスを知る』彩流社、2004 年.
アトウッド、マーガレット／上野千鶴子「対談：カナダ文学が認知されるまで」『世界』10 月号、1997 年. 282-94.
アトウッド、マーガレット／津島佑子「対談：女の一人称」『新潮』7 月号、1997 年. 160-74.
飯野正子・竹中豊編著『現代カナダを知るための 57 章』明石書店、2010 年.
伊藤節編著『現代作家ガイド 5　マーガレット・アトウッド』彩流社、2008 年.
伊藤節「Ⅰ　アトウッドワールドのサーチライト」伊藤節編著『現代作家ガイド 5　マーガレット・アトウッド』15-46.
エモン、ルイ『白き処女地』山内義雄訳、白水社、1962 年.
大塚由美子『マーガレット・アトウッド論——サバイバルの重層性「個人・国家・地球環境」』彩流社、2011 年.

大原祐子『カナダ現代史』山川出版社、1981 年.
岡村直美「序 50 年代・女が問う」現代女性作家研究会 岡村直美編『50 年代・女が問う――イギリス女性作家の半世紀 1』勁草書房、1999 年. 1-7.
オザワ、エイミ「日本のゴシック」マルヴィーロバーツ編『増補改訂版　ゴシック入門』379.
カナダ大使館広報文化部編「邦訳出版されたカナダ人作家による文学作品」1995 年.
川口喬一『イギリス小説入門』研究社、1989 年.
神崎ゆかり「ゴシック小説批評の流れ」杉山他『古典ゴシック小説を読む』19-41.
紀田順一郎編著『ゴシック幻想』書苑新社、1997 年.
ギッシング、ジョージ『渦』太田良子訳、国書刊行会、1989 年.
木村和男「序章 多民族・多文化主義国家カナダ」木村和男編『カナダ史』山川出版社、1999、2006 年. 3-24.
クーパー、J. C.『世界シンボル辞典』岩崎宗治・鈴木繁夫訳、三省堂、1992 年.
窪田憲子「『レディ・オクラクル』――〈アンチ・ゴシック〉という名のパロディ」伊藤節編著『現代作家ガイド 5　マーガレット・アトウッド』151-67.
クロウチ、ロバート『言葉のうるわしい裏切り――評論集・カナダ文学を語る』久野幸子訳、彩流社、2013 年.
桑島秀樹『崇高の美学』講談社、2008 年.
ケイス、エリナ／マギー・マクドナルド「インタヴュー 3 ライフ・アフター・マン――SF と科学」岡村直美訳、伊藤節編著『現代作家ガイド 5　マーガレット・アトウッド』69-74.
佐伯彰一「カナダ文学開眼」平野敬一・土屋哲編『コモンウェルスの文学』研究社、1983 年. 51-79.
ジャンコヴィック、マーク『恐怖の臨界――ホラーの政治学』遠藤徹訳、青弓社、1997 年.
菅田浩一「ゴシック小説と sublime」『英米文学』Vol. L, No.2 March 2006, 43-56.
杉山洋子「古典ゴシック小説の系譜」杉山他『古典ゴシック小説を読む』7-17.
杉山洋子・小山明子・神崎ゆかり・惣谷美智子・長尾知子・比名和子『古典ゴシック小説を読む――ウォルポールからホッグまで』、英宝社、2000 年.
スミス、アラン・ロイド「アメリカン・ゴシック」マルヴィーロバーツ編『増補改訂版ゴシック入門』333-43.
高山宏「目の中の劇場――ゴシック的視覚の観念史」小池滋・志村正雄・富山太佳夫編『城と眩暈――ゴシックを読む』国書刊行会、1982 年. 35-92.

竹中豊『カナダ大いなる孤高の地——カナダ的想像力の展開』彩流社、2000年.
田村謙二「カナダ人意識の成長——スザンナ・ムーディの作品を通じて」『カナダ研究年報』第3号、1982年. 31-38.
——「スザンナ・ムーディとカナダ文学の成立」『英語青年』第133巻、第4号、1987年. 8-10.
チルダーズ、ジョゼフ／ヘンツィ、ゲーリー編『コロンビア大学 現代文学・文化批評用語辞典』杉野健太郎・中村裕英・丸山修訳、松柏社、1998年.
堤稔子「カナダの女流作家たち——アメリカとの比較において」『国際文化』第3号、桜美林大学国際文化研究所、1982年. 169-88.
——『カナダの文学と社会——その風土と文化の探究』こびあん書房、1995年.
トマス、クララ『カナダ英語文学史——われらが自然－われらが声』渡辺昇訳、三友社、1981年.
長尾知子「III-1 ホレス・ウォルポール」杉山他『古典ゴシック小説を読む』44-59.
——「III-7 マシュー・グレゴリー・ルイス」杉山他『古典ゴシック小説を読む』129-45.
日本カナダ学会編『新版 史料が語るカナダ 1535-2007 —— 16世紀の探険時代から21世紀の多元国家まで』有斐閣、2008年.
日本カナダ学会カナダ豆事典編集委員会編『カナダ豆事典』2012年（「カナダ豆辞典」http://jacs.jp/dictionary/）.
日本カナダ文学会編『カナダ文学関係文献目録』2000年.
萩原孝雄「日加文学における人と自然——『暗夜行路』と『われとわが家にかかわりて』を比較して」鶴田欣也・浅井晃編『日本とカナダの比較文学的研究——さくらとかえで』文芸広場社、1985年. 81-82.
バフチン、ミハイル『小説の言葉』伊東一郎訳、平凡社、1996年.
平野敬一「カナダの文学——アイデンティティをめぐって」『不死鳥』44号、南雲堂、15-17.
平林美都子「翻訳者の二重の声——『スザナ・ムーディーの日記』における翻訳のメタファー」『「辺境」カナダの文学——創造する翻訳空間』彩流社、1999年. 21-53.
——「食べることと母娘の対立——マーガレット・アトウッドの『レディ・オラクル』」『表象としての母性』ミネルヴァ書房、2006年. 60-70.
——『「語り」は騙る——現代英語圏小説のフィクション』彩流社、2014年.
藤本陽子「『父』なる故郷—— *Running in the Family* にみる自伝性の破綻」『早稲田大学文学研究紀要』別冊第16集、1989年. 1-9.
——「多文化主義とマイノリティ文学」『カナダ研究年報』第12号、1992年. 20-34.

――「多文化と多文化主義のはざま――カナダ文学再考」『カナダ研究年報』第19号、1999年. 1-16.
――「オンダーチェの『ビリー・ザ・キッド作品集』――旅する伝説から時代の表舞台へ」『カナダ文学研究』第9号、2001年. 59-76.
ブロンフェン、エリザベス「死」マルヴィーロバーツ編『増補改訂版　ゴシック入門』142-46.
細川道久『「白人」支配のカナダ史――移民・先住民・優生学』彩流社、2012年.
ホーナー、アヴリル「不気味なもの」マルヴィーロバーツ編『増補改訂版　ゴシック入門』311-13.
マイルズ、ロバート「アン・ラドクリフ」マルヴィーロバーツ編『増補改訂版　ゴシック入門』96-105.
マルヴィーロバーツ、マリー編『増補改訂版　ゴシック入門』金崎茂樹・神崎ゆかり・菅田浩一・杉山洋子・長尾知子・比名和子訳、英宝社、2012年.
ミルバンク、アリソン「崇高」マルヴィーロバーツ編『増補改訂版　ゴシック入門』294-300.
モアズ、エレン『女性と文学』青山誠子訳、研究社、1978年.
本橋哲也『ポストコロニアリズム』岩波書店、2005年.
八木敏雄『アメリカン・ゴシックの水脈』研究社、1992年.
渡辺利雄「第1章 Introduction はじめに」『講義アメリカ文学史――東京大学文学部英文科講義録』第I巻、研究社、2007年. 3-15.
渡辺昇『カナダ文学の諸相』開文社出版、1991年.